小镇及其他

林　森

济南出版社

W | 文学新势力
WENXUEXINSHILI

"文学新势力"文丛·序

张清华　邱华栋

　　2012 年 10 月，莫言荣膺诺贝尔文学奖，再度激发了国人的文学激情，也唤醒了各界在文学教育方面的旧梦。这其中就包括北师大。因为一段至关重要的学缘，莫言曾于 1991 年获得了北师大授予的文学硕士学位，而此刻，作为母校的师大自然倍感荣耀，遂立刻决定成立北京师范大学国际写作中心，并邀请莫言前来担任主任。中心成立之初，其核心职能便被提到了议事日程，这就是文学教育和创作人才的培养。

　　需要稍加追溯前缘，才能说明这套文丛的来历。1988 年，由当时在研究生院任职的童庆炳教授牵头，由北京师范大学提供学制条件，牵手中国作家协会所属的鲁迅文学院，共同招收了首届作家研究生班。那时的学位制度还相对处于比较早期的阶段，各种规章还没有现在这样严苛和完善，所以运作相对容易，招生考试环节也相对宽松。因此，一批在当时的文坛已崭露头角的青年作家，便被不拘一格，悉数收罗。之前，他们中的很多人并未受过太正规的教育，刘震云几乎是唯一一个，他是北京大学中文系 77 级的本科毕业生，系出正宗名门。余华便只是在浙江海盐上过中学；莫言之前虽有在解放军艺术学院文学系学习两年的经历，但更早先却是连中学教育也不完整；严歌苓、迟子建等差不多都只是受过中等专业教育；其他人我们未做过严格的统计，但可以肯定，其中多数未曾上过大学。然而不容置疑的是，这些人是那时中国最具希望的一批，是青年作家中的翘楚，未来文坛的半壁江山。从这里出发，二十年过后，他们的确未负众望，为中国文学争得了至高荣誉，也几乎成为一代作家的代言人。

很显然，这一传统成为北师大和鲁迅文学院共同的一个记忆，一笔不可多得的财富，无论从哪个角度看，这都是两所学校引以为豪的历史。在这样一个背景下，再续昔日文学教育的前缘，找回这一无双的荣耀，也就是很自然的事情了。

因了以上的缘由，2016年，北师大校方经过认真研究，参考过去的合作模式，从全校不多的单招单考的硕士名额中拿出了20个，交由文学院和国际写作中心，来寻求与鲁迅文学院合作，并于2017年秋季正式招收了"非全日制"学术型文学创作硕士研究生。为了省却过于烦琐的制度性限制，我们特地在中国现当代文学专业二级学科下，设立了"文学创作方向"，并采用了学术导师加创作导师相结合的培养模式，以给学员创造更为合适和充分的学习条件。鲁迅文学院则为他们提供居住和学习的物质条件，提供尽可能好的一切形式的支持，并拟在培养方案中结合鲁院的讲座制培养模式，两相结合，尽显特色互补的优势。

同时还必须指出，有几位至关重要的人物支持了这项事业。时任北师大党委书记的刘川生教授、校长董奇教授，他们在推助写作中心的文学教育工作方面给予了大力支持，在制定相关体制机制方面也给予了诸多方便；晚年在病中的童庆炳教授，多次勉励我们传承好过去的经验，大胆探索，争取把工作尽早落到实处。中国作协这一方面，作协党组、特别是铁凝主席也同样给予了积极支持和热诚关怀；分管鲁迅文学院工作的吉狄马加书记，则在工作中给予了非常具体的关心和指导。

参与该项工作，制定合作规划、培养方案、课程体系，以及日常服务管理等诸项事务的，便是本文的两位作者，时任鲁迅文学院常务副院长的邱华栋，和北师大文学院负责研究生教育的副院长兼国际写作中心执行主任张清华。整个过程中，要想实现两个职能完全不同的单位之间的密切合作，在所有培养工作的环节上都无缝对接，是一个至为琐细的工作，难以尽述。好在这不是一个"工作汇报"，我们在此也就从略了。主要想说明的是，两校之间目前的合作进行得非常顺利，一切都在愿景之中。

迄今为止，该方向的研究生已经招收了三届，共56人。从总体情况看，达到了预期的要求。在学员中，有鲁迅文学奖获得者乔叶、鲁敏，有多位全国少数民族文学奖获得者，有"70后""80后"广有影响的青年作家，像东紫、杨遥、朱山坡、林森、马笑泉、高满航、闫文盛、曹谁、曾剑、王小王，等等，他们在文学创作上都已经有了相当出众的成绩，或是十分丰富的经验，然而他们共同的诉求，又是都有"充电"的渴望，有成大家的梦想，所以因了冥冥中某种命运的感召，汇聚到了一起。

关于文学教育，历来也是分歧明显众说不一的，有人坚称"大学不培养作家"。这话一定程度上是对的，大学的使命很多，成败胜负的确不在乎是否出产了一两个作家。但这话的"潜台词"值得商榷——其意思是有轻蔑的，是说"你培养不了作家"，"作家不是谁培养出来的"。这当然也对，没有哪个大学敢说自己"培养"了几个作家，而只能说，那儿"走出了"哪些个作家和诗人。但这么说是否意味着文学教育是无必要的呢？似乎也不能。因为照某些人的逻辑，我们就可以反问，大学不能培养作家，难道就可以"培养"经济学家、政治家、科学家和法学家吗？谁又敢于说，他们"培养"了那些伟大和杰出的人物呢？很显然，各行各业的杰出人才都是很难通过"定制"来培养的。但从另一方面说，大学又必须要提供人才成长和受教育的条件，从这个角度看，宣称大学不培养作家又是不负责任的。回顾当代文学的历史，文学的变革和作家的成长与大学教育的恢复和发展密切相关。"文革"及"文革"前大学教育的草创和荒芜时期，也出现过许多作家，但他们要么是从战争年代的洗礼中锻炼出来的，要么是在长期的自学中成长起来的，因为没有条件受到良好的教育，他们的文学道路多有延宕，艺术成长和成就也都受到了限制，这是人所共知的常识。正是"文革"后教育的全面恢复与发展，才让文学事业出现了人才辈出蓬勃兴旺的局面。

所以，正确的理解应该是，作家是无法培养的，但文学教育是必需的。当然，文学教育对于高校而言，其目标确乎主要不是"培养作家"，而是为所有学生提供一个素质养成的环境条件，这才是成立"国际写作中心"、引进著名作家执教的核心意义所在。换句话说，能不能出产一两个作家或许不是最重要的，其培养的人才是否具备写作的能力，成为文学的内行才是重要的。传统的文学教育虽然有各种各样的问题，但是所培养的读书人大都是既能够研究，又可以写作的双料人才。新文学的早期，大学的教授也有许许多多是学者和作家集于一身者，之后才逐渐文脉不彰，大师不存，大学教育渐趋沦为工具化和技术化的知识教育，名实不符的学术教育。

但无论如何，北师大与鲁院联办的这一培养模式，其目标还是直接而干脆的，就是"培养作家"。当然，这培养不是从根上栽植开始的，而是"选苗"和"移栽"的过程，甚至有的就属于"摘果子"。即便是后者也不是无意义的，当年莫言、余华、刘震云、迟子建、严歌苓等这批人，在进来之前早就是声名鹊起的青年作家了，录取他们无疑也是"摘果子"，但系统的阅读与学习，大学综合环境下的熏陶成长，谁敢说对于他们后来的写作没有助益？所以，我们坚信这一工作是有意义的。

最后再来说说这批作为"文学新势力"的新人。显然，他们都属于"70 后"或"80 后"的一代，较之他们的前辈，这批新人的主要差异在于代际经验。前代作家的成长期大都经历过历史的大波大澜，童年也大都有原初和完整的乡村生活经验，所以某种程度上还是受到"总体性经验"支配和支持的一代作家。莫言笔下的"高密东北乡"，可以说寄寓了他对于农业社会生存的全部感受和想象，也寄寓了他对近现代中国历史巨变的全部记忆与理解，读之如读一部血火相生、正邪相伴、生死轮替、魔道互换的史诗。这种具有总体性和原生性的经验与美学，在下一代作家这里早已变得不可能，他们都命定地处在某种"晚生"和"后辈"的自我想象之中，不得不在碎片化、个体化的历史经验与记忆中探索前行。

这些都并非新鲜的话题，我们也只是重复了前人既成的说法。但这也是所谓"新势力"的根基与合法条件，"新"在哪里，又何以成为"势力"，这是需要我们想清楚的。在我们看来，所谓"新势力"其实就是指：一是有新的文化特质的，他们在文化上所拥有的"新人"特色或许很难用一两句话说清，但一定是更具有个性、自主性和独立思考的一代，是拥有新知和新的经验方式的一代，是用新的思维与视角看取人生与世界的一代，是在网络信息时代生存和写作的一代；二是有新的美学属性的，这些属性自然更难以总体性的概括来描述，但毫无疑问他们是具有陌生感的一族，是难以用传统范型所涵盖和统摄的一族，是游走和不确定的一族，是空间化和个体性得以充分彰显的一族，当然，也是相对琐屑和相对真实，相对平和和相对日常性的一族。有时我们觉得是这样的不满足，但有时我们又会觉得，他们离着理想的文学，离所谓普世性的"世界文学"的距离越来越近了。

旁观者说一千句，不及读者自己去观照、去体味其中的丰富和微妙，"总体性"之不存，我们的概括也自然显得苍白无力，不如读者们自己去一一打量和细细辨识。

看，这就是"文学新势力"，他们来了。

2019 年 7 月，北京西山暑热中

目　录

小 镇

一

　　小镇的街过于窄小，以至于在街北沿放了个屁，南边的人就捂紧鼻子互相猜疑。这贯穿小镇东西的街，自然也不长，街头有人拍打小孩的屁股，街尾就有人笑着自语："还要再打重一点。"由于街道太窄，每有两辆车迎面，司机就开始扔掉烟头，凝神握紧方向盘，车技不过关的，还得先停下，让对面的车先过。有人把街道称为"七步街"，这是短脚碎步者的叫法，步子大的，横跨不过五步。镇子是三百多年的老镇了，却没有什么值得镇上的人在茶馆吹嘘时自得自满的古建筑——这是镇上人的遗憾。某一年，全省在搞一个文化乡镇的普查，镇领导信心满满，把镇名"瑞溪"报了上去。很快来了一个文化普查团，顺着小镇的鸡肠小街钻了几圈，相机闪不停，带着厚厚眼镜的老专家直摇头，感慨道："要是有些老房子就好了，可惜，可惜，只有这下酒的牛肉干，总显得单薄。"经过一番权衡，镇上出产的牛肉干的香味也总算征服了一部分专家的味蕾，瑞溪镇象征性地获得了一个聊以自慰的"特色乡镇"称号。跟"文化名镇"这正房所生的大公子相比，"特色乡镇"怎么看都像是一个野合的私生子。镇上最古旧的房子居然是几十年前日本人在镇西北角留下的一座炮楼，现在成了瑞溪镇中学校园里一个阴森的所在，据说闹鬼厉害，加上历史的原因，这屈辱的见证，当然不能成为骄傲的理由。

老潘在镇上活了几十年，他有老房子在乡下，但镇上相对悠闲，只要不是旧历年节，他还是愿意沉在街角的茶馆里。他对镇子一如对自己的身子那么了解，什么地方结疤什么地方流脓一清二楚，不过有时他也很恍惚，镇子说是日日改变吧却好像又日日没变，恍然之间他就头发胡须全花白了。小镇的活力是越来越甚，那些茶馆里的电视机都播放着香港那边传来的武打片，打杀声在每个角落传扬。老潘和镇上那些经常花五毛钱在茶馆坐一天喝掉两缸水的老头一样，早对武打片看出了经验，只要主人公被对手打得鼻青脸肿，他就扔出一句："看来主人公该掉下山崖了。"武打片的情节和五毛钱一杯的绿茶，是镇上持续好多年没变的东西。

老潘越长越像一只羊，脸变得尖尖细细，下巴垂着胡须，好像一张嘴，随时都会发出"咩咩咩"的叫声。镇上人对此有两个说法，一说他和羊亲近了一辈子，面相融合了，和夫妻相一个道理；又有人说其实是因他宰杀羊太多，现世报来了——那些杀猪的都肚子浑圆脑袋如猪，不也是现世报的表现？镇上人都好吃，嘴巴又刁，在镇上开饭馆若没有独门厨艺，那是门庭冷落人声稀，蚊子都不愿光顾的。而嘴巴最刁的人也知道，镇上最鲜嫩的羊肉都出自老潘的手。老潘不当厨，而是给镇上的饭馆和办喜事的人家提供杀好洗净的新鲜羊肉。他封刀多年，年岁在他脸上割刻的痕迹比他割过的羊还多，他再拿着刀就像摸着漏电的插头，浑身发抖。接他班的是他的儿子潘江，潘江老实肯学，把父亲的刀法算继承得七七八八了，可那些老资格的吃客依然有别的说法："潘江嘛！还不行，和老潘比，差得太多了。潘江太柴头了，下刀没他父狠，放血太慢，肉都变味了，老潘的刀子进去再拔出，刀面还是光亮的，血都不沾，血是往外射成一条线的。那种羊的肉，才最鲜。"但主刀的毕竟已经是潘江，老潘刀法下的神奇羊肉，只活在某些人的回忆中。

潘江两个儿子都在镇中学读书，这两个连放屁都是膻味的小子都是自诩天才的家伙。老潘封刀后引为自豪的有两件事，一件是他杀羊的手艺，另一件就是他有两个慧冠小镇的孙子。老潘很自得他给两个孙子取的名字：潘宏万、潘宏亿。万和亿都是大数字，在老潘看来，大的，就是好的，大羊不就比羊羔值钱？两个孙子读书也颇为争气，为老潘增添了极大面子。那一年，镇上的一帮杀猪佬开风气之先，集合了一帮镇上的退休的知名老师，在小镇新街租了几间房，开办了全县第一个私立学校，名叫"瑞溪新街私立小学"，开始招生授课。其时私立学校还是新鲜事物，多数家长还在心存疑虑，老潘却一拍手，把潘宏亿从瑞溪镇中心小学转到了新街私立小学，成了那学校的第一届学生。初时，潘宏亿成绩惊人，在全国数学奥林匹克竞赛中屡次获奖，使得私立小学的名气迅速超过中心小学，一批成绩优异的学生蜂拥到私立小学就读。升得快掉得也重，小学毕业考试中，新街私立小学一败涂地，没有人上省重点，县重点倒是上了三个，却还不及中心小学的零头，一直成绩优异的潘宏亿只上了镇中学。潘宏亿读初一那年，潘宏万到县中学读高中。那些年正逢啤酒机、麻将九、金钱葫芦之类的赌博盛行，潘宏亿很快在这股风气中寻找到课本外的乐趣，集结了一帮镇上的混混，成为一方小祸害。和别人在茶馆里说起孙子的事，老潘后悔又痛心："别提那放尿不上壁的贼子。他要是羊，我就一刀把他放血了。"外人见他用"放尿不上壁"形容潘宏亿没出息，也附和着叫："可惜！可惜！"嘴角却掩不住窃喜。老潘聊以自慰的是，还好潘宏万倒在学校很老实，成绩不高，却也在中上。

潘江嘴巴如石头，话没两句顺，哪里管得了潘宏亿。潘江的老婆陈梅姑倒是个横扫整条街的厉害角色，得了个外号叫"扫街路的"，近两年身体急剧败坏，大小病患不断，中药从没断过，她对整条街的宣战也放弃了。她曾有极大的精力管教小儿子，但潘宏亿继承了她的伶俐口齿，她说一句，收到的回复有二十句，句句刁钻难懂，直抵事情死结，每每引得她咳嗽不止胸口闷疼。她多次在床头对潘江说："那个死路头的，不会有一天被人打死在路头吧？我都病得要死了，他还气我。你说说他啊，说不过，你就打，我不心疼的，再这样，我会气死。"潘江嘿嘿一笑，没多话。她胸口的闷疼又渐渐上来。

潘宏万成了榜样，家里罚不了小的，就奖励大的，其时还是一九九七年，潘宏万在县城中学寄宿的月花费已经有五百块——这在当时不是一笔小钱。刚开始潘宏万拿着钱只觉世界末日来了，这么多钱怎么花？渐渐地，他大手大脚起来，五百块之外他还继续让潘江给他寄钱。现在镇上杀羊的生意也还过得去，赚得不多，却也不少，潘江不想放任儿子胡来，想方设法把钱捂握得紧些，可他的木头脑瓜和潘宏万一较量，立即落了下风。潘宏万打着学校收赞助费、补课费、书本费、校服费等旗号，让潘江乖乖地掏钱出来。近乎变相的纵容让潘宏万在学校也开始乱来，学习一落千丈，他成了县中学一个小帮派的头子，手下的小弟二十多个，一群人横行在校园里，威风八面。县实验中学一个男生追了他小弟喜欢的一个女生，他就带着十来个人把实验中学那小子打得落荒而逃，还顺便捡了那小子掉落的两颗门牙送给小弟当礼物。

潘宏万出事是在他高二下学期。那天老潘正在向群茶馆和黑手义为香港武打片的情节争得脸红耳赤，焦点是"主人公手中的那武器是刀还是剑"，老潘理据十足，眼看黑手义即将败阵，陈梅姑就哭丧着脸跑了进来。她脚步收不住，撞上四方桌，一个茶杯啪地落地，碎成四大块，茶水四溅，她说："出事了，回去看看，出事了。"她心急火燎，折跑回家。老潘脸一沉，背着双手慢慢吞吞跟在陈梅姑身后。黑手义摇摇头，招呼向群茶馆的老板过来，照价赔了碎杯子。老潘家门前围满了人，潘江正和一个妇女理论，他本就木讷，在那妇女口水机关枪似的扫射中，毫无还口的份儿，脸涨成猪肝色，嘴巴张了合合了张，一个字吐不出。陈梅姑挺在丈夫面前，往日扫荡整条街的话喷个不停，却因嗓门儿没那妇女大，落了下风，回骂一阵就捂着闷疼的胸口呻吟叫疼。

　　老潘一言不发听那女人说了半筒烟的工夫，听清了大概。原来潘宏万不但成了校园帮派的小头目，也和女同学玩上了，又只是玩，防护工作没做好，把那女同学的肚子搞大了。起先那女同学用宽松的衣服遮掩着，可肚子越胀越明显，如何勒紧腰带也是白费劲，同学之间就传开了，她逃回家闭门不出，父母追问起来，她唯唯诺诺，说是潘宏万的杰作。女同学的父母带着刀杀到县中学，追得潘宏万越过校墙而逃。有好事者给报纸爆了料，某记者带着"高中女生大了肚子为哪般"的疑问深入校园采访，被校领导塞了红包才压住了。潘宏万在县中学一直都是风头浪尖上的人物，现在更引领着话题潮流。潘宏万怕事，逃出学校后，就躲避到某个角落没再回。由于对学校风气影响极坏，女同学已被勒令退学，身心前途都深受伤害，她母亲就闹到了老潘家来。女同学母亲的意思是，要让老潘家赔偿五千块，这钱用于她女儿打胎和补偿身体的损失。

　　千般不是指向潘宏万，潘江着急与愧疚交织，更说不出话，手脚比画，像个哑巴。见到老潘，他总算挤出一句："兄，你讲句话，你讲句话。"这一带人口头上都把"父亲"叫"兄"，有着把古语"长兄为父"反过来说的怪异。

　　女同学的母亲披头散发形神如鬼，她哪还顾得了形象，以凶厉的目光瞪着老潘，做好应变的准备，无论老潘说出什么话，立即把责任推到潘宏万身上，争取那份赔偿费。老潘的话还是慢悠悠的："要真是我家那贼子做的事，五千就五千，赔。赔。"潘江眼睛发圆，他本想让能说会道的父亲说些挽回的话，怎么一开口就应承下了？女同学的母亲也语塞，她心中计划好万千话语，无论老潘什么道理，她都能立即驳回，唯独没料到老潘一句话就应承下来，反堵死了她的嘴，尴尬在那边。陈梅姑打破僵局："你吃茶吃败了脑子了？赔五千？赔五千给她？去哪儿要那么多钱？我的命怎么这么苦啊？病死我好了，让我生着受苦，让我去哪儿找钱赔？谁知道是不是她女儿见到我家宏万有钱大方，想办法骗宏万的呢？裤子还是她先脱的吧！赔钱？赔什么钱？死都不赔！要我的命去好了。"她的哭闹，引得围观的人更多。

老潘怒瞪陈梅姑，她还要说什么，潘江已经塞住她的嘴，她挣扎两下表示一下反抗，不再吭声。老潘手一招："先进来喝口水，慢慢商量，小孩子不识事，难道我们大人也神经病一样闹得人人都知？给多嘴的人传去了，对你女儿也不好，这又不是多光荣的事，先进来，慢慢讲。"女同学的母亲犹豫一会儿，跟着进去了。

围观者见热闹没了，眉飞色舞嘀咕着，散开了……

后来关于怎么解决这件事的传言，老潘自己就在茶馆听过六个不同的版本。在茶客津津乐道之时，他随时有拍桌站起说出真相的冲动，一想到这样的事只会越描越黑，他本人说话，便是误导的假话，每个人心中都有一套自以为是的真实，就任由人家乱传。其实老潘只是让那女人坐下平平气，让她把情况从头到尾再叙一遍，他慢声慢气地商量："能不能少点？五千……这个数，也太大了！"老潘的和气早把那女人的气消了大半，她只好不断回想女儿浑圆的肚子，好让自己的心能继续狠着，她说："四千五，四千五，最少的数了，给不了，我就去打官司，告他强奸。"陈梅姑脸色煞白，手靠着墙壁才没倒。老潘若无其事："就四千五，马上给你。"他回房把存折给潘江，潘江翻开一看："兄，数不够。"老潘说："有多少领多少，不齐的你去找黑手爹，说我找他借的。"潘江把厚厚一扎钱递过去时，陈梅姑把头扭一边。那女人手抖了抖："其实，两个小孩都有错，我也不想……"老潘摇手："小孩不懂事，事这样就这样了，不要为难他们。"

把女人打发走后，陈梅姑先是埋怨老潘，后来想到潘宏万还躲藏着没出现，就闹开来，声音越来越大。潘江安慰："事都发生了，哭也没用。"陈梅姑说："我想闹啊？你可有钱了，一出手就四千五，当面被人家拿走了四千五，我儿子死在哪个角落，谁知道呢？"她指着老潘："你吃饱了去把你的肚鳞，闲着吃茶好了，回来掏钱真大方啊，我嫁过来二十年了，也没见过一千块一起过，我哪天穿过新衣服了？今天倒是把家底都翻出来送人了。我儿子是不是被打死了都不知道啊！"老潘不愿多说，以他多年的经验，和讲话不脱壳的女人吵架，是赢不了的，当年他老婆还活着时，若是她多骂几句，他从不还口，老婆死后，他就更不和女人多说了。陈梅姑的话越来越难听，她也不觉胸口闷疼了，听她意思，倒是老潘弄大了女学生肚子，潘宏万只是替罪羊。老潘脸色极度难看，潘江拉扯陈梅姑，她尖叫："都这样了，还不让我说？你想我死？你想我闷着，气到死？我儿子真的是不见形影嘛！"

老潘一掌击打在八仙桌上，陈梅姑嘴巴闭上了。

老潘说："那死路头的三日不回家，我把头割下给你当凳子。"转身走出家门。

那天，他没回家吃晚饭，他到了黑手义的小饭馆焖小锅羊肉下番薯酒。黑手义也过来，和他对喝了两杯。老潘说："今天阿江借了你多少钱？"黑手义摇手："别讲没味的话，才七百，什么时候有什么时候还，我还不缺那点钱。"黑手义又倒了半斤酒出来："今天我请你喝，爱喝多少喝多少。"他听了镇上的传闻，也从老潘的脸色中看到异于往日的神情。黑手义说："老潘啊！年轻人有年轻人的活法，你少管，年轻人也跟我们这些半截入棺材的人做事一样，还有什么味？你都多少岁了？我们什么没见过，你闲着，爱吃茶吃茶，爱饮酒饮酒，管那么多做什么？要被小孩的事塞死，不成了笑话？"老潘说："也是，也是。"有一个食客进来，黑手义给老潘倒满酒，就站起招呼去了。老潘有些发晕："去你的，去做你的生意。"随着年纪渐增，老潘酒量已大不如前，年轻时的大碗酒大块肉的日子早过去了，现在一沾酒就眼睛昏花。小镇的晚上，有灯光的地方不多，但他在镇上几十年，闭着眼睛也找得到回家的路。隔天一集的小镇在集日的白天很热闹，夜里则只有一些零星的灯火从门缝窗口泄露出来，让夜显得更黑。

最后是潘江来扶着老潘回去的。老潘迷糊的眼看不清街上的情形，却清楚走到哪儿了，哪儿有一棵树，哪里会听到狗吠，哪一家的灯黄中带红……他清楚，都清楚。他一言不发，任由儿子扶着。由于小时遭逢旧社会，他没读过什么书；潘江上学时倒是用功，不过一块木头再用功也是木头；两个孙子是够聪明了，却又聪明过了头，能否读进书还是小事，以后当贼子还是老实人，才是他所牵念的。今天那女人闹到家里，他何尝不痛心难受？但又能如何？他老潘家或许注定不能出一个读书人，注定是磨刀放血的命……他越想，眼睛越模糊不清，一层塑料袋子蒙住眼珠似的。潘江见他不说话，知道父亲的牛脾气又犯了，扶着他肩头的手只好握紧了些。

潘宏万两天后就灰头土脸地回到家里来。潘江举着杀羊刀要冲过去捅他，陈梅姑把潘宏万拉到自己身后，挺着胸替他挡刀。老潘沉声喝道："你真把他当羊了？真刺死了，你还能再生一个？"潘江把刀一丢，赤手空拳扑过去抽得潘宏万惨叫连连，陈梅姑喃喃自语："我都这样了，还整天怄气，真死了还干净。"潘宏亿在旁边看得心花怒放，嘻嘻笑着："妈，你不是一直说哥是人才吗？还叫我学他，我是不是也要回学校找两个女学生弄大肚子才是你的好儿子啊？"潘宏万眼睛喷火，恨不得咬弟弟两口才解恨。倒是潘江立即给潘宏万报了仇，他转身一拳击倒潘宏亿："你就是好货？你就是好货？"拳头雨水般落下。陈梅姑又说："我怎么不死了呢？"

潘宏亿足够狠硬，咬着牙，一声不哼，任由拳头落下。

老潘说："别打了。别打了。"潘江停手，木然地扭扭脖子，捡起刀子走进后院。一会儿，后院传来人声似的羊的嘶叫。老潘招手把潘宏万叫到自己房间，淡淡地说："你这么多年的书白念了，再纵容你，还不知道会变成什么样。估计你以后也没法读书了。像你这样的祸害，本是死一个少一个的，只会败坏我们家的名声，以后做人做鬼你自己决定，只是以后做坏事被抓到时，别说是我的孙子。就这样吧，以后你想做什么就做什么，随你便。"潘宏万本想辩解两句，说出他心中憋着的委屈，再一想，既然钱都赔了，罪名也认定了，多说反而变成塞住屁眼硬争，他心灰意懒："不读就不读。"他也早从同学口中听说了，学校已经贴出大白公告，开除了他的学籍。

退学后的很长一段时间内，潘宏万就处于无所事事的状态——这也是镇上大多青年的状态，神情萎靡，方向不清，想他妈的豁出去了大干一票，比如说把镇上的农业银行给抢了，比如说偷点钱去小镇东边那妓院遍地开的永发镇嫖一场之类的，又胆子不够，只得把幻想放在心里聊以自慰，做一些打群架、勒索小学生零花钱等小坏事打发时间。三个月后，老潘询问潘宏万今后的打算，他一问三不知，连自己在这三个月中打了几场架都说不清。老潘说："我和你爸商量过了，你这样混下去，死路一条，你也没多少年好混了，你也要想想该做什么来喂你的嘴巴。"潘宏万仍旧双目茫然。老潘说："我的意见是，如果你同意，就买一辆面包车来载客，从永发镇经过我们瑞溪，到西北的县城，每天跑四五个单程就行。你想一想吧。要想清楚，家里已经赔了一大笔钱了，要买车，是要借钱的，要是买来你不好好做事，那是拿钱砸水，不如不买，你帮你爸杀羊算了。"

潘宏万闷下头，好一会儿才抬起："我怀疑那同学怀的小孩真的不是我的，虽然我跟她过，但我怀疑真不是，我……"老潘冷冷地说："都过去了，别提那丑事。你想想要不要学车的事吧。"潘宏万想了两天，答应去学车。老潘找了一个熟人，安排潘宏万去县城学车，年轻人上手快，没多久他就能开车上路了，花了些钱拿到了驾照。老潘四处筹钱，买回一辆二手的面包车，潘宏万的载客生涯就开始了，他找到新目标似的，勤奋肯干，每天可以跑八个单程。镇上好多人见到老潘，都夸他有脑子，给孙子想了个这么好的门路，老潘说："借钱买的，借钱买的，不知何时能还清呢！"他眼睛眯起来，没有变化的表情顿时染了笑意。潘宏亿有时间也跟着大哥学开车，居然被他学得有模有样，一般的路都能跑了，有时周末他就跟在车上，替潘宏万换换手，潘宏亿觉得面包车溅起一路烟尘的样子，比带着一群人去火并还要拉风。

当时还没有大的客运公司介入这段路线，潘宏万的收入也算可以，一段时间后，他手中积了点钱，问潘江说他想买辆摩托车。潘江摇头："有什么用？"潘宏万压低声音："出入方便啊！这是我一个同学介绍的，那辆车还很新，是别人偷出来，已经转手过的，又新又便宜，就算自己不用，我们再转手，也可以赚钱。"潘江说："人家偷的车，不能买，会惹麻烦的。"潘宏万说："不会不会，那完全是新车，又没有记号。而且那是金江落漆三卖的，他跟我熟才介绍给我，要不是熟人，他也不会这么便宜就出手。"潘江有些心动，却还在犹豫。潘宏万又说："买辆摩托车，你到下面村联系买羊，给人家送羊，就方便多了，不比你骑着单车好？"潘江说："你先去问清楚，要是查得严，麻烦就别惹了。"潘宏万眉开眼笑，连说"好好好"……

潘江跟着潘宏万去交了钱，摩托车当天就拿了回来。

老潘责骂了潘江一顿，说："小孩不懂事，你都多少岁了，还开玩笑啊？买偷来的车？"

老潘也不敢放大声音，怕邻居听见了，往外传。生米成了熟饭，也没有再往外转手的必要了。

潘江平常出入，都骑着这车，果真要比自行车方便得多。潘宏万经常笑嘻嘻地说："若不是我，能买到这么好的车？"

用摩托车最多的，还是潘宏万。他经常在晚上骑着摩托车，从小小的街道呼啸而过，留下带着因为回音而震耳的高声轰鸣，朝永发镇而去。他的车尾经常坐着一个姑娘，长头发被吹得直直向后。永发镇建了一个叫"椰风"的大型饮料厂，把广告做得跟每年八月的台风一样大，那些年"椰风，椰风挡不住"的广告词在全国猛吹，还请来香港明星黎明代言了广告，在黎明鼻子堵塞似的歌声"有情天地，有缘相聚，心中那盏灯……"反复播放后，永发镇便被带动了，繁华程度一度超过县城，玩乐花样极多，各乡镇蠢蠢欲动的男人"有缘相聚"在这"有情天地"，眼中的光比发廊门口射出的粉红灯还要亮。不只年轻人爱往那里跑，很多自觉雄风犹在宝刀不老的老头，手上捏了点钱，有时也是要去看看新尝尝鲜的。

老潘觉得自己真是老了，老得连去永发的欲望都不再有。年轻人的活法和当初的指腹为婚早不一样了，看到孙子一到天黑就推车出门，老潘又羡慕又绝望，他努力回想自己过世的老伴，一点印象也无。他记得和老伴也算是同生共死过的，在那个疯狂的年代，他与她。他还隐约记得老伴因为某件事舍命救过他，但具体什么事，却真的全忘了，甚至，老伴的脸都模糊了，想不起了，只有一团黑影。

黑手义见老潘神情落寞，小店里也没人，就陪他边喝边聊。老潘本想问问黑手义是不是记得自己老伴救过自己——黑手义是几十年的老相识了，自己的一切，他都知道——转念一想，他又不问了，自己心底都残留不多的东西，别人怎么可能还记得？就算他真记得，自己好意思问出口？黑手义见他言语吞吐表情矛盾，也不多问，只说："喝酒，喝酒。"几杯酒下去，黑手义说起镇中学角落的那间日本人留下的炮楼，说年少时小日本投降了，那留下的炮楼成了诡异的去处，经常闹鬼，老潘还约他一起夜闯过。老潘来了劲头："是的，是的，有过这事。不过最后怎么样了？我忘了。"黑手义大笑："闯进去不久，你就说有什么在拍你的右肩膀，说得浑身发颤，我转身就往楼外跑，你在后面跟着尖叫，也跑出来，像是有黑影跟在身后。谁知道几天后你说，那是你假装来吓我的，我因此失望好久。你知道，我多想亲眼见见鬼，就算是日本的鬼，也好的，可惜没见着。"

老潘眼睛眯成一条线，迷惑不已："有过这事？"

"连这你都忘了？你说你故意吓我时，我打了你一拳，把你左眼都捶黑了。"

老潘摸摸自己左眼，没有任何印象。

黑手义说："小日本他妈的就是厉害，随手搭起来的炮楼现在还是很稳固，门窗是破了，倒却倒不了。"老潘费了好大劲，脑子一团灰，只乱想，为什么那炮楼一直留在校园里没拆呢？现在好像有个音乐老师在里面堆放了柴火，那老师也是，在里面放柴火，烧火会吉利吗？能把饭菜煮熟？

老潘想了好久，悠悠地问："黑手，你还记得我老婆长什么样吗？我就算看着她的像，也不怎么记得了！"

二

"只要不吸毒就是好青年"——这是镇上流行的评判标准。白粉从二十世纪九十年代流入镇子后，家破人亡屡见不鲜。在镇上人看来，赌博输钱，小事一桩；去永发嫖妓，睁只眼闭只眼就是了，反正也有腻的时候；青年人聚众打架，那也正常嘛，只要不拿刀砍，鼻青脸肿了，擦擦药就好；但，若是吸毒，就万劫不复了。老潘欣慰的是，两个孙子虽处于叛逆的年纪，坏事做了不少，却总算没有沾染过白粉，因此一听说潘宏亿吸毒了，他脑子顿时空茫茫，没有如听轰雷，只是淡淡的，就什么都空了，步子浮飘，整个人像飞起来。当时他正在一个茶馆喝茶，就走进来一个潘宏亿的同学，坐在了他的对面。老潘对潘宏亿的同学是熟悉的，那是潘宏亿的小学同学，还经常来老潘家玩，叫张小峰。老潘说："啊！是阿峰啊，要吃茶吃包，点啊！"张小峰摇摇头："不吃。有件事本来跟我无关的，我也不该说，但我想，我不该瞒着你，我怕宏亿再这么下去，骨都找不到。老潘爹，你的孙子，潘宏亿，他吸毒了，我不骗你。我不止一次见到他和一伙人，把同学赶出教室后，关着门窗，就吸了，在教室里面就吸。"

老潘摇晃着走出去，张小峰嘴角翘起，看着老潘，想劝些话，又说不出，眼角掩不住忧伤——他是在为自己的同学心痛！张小峰不敢多看，匆匆跑了。

黑手义在店门口叫"老潘，老潘"，没有回应。老潘觉得自己的骨头都是酸疼的，走到家门口，潘江在院子里杀羊，咩咩咩地惨叫，像小孩声，在回荡。潘江没感到异样，叫老潘过去刮一刮羊毛。老潘拿着尖刀，已经泡过热水的羊毛迅速地掉落，一撮一撮黏在一起，羊身很快光溜。待潘江察觉到老潘眼神涣散心不在焉，手中刀也划破了羊皮，光滑的皮面上刀痕纵横，裂绽得很难看，潘江叫道："兄，你做什么？"老潘惊觉，把刀放下，把张小峰的话说了一遍，潘江也愣了，两父子相对着，任由另外两三头羊没收拾。

　　不知多久后，潘宏亿进来院子，潘江回过神，朝他冲去。老潘也惊颤，大叫一声："停下，停下，你停下。"潘江手一颤，刀掉地上，但他没停下，一拳击打在潘宏亿左脸，潘宏亿没来得及叫便倒在地上。潘江随手一捞，抓到一条绑羊的绳子，扑过去就把潘宏亿捆绑起来，捆了一根绳子还不够，潘江又找来四五根，潘宏亿像蛹中的蚕。潘宏亿挣扎不止："你疯了，你走神了，一见我就打就杀。"潘江手一甩，"啪"地巴掌声一响，话堵着，出不了。老潘说："棺材板都钉响了，你还不认你做过什么。"

　　"我做过什么了？"

　　"做什么没做什么，把你绑几个小时就知道了。"

　　刚开始他还故作镇定，过一会儿，他想起什么来，内心发虚，脸色刷白。陈梅姑回来，见三人闹成一团，哭声乍起。老潘回头高喊："要哭，到外面去哭，不然就找块布塞住你的嘴。"陈梅姑要给潘宏亿松绑，被潘江扫了两巴掌，她没捂着脸颊，反捂着胸口，喊："真疼，真疼。"老潘说："做什么不好，你偏偏要吃那种东西，你偏要去碰这死路一条的东西。"闹了一阵，天已黑了，院子里的灯亮起来，飞蛾围着电灯又撞又飞。潘宏亿咬紧牙："你听谁说什么了？我做错什么了？"潘江举起拳头又要打，陈梅姑死死拽住："你是鬼上身了，干吗打我儿子？"潘江说："你的好儿子吃白粉了，你知道不？他吃白粉了。"潘宏亿不再挣扎，面色死灰，一直试图掩盖的，再也掩盖不住，汗水冒个不停。陈梅姑一口气上不来，眩晕过去，潘江又拉又扯，推拿好久，她才缓过神来，拖着脚步回房，口中喃喃自语。这时潘宏万也出车回来，问清楚情况，他居然十分冷静，淡淡地说："是怎么样的，绑几个小时就知道了，看看会不会发作就知道了。"潘宏亿牙齿咬着嘴唇，不断甩头。

一家人都吃不下，老潘端着碗给潘宏亿喂，潘宏亿嘴巴上了锁，只说："绑着我，我不如死了。"

潘宏万冷冷道："真吸了，你想死还不容易？"

晚上八时，要羊肉的人陆续上门，潘江让他们待在前堂，把羊肉分好，也无心结账，说下次一块儿结，把人打发了。全家人都在等，院子里平时很少亮到半夜的灯洒出一些惨白。潘宏亿脸色越来越难看，起初他极力忍住，再一会儿，嘴唇颤抖发青，冷汗一直没停，他浑身抖动，在绳子的捆绑中，抖动还是不止。他们终于等到了那让人绝望的答案。潘宏亿毒瘾发作，理智已失，破口嚎叫，让把他放开。他喊起来："我书包的烟盒里还有，快给我一点，快给我拿来，我要死了，给我抽一点。"潘宏万果然从他书包里翻出一个烟盒，烟盒里用锡箔纸包着两小包。潘宏亿尖叫："拿来，拿来，快拿来，我快死了，快拿来。"两串鼻涕长长滴下，他一抽一抽，像是垂危的人。陈梅姑心软，说："兄，要不要……"老潘给她狠狠一瞪，从宏万手中夺过两个小包，随手一甩，扔进烧水杀羊的火炉中，里面还有一些红热的炭灰，一股小小烟气冒出，潘宏亿绝望不已，哭吼颤抖，声音传得老远。老潘说："宏万，去叫你姐夫来，快点。"潘宏万推出摩托车，呼啸而去。

老潘所说的，是潘宏万堂姐的老公，叫李堂清，早先在一个医学院读书，毕业后，进不了大医院，辗转了几个大城市，工作换了十来个，都和专业没什么关系，也碰得头昏脑涨，到最后他担心再混下去，估计连感冒药都不会开了，一咬牙，回到村子里开了个诊所，替附近一带村民看些发烧感冒之类的小病，倒也渐渐地弄出了名堂，收入不少，在村里盖起了两层小楼，成了让别人眼红的小康之家。半个小时后，李堂清骑着自己的摩托，跟在潘宏万的车后，过来了。他让陈梅姑烧热水，用毛巾给潘宏亿抹净脸，潘宏亿蹦跶了那么久，嗓子已哑，嘴巴微微张合，只有喘气声，可他的颤抖是不受控制的，一直没停。李堂清调着药水："白粉染上了，什么药都没用，现在他发作，只能给他打些镇静剂，让他稍微安静下来。"他让潘江松绑，潘江犹豫不前，李堂清说："松吧！按住他，他跑不了。"几个人按住，拉下他裤子，摆弄了半个小时，才把药注射完。

喝下温水后，潘宏亿安静了好多，李堂清又趁机给挂上点滴液，都是安神定身的。李堂清问："看你样子，吸毒还不深，多久了？"

潘宏亿嘴唇还是紧闭，不愿说一句话。

点滴滴到一半的时候，潘宏亿说："曾德华给我烟抽，他在烟里放了这东西，刚开始我并不在意，只以为那烟很好抽，等我发觉的时候，他说是白粉，他还教我在锡箔纸上抽，我受不了那滋味的诱惑，就抽了，再后来就上瘾了。也许两个月，也许三个月，我说不准。"

李堂清问："你怎么有钱买？"

潘宏亿脸朝一边转。老潘握紧拳头就要打，李堂清握住，摇摇头。老潘冷笑："不用想，肯定去偷了。我老潘家也出贼子了，哼，很好啊，我们家多少代都没出过一个贼子，你算第一个，很有出息啊！"李堂清说："两三个月还不久，你还只是吸，还没打针，现在戒还来得及，看你能不能做到了！"老潘精神一振："可以戒？"李堂清说："要看人，有戒的，但太少了。"陈梅姑又是绝望，又觉得所有的希望都在李堂清身上，祈盼他说出能立即解决的法子来。走出门外，李堂清对老潘说："要随时看紧他，大概每六七个小时，毒瘾会发作一次，我会来给他打针。但打针也是没有用的，一点用也没有，能不能戒掉，还得看他自己。"老潘一拍手："我知道怎么做了。"

陈梅姑煮些稀粥喂给潘宏亿，他嘴巴不愿张，也硬是喂了一些。李堂清再开了些安眠药让他服下，宏万就扶着弟弟进房睡觉。所有一切弄完，已近凌晨两点，左右邻居受了骚扰，也跟着痛苦，同时也暗暗替老潘家担心，有的甚至把抵不住睡意侵袭的小孩摇醒，以活生生的例子作为警告。李堂清说今晚他就不回去了，留在这儿看看几个小时后的情况。老潘叫闹了一夜的家人到黑手义的小店吃消夜，潘江担心心神俱乱的陈梅姑，同时也要盯紧潘宏亿的房间，就没去。宏万给李堂清的道谢一句连着一句，李堂清听得都不好意思了，老潘听了，心中有了些许安慰，大孙子读书不成，开车这段时间，倒是学了不少为人处事的道理。

黑手义早从镇上人的口中了解了原委，也就不提任何相关的事，看着这个几十年的旧交，他只有感慨，若是换成自己，还真不能承受得了。小镇上的消夜摊不过几家，黑手义这一家靠近镇上的中国农业银行，农行的五层楼是镇上最高的建筑，其他几家摊子，灯光都昏昏暗暗模糊不定，好像一直在摇动。黑手义知道自己和老潘对小镇太过熟悉，甚至会熟悉到镇上每一粒沙子的圆和扁，这天高皇帝远的地方，平时自得其乐也自得其苦，不会有大事发生，此时见到老潘脸色凝重，黑手义觉得未有过的陌生。小镇上大多数人都在梦里了，仅有的几处灯光并不能照亮狭窄而幽深的街。

潘宏万想安慰爷爷几句，又因为平时很少有这么面面相对地聊过，也不懂说什么。他这段时间细想了之前的作为，觉得自己浪费了绝佳的读书机会，破灭了全家的期望，虽然晚上常与朋友到永发玩到半夜才归，对很多事情却有了分寸。李堂清最看得开："事情都这样了，多想没用，尽力吧，就看他能不能熬过去，毒品最毒的地方在心瘾而不在毒瘾。"老潘眉头一直紧锁，他叫黑手义多炒三个菜，老潘忽然就来了胃口，也有了多喝几杯的兴头，想想，他都觉得奇怪。

潘宏亿的毒瘾每六个来小时发作一次，他鬼哭狼嚎叫声惨烈，李堂清若无外出就诊就来给他打针，并配了一些口服的镇定药，以备他在外出诊时服用。药效作用几近于无，但也只能这么用着，增加一些心理作用也是好的。潘宏万出车了，家里由老潘、潘江、陈梅姑三人轮流看守，每当鬼叫声响起，陈梅姑无论在哪个角落，都能极其灵敏地听到，垂泪不止。老潘和潘江则负责按着不让潘宏亿跑掉，若是按不住，就拿出绳子绑好，陈梅姑看到儿子被绑紧在床脚边，眼泪就更来得猛烈。潘江推掉了一些羊肉生意，他没有太多精力应付原来的生意，买羊抓羊杀羊送羊，都是耗费时间的。潘宏亿的身子迅速消瘦下来，之前之所以样貌变化不大是因为毒瘾不深，他又年轻力壮，加上有白粉在瘾发之前让他获得满足，而现在，他只能在绳子里挣扎不已，身心俱损，脸相极度难看。

陈梅姑按照李堂清的说法，专门弄了一些有营养又不油腻的东西喂潘宏亿吃。潘宏万回车也比往常要快，他要替家里几个大人轮班。很快过了半月，潘宏亿毒瘾就轻了不少，发作起来也不那么难受，叫喊也不再凄惨如被宰杀的羊。陈梅姑的眼泪和潘宏亿的叫声成正比，也在渐渐变少，她心中添了些喜乐脸上多了些许笑容，她又在想，若是让儿子好起来，自己拿命换也是值得的。老潘看着孙子，时而犯迷糊，时而心里亮若明镜，想起多年前仿佛自己也有过相似的经历，但明亮仅一闪而过，他挖寻许久，沉在往事水底的落石依然没有浮现。

有一次和黑手义喝酒时候，他装作若无其事问过一次，黑手义的反应是伸手拍得桌子摇晃碗碟碰响："老潘，你脑子是不是灌了糖水，当豆腐脑吃了？自己的事都不记得，还来问我？毒你是没吸过，你倒是想，但哪有啊？你以前赌过，还赌得很厉害。"老潘说："赌？"他有了些隐约印象，记忆的河水起了微澜，水底泛起点点浑黄，却还是没能看清。黑手义抓过老潘右手，把老潘衣袖一捋，肘子处有一个鸡蛋黄大的黑褐色疤痕，黑手义冷笑说："这个疤你记得吧？"老潘说："你怎么知道我这个疤？"黑手义感觉自己在鸡同鸭讲，绝望地说："当时你赌得裤子都要输了，还死不认，人家抓起棍子就打，若不是我和其他人出手拦住，就不只是这个疤了。"老潘继续雾水笼罩。黑手义说："不说这个，不说这个，气人。"

黑手义见到潘宏亿一日比一日好，也替老潘高兴。

他们都没能高兴多久，潘宏亿趁着他们看护的松懈，好好回敬了他们那绑在自己身上的绳子。

事情是潘宏万起来出车发现的。当时小镇才刚刚从黑夜中翻身，阳光还没出来，只有带白的晨色把小镇罩在宁静中，早起买菜的人陆续在七步街上来来往往，人少，小街也显得空旷。潘宏万在家门口被一根松松软软的绳子绊了一个趔趄，他也不在意，站直身子，走向停车的地方。他脑袋轰然爆开，木头为架油毛毡为顶的棚子竟然空空如也，面包车没在里面。他在木棚前连叫喊都没有，开车以来，那车几乎成了他的命，而此时，竟突然就消失了，他像是钻进狭小的长洞，脑子没法转回。潘宏万雇来跟车收钱的小姑娘杨春玉也依时来到棚前，疑惑地问："宏万，车呢？"潘宏万猛然回神，跑回家门口，弯腰扯开那拦在门前，却连结都没打好的绳子——那是往日毒瘾发作得厉害，用来捆绑潘宏亿的绳子。潘宏万扔掉绳子，朝潘宏亿房间奔去。昨天后半夜是潘宏万守夜的，后来因为弟弟房门前蚊子实在太多，又听到弟弟鼾声正沉，想到自己明天还要出车，他就回房睡觉了。睡前他曾想叫醒爸妈起来接班，走到父母亲房门前，一时心软，他就没叫。难道因为自己一个不经意的疏忽，就出事了？他心惊肉跳，气粗起来。宏亿的房间果然已空，被子凌乱，显然是走得很急。潘宏万头一下撞到门上，以前弟弟跟他学过车，家里还有一把备用的钥匙，肯定是弟弟趁家人疏忽，拿备用钥匙开走了面包车。潘宏万越想越后悔，自己往日睡眠浅，有人从屋外走过，丢个烟头吐口痰，他也要翻个身，昨天后半夜怎么就那么死沉了呢？

杨春玉进来时，潘家的人都起来了，潘宏万被陈梅姑拉着，他的额头撞得红通通一片，有些肿，杨春玉心里暗暗一疼，多人面前，也不好表示。潘江口中像说着什么，又听不清，表情怪异。老潘没什么表情，木木地说："春玉，你去叫黑手爹过来。"杨春玉跟宏万的车当收费员，两人年纪相仿，又整天窝在一个车厢内，各自心中早已有了异样的感觉，平时听到宏万晚上去永发玩，杨春玉心里有气，嘴角也挂了刀子，句句话带锋；而若有乘客嘴巴不干净，对杨春玉乱扔黄腔的，潘宏万也会憋着一肚子火，下脚把油门踩到底，吓得车上的乘客都伸手随便抓住点什么，杨春玉叫一声："你开飞机吗？"他才会慢下来……杨春玉和潘家老小都很熟了，老潘一发话，她也晓得肯定出了麻烦的大事，不应答不点头，转身跑去喊叫黑手乂。

黑手乂很快就过来了，他昨夜收店晚，刚躺下没多久，此刻牙还没刷就被杨春玉拉着跑来了。听清大概后,黑手义说:"我后半夜三点四点才关的店,那时车肯定还是在的,所以到现在,一定还跑不远。"经过商量,人分两路,黑手义叫上自己的两个儿子,往西边县城的方向赶去,潘宏万和潘江骑着摩托车,顺着去永发镇的路找。一出小镇,除了这条柏油路的主干线,往各个村子的小路纵横交错,但老潘让他们只管朝两边大路找,别管小路。老潘分析的理由如下:主干线的柏油路很平整,往各个村子的土路崎岖不平,往日潘宏亿只开过平整的大路,还没有胆了开小路,更何况,潘宏亿偷走自己家的车,无非是准备快速出手好有钱买白粉,往乡下跑的可能性就更小了,县城和永发镇是最可能去的地方。

　　杨春玉陪着陈梅姑,一句接一句地安慰。老潘听不得人家多话,木着脸往外走。陈梅姑喊:"兄,你去哪儿?在家等消息啊!"老潘没回答,反背双手。今天是镇上的集日,往来的人已经多了起来,手扶拖拉机拉着一车车的人,堆满了街面。陈梅姑以为街上人多声音杂,老潘没听到,走到门口又叫一声。老潘还是不应,他钻进人群,走到对面街,和农用车维修店的大肚成说了几句话。大肚成右手在裤腿上擦了擦,没擦干净,用一手油污拍拍老潘的肩膀,爽朗地笑了。老潘转身走回来,陈梅姑和杨春玉不清楚老潘要做什么,也不敢问。老潘坐在椅子上,更像是木头刻成的了。

　　两个多小时后,往县城去的黑手义家的回来报告说,那边没找到,四处问了人,也没发现踪迹。陈梅姑就焦躁起来,碰来撞去,哭也不是笑也不是。黑手义进来了,一手拎着猪肝粉肠,一手拎着河粉,要给大家开火做早餐。黑手义的小儿子喊了一声:"爸,谁还有心情吃啊？"黑手义想想也是，尴尬一笑，手中的塑料袋子滑落到地上。

外头街道很窄，有车开过总要把人挤到街道两边，像钻进密林的人，伸手拨开面前的蒿草。听到有喇叭声响，杨春玉精神一振："回来了，肯定是开车回来了。"她整天跟在这车上，对车的喇叭声自然是熟悉的。众人也都精神提起，跑到门口，果然是潘宏万开着车回来，他找了个缝隙，把车塞到街道边。潘宏万脸色凝重："爸去买早餐了。我们骑摩托车，一直开到快到永发镇的那个小坡处，就看到车停在那里，可宏亿没在上面。我检查了一下，车没油了，也烧坏了气门，就撂在坡下上不去了。"老潘的脸色更加难看，找回车一点没让他兴奋，他更在乎的，是孙子的下落，无数个镇上传说的毒瘾发作的人拦路抢劫被打死打残的事在他脑里绕转。潘江把摩托车靠在门口，也提着猪肉和河粉进来。老潘说："梅姑，你去厨房煮早餐吧。车拿回来就好了，谅他也没胆子闯什么大祸，我有法子找到他。"杨春玉跟着进厨房帮忙。

吃完早餐，老潘走进镇中学，寻到潘宏亿的班上问他的同学，有没有人知道宏亿的下落。回答都很一致，没人知道。老潘又说，若是以后有消息的，请告诉他知道。潘宏亿因为吸毒休学在家，班内早就议论纷纷，也见怪不怪了，他的同学也都笑嘻嘻地说："没问题，没问题，有消息一定告诉你。"老潘看到笑嘻嘻的人群里，有一个身影躲在教室后面，面无表情地发呆，是张小峰。张小峰把课本塞进书包，掏出一本武侠小说，却无心翻看。

老潘想招呼一下，又忍住了，走出教室，扭头看了一眼校园西北角那间被遗忘的日本炮楼，那房子孤单落寞，透出幽深和引力，有只手在拉扯着他。老潘一瞧就目不转睛，甚至步子都停不住，要往炮楼挪去。走了几步，更觉得炮楼长了手脚，可以摇动，在召唤着他过去，他想扯都扯不开。一直到张小峰走到他面前，他才回过神，惊出一身冷汗，一擦额头，炮楼仅仅只是破败的炮楼了。张小峰脸色还是冷冷的，不过他眼中透出一股热，那是两堆火，他说："我不知道宏亿在哪儿。他和班上的同学关系不好，也不可能有人知道。但是有一个人肯定知道，你应该去问他。"老潘抖了抖："谁？"张小峰说："曾……德……华……"老潘长舒一口气："不错，他知道。"

张小峰好像是怕别人看见，一个转身，消失在一棵大树后面。

老潘内心极度想再瞧一瞧炮楼，立了许久，一直没看，有时把脸对着炮楼了，却又害怕自己如若多瞧，便会沉沦进那幽深之地再也出不来——那里是有着让他沉沦的力道的，他知道，他在那里丢过很重要的东西，若他进去了，不能寻回，只怕就要把自己也摔进去了。

白粉初在镇上横行之时，在县政府的统一领导下，曾经严打过，可那些人抓了，送到县里关一段时间，有钱的交钱便放出来，没钱的关到时间了，仍也放出，吸毒者仍旧不减，反复如此，那些吸毒者大罪不犯小错不断，让人头大。每个镇送上的吸毒者太多，县政府要花大笔钱养着这批人，也有很大压力，后来渐渐地就睁只眼闭只眼，从事必过问到少闻少问再到不闻不问。那些在各个小镇上流窜的瘾君子更是私下有交情，形成一些不小的势力，有些人被他们偷偷摸摸拿走了东西的，只要不是钱太多的，也就本着少惹为妙的心理，不去和这些吸毒者靠近，免得被纠缠上，后患无穷。曾德华是这些瘾君子中的一个，他吸毒早，资格颇老，晓得很多白粉流通的渠道，镇上那些瘾君子就算有钱，也是要通过他的手才能买到那让人腾云驾雾的白色粉末。曾德华住在镇上三角楼巷子里的一个小角落里，据说附近的人从他门口十米开外经过，就被臭气熏得不行。他原先全家都住在镇上，后来因为他成了镇上的吸毒元老，败坏完全家的财物，父亲气得一场大病之后，终于放手不管，把镇上房子卖了，全家迁回乡下。曾德华找了一个没人居住的传闻闹鬼很厉害的破败房子住下，平时靠偷鸡摸狗和转手白粉换取自己吸毒的花费。政府抓过他好几次，据说后来连关押他的人都被拉下水，还得白给他饭吃，后来也就放他出来，只盼着他早点毒深横死。

老潘听说过曾德华，也曾见过，是一个标准的吸毒仔，骨瘦如柴，风吹欲倒，鼻孔里随时挂着鼻涕，话不到两句，就抽搐，猛猛地吸一口气。老潘忍着他房间的难闻臭味，一把拎起他来。曾德华正在床上睡觉，翻来覆去，抖来抖去，床上散发出死老鼠的味道，只有那时不时顿然一吸气的声音，证明着曾德华还是一个活物。老潘手一抓、一扯，曾德华从睡梦中被扔下床。曾德华哼哼着爬起，还没清醒，老潘又踢了他两脚："你个贼八仔，给我起来。"潘宏万没想到爷爷还有这么大的力气，倒是黑手义站在门口，淡淡地笑，好像老潘的所做都在他预料之内。曾德华渐渐看清后，怒不可遏，尖叫起来："你个死老羊，你想死啊？你敢动我，信不信我打死你？"潘宏万要冲上去，老潘却率先再动手，左右开弓，给了曾德华七八个巴掌，曾德华头昏目眩，脸又热又肿，鼻涕更是甩了出来。曾德华哪遇到过出手这么狠的，愣了好久，喊起来："打人了，来人啊！打人了，潘老羊要打死好人了。快来人啊，坏人打好人啦！"握紧拳头，要瞧准时机给老潘一个回击。潘宏万说："有胆子，你就打啊！"曾德华拳头松开，因为他烂命一条，镇上的人被他占了小便宜，忍忍就过去，还怕一出手就过重，把他给打没了，他哪遇见过这种欺负，继续叫："潘老羊全家欺负好人啊，我要告官，见人就打，坏人。坏人啊！"

老潘冷笑："你说对了，我今天就是来打你的，你要是做得不让我满意，我把你的皮都剥了。"

老潘坐在曾德华床沿上，拍拍他肩膀："我问你话，你老老实实回答。"曾德华眼睛一眨一眨，给镇住了。老潘指着潘宏万："他弟弟从家里跑了，别的我不多说了，你给我把他弟弟找出来。"

"我怎么知道他去哪儿了？"曾德华笑了笑，手掌摊开，"你给我钱，我帮你问问啊！"

老潘说："你要钱？"

"没钱怎么办事？现在没钱，哪还能办事哦？"他爬起来，靠在床沿，手继续朝老潘面前伸。

"你把手放地上，我给你钱。"

曾德华手掌在地板上摊开。老潘抬腿，瞧准曾德华的小手指，猛地一踩，咔嚓一声，曾德华尖叫不止，在地上打滚，他左手小手指骨头不碎也肯定断了。老潘说："当初是你给宏亿烟抽，在烟里放白粉，这个账还没算，你还想要多少，我给你。"曾德华顾不得疼，赶紧缩回双手，藏在怀中，在床脚下发抖。老潘说："赶快把他给我找出来！"

曾德华收收神，尖叫："叫我去哪儿找？"

"那是你的事，不过我可以教教你，他肯定就躲在永发镇上。那里是谁在卖白粉，你比我清楚，他要去找人买，你不就知道了？我给你四天时间，要不要找，随你，打不打你，随我。"

"四天？要找不到呢？"

老潘不愿意多话，从曾德华手里扯出他左手，摊开他手掌，握紧他小手指一拉一提，又是咔嚓一声，曾德华又要晕过去，但总算回复原位，大体上接上了。老潘走出去，潘宏万还不相信爷爷真把这镇上最难缠的混混治得无话可说，黑手义则是忍不住了，哈哈大笑，肚皮都笑酸了。

曾德华哭笑不得，小手指疼得钻心。他右手翻着枕头下一个盒子，里面有注射器、针头、打火机，还有很多小纸包。他本想把针头撞到注射器上，无奈左手不便，右手握不准，上摇下晃得厉害，只好放下。他从裤袋里翻出一个香烟盒，扯出里层的锡箔纸展开铺平，把外盒卷成一只小吸管，小心翼翼地把小纸包里的白粉倒一些在锡箔纸上，点着了一根蜡烛，两只手勉强提着那锡箔纸在蜡烛芯上烧，嘴角吸紧吸管，朝纸上的白粉缓缓吸过。他仰起头，长长吸气，一刹那，老潘的威胁已远在天外，他觉得身子飘浮起来，神仙不过如此吧？恍惚间，这个阳光一直射不进来以致阴沉潮湿的房子，笼罩在一层朦胧的白光中，连小手指的疼痛，都顿然消失了，那种隐约的疼，其实还是一种不错的感觉，让他沉浸。好一会儿后，他才觉得心中怅然空荡，自己对瑞溪镇空气的味道都可以说十分清楚了，这里是自己横行的地方，政府也拿自己没法子，可今天忽然来了一个自己都不能把握的人，这样的人是不是还有更多？开了一个头，以后会不会还有别的人，继续对他下重手？曾德华觉得一直很熟悉的小镇，因为老潘的那一踩，顿然陌生起来，变得一无所知。这，是一种被挖空的感觉。

离开曾德华经过农用车维修店，老潘又走进去和浑身油黑的大肚成说着什么话。

第一天，没有潘宏亿的消息。第二天，没有潘宏亿的消息。第三天下午，老潘坐不住了，到菜市场买了只鸡回来叫陈梅姑杀了。煮好了，就叫潘江用摩托车载着他回乡下。走进祖屋，把鸡和饭放在八仙桌上，老潘就对着高置的祖先牌位喃喃自语，香烛缭绕里，老潘在祈求孙子平安。潘江知道父亲一向不太信这一类祭祖，过年过节，族里需要祭拜，都是潘江回来。这次老潘主动回来，一是无计可施，二是他近些日子睡梦混乱，时常会见到一些逝去多年的人，需要让祖先替他安妥一下。祖屋又老又破，有些墙壁破败倒塌。祭拜出来，天色昏暗，更显得祖屋的荒芜，老潘心中猛一抽紧。潘江不敢多看父亲的脸，与父亲同岁的黑手义还壮如铁塔，父亲却身子前倾了。老潘扶着摩托车后架坐上去，手在摇抖。潘江骑车回瑞溪时就特别小心。夜风里浓雾如水，老潘都觉得车太慢，催潘江加大油门。潘江说："好！"车依旧如蜗牛爬，从远处看像一个人拿着手电筒，照开漆黑的夜。

到镇上家里，潘江一愣，眼圈一红。老潘笑了笑："还是公祖灵验啊！"

——潘宏亿正坐在椅子上，鼻青脸肿神情哀伤。

李堂清调着药水，潘宏万在给陈梅姑捶背，只要手稍微重一点，陈梅姑就咳嗽出来。老潘放下装着鸡和饭的筐子，继续笑着："外面没饭吃，回来吃了？"潘宏万说："下午时候，我刚回车，曾德华跑来，说问到他在哪儿了，我叫了几位叔伯一起去，才把他扭回来。"黑手义的小儿子左手拉右手衣袖："他不错，还很有力，我的手都被刮破皮了。他一身伤不知在哪儿惹上的，可不是我们打的。"老潘说："打了，白打。打得好。"说完递给他一碗祭过祖先的饭，说："公祖那么灵，一拜你就回来，你也吃吃拜公的饭，吃了，估计就能戒了。"

当天夜里，潘宏亿发作了一次，没有众人摁扭，潘宏亿双手抓紧床沿，嘴咬枕头，没发出声。李堂清给注射了镇定药后，又开了安眠药给他服下，熬过发作时间，他犹如刚从水中捞出。陈梅姑烧了热水帮他擦掉臭汗，李堂清又开了一些外伤药，让陈梅姑给他抹擦身上的伤痕。忙完后，众人各自歇下，潘江在房内看着宏亿。老潘没睡，他知道只要守过今夜，就一切安顺。小镇的深夜安静得可怕，偶尔一阵无来由的风，更像是某些已亡人的呼吸。老潘就在门口坐着到天亮，这是一种奇怪的感觉，东边不远处，是黑手义店里昏黄的灯光；往西去县城的路没开夜店，一片漆黑，所有的窗户都闭着眼。老潘暗暗叹息，一直以为早已熟知的小镇，在夜色掩映下，完全看不清，自己活了那么多年，不知还有多少秘密躲在这弹丸之地的暗夜深处。

第二天，老潘叫宏万不要出车，一起走进大肚成的农用车维修店，迎面便是一个长宽高各有两米的大铁笼——这是老潘让他焊的。又找来几个年轻力壮的邻居，费了好大劲，才把铁笼搬回来安好。潘宏亿说："是关我的吧？"老潘说："你什么时候戒了，什么时候出来。"陈梅姑要数落两句，嘴唇动了，没出声。潘宏亿嘻嘻笑："以后我结婚，把这铁笼当洞房。"

此后除了洗澡、吃饭、方便，宏亿的一切活动就在铁笼里，李堂清有空便过来看看。毒瘾每次发作，他都头痛如裂，根本睡不着，李堂清就直接开了一盒安眠药，让陈梅姑叮嘱他按量吃。有一次后半夜，宏亿发作得难受，趁着没人，解下裤腰带，朝桌子上一甩，套住那瓶药，拉过来。盒里还有二三十粒，他倒得满满一手掌心。好一会儿后，他手一甩，药粒撒满地，手摁太阳穴，在笼子里无声抽泣——这一次他比以往哭得都更伤心。

张小峰来看过他几次，每次来，留下一两套武侠小说让他看看，不多说话，就走了，下次来时，把前次留下的带走。潘宏亿也不说一句，在同学面前，他根本抬不起头，尤其张小峰还是他小学的同班，尤其，他在铁笼里，像一只被圈养的猪。终于，有一天，潘宏亿说："谢谢了。"张小峰说："你吸毒的事，是我跟你爷爷说的，你还谢我？""就是这样，才谢你。""在小学时，要不是你，我的手估计都被人家打断了，我还没谢过。""你还记得？""还记得。""我决定了，以后我结婚，用这个铁笼当洞房。""你都想那么远了？""也不远啊，很快就到了。你不想吗？""我不想，没什么好想的。"

这一次潘宏亿似乎下定了决心，随着笼中生活越来越规律，毒瘾发作时间越隔越长，发作也越来越轻，老潘决定把他放出来，他却说："还是关了好，我怕管不住自己。"如此半年之后，宏亿的瘾基本戒除了，但身子依旧很瘦，不能干重活，一发力就觉得骨头疼。之前老潘找校长给宏亿休学一年，后来老潘也听一些人说，瑞溪中学早就贴出了公告，把潘宏亿开除了。老潘并不太在意，只要潘宏亿愿继续回学校，找个熟人说几句便能解决问题了。镇上就这么些人，都低头不见抬头见的，互相间叫出名字并不难，找人去说些好话，也不难。

三

老潘还是去看了镇中学的日本炮楼，那是在一个下午。当时在里面堆放柴火的音乐老师推开门，抱出两大捆木柴，老潘正好走到破门前，说："老师，老师，我可以进去看看不？"音乐老师近五十岁，跟老潘也挺熟了，他笑了："里面都是柴火，有什么好看的？又黑，到处都是柴头，别绊倒了。"老潘嘿嘿笑："我丢东西了。"音乐老师又说："怎么会，里面都是柴头，你什么时候丢的？要是值钱的，我早捡了，藏了，哪还会给你留着？"老潘笑笑，音乐老师也不管他，就没掩门，走进炮楼边上的一间房子，那是音乐老师的宿舍。楼里黑乎乎一团，除了幽深与蜘蛛网，还有那四处散乱的柴火，老潘没有找到什么，之前那种深深吸附着他的力道，此时消逝无踪。老潘还是觉得自己的东西就丢在此中，却无法寻出，犹如买中了彩票，等发现中奖却过了兑现期，那不仅是失落，也是失重。炮楼有两层楼高，抬头看着屋顶，却像比实际的要高，向上延伸无边。老潘走出一身灰尘，轻掩上破门，扭头看到音乐老师已摆出架势，二胡摆放在腿上，准备开拉。老潘没打扰，身后阵阵呜咽，二胡声不在调子上。

潘宏亿是在精神恢复得差不多的时候看到潘江被带走的。当时一家人正在吃晚饭，就进来两个穿着警服的人，由一个便衣带着，便衣是镇上派出所的，名叫歪二——那一年的七月初七，发生在黑手义家的一场打闹，最后演变成了多人的斗殴，他冲上去劝架时，被一棍横击，下巴骨都裂了，从医院出来后，脸就再也没有恢复如初，此后他有点破罐子破摔，平常很少穿警服，即使穿，也四歪八扭从不平整，整个人像是被抽掉了骨头，只剩一身皮肉褶皱扭曲。

歪二说："这是县里来的，想问一件事。"老潘暗叫不好，潘宏亿也在冒虚汗。陈梅姑笑了，脸却绷得很紧，只呵呵地发出一些类似傻傻哼叫的声音。年纪稍大的警服问："你们家大半年前是不是买了一辆摩托车？"潘江犹豫了好一阵，看了看歪二，歪二把头扭向外边，不敢正眼对瞧，潘江说："是！买了。"那警服继续说："你买的那辆车是一个专门偷摩托车的团伙偷来的，是赃货，被抓的人承认是卖到你们家来了，所以我们来调查调查。谁交的钱买的车，跟我回县里做一些记录。"潘宏万猛地站起，潘江手上用力，按住宏万的肩膀，啪的一声响，把他压回椅子上。潘江说："车是我买的，钱是我交的，我跟你们回去。"歪二回头扔出一句："我知道是你！车在哪儿？"潘江说："在院里，我去推。"歪二很警惕，说："钥匙拿来，我来推。"

摩托车被装上一辆小卡车，老潘还没回过神来，潘江已随着车消失了。

晚饭散了。

夜里十一点多，潘江还没回来。老潘买了条烟，找到歪二家。歪二起先不肯见老潘，觉得很不好意思，带县里的人去老潘家虽是他工作职责所在，他还是觉得对不起老潘，平日里都在一个地盘打转，都互相知根知底，歪二有种出卖人的感觉。老潘连续跟歪二的老婆说了好多句"不关他事不关他事不关他事"，那条烟又塞得义无反顾，歪二便只好出来见他。歪二说："县里最近严打，到处扫黄打非，端了不少团伙，那偷盗团伙供认了赃物的下落，所以县里便来人了。要是说话不对头，被指认为销赃，那是要进黑房的。"听到"黑房"两字，老潘脸都黑了。歪二压低声音："买车的，其实是你的孙子宏万吧？江爹争着说是他买的，我就不刺破——我能做，只有这些。"他的歪嘴在轻闭轻启，老潘后背一凉，无言以对。歪二说："有事没事，就看江爹会不会说话了，我帮不了的。"说完把那条烟塞回老潘手里，老潘如握一截火炭，怅然若失。

老潘失魂落魄，没敢回家，他不愿意看到陈梅姑绝望的脸，颓然坐在黑手义的店里。黑手义说不出话，憋了好久，泉眼实在堵不住了，他脱口而出："各人有各命，想多没用。"老潘的心像一个无底洞，空得可怕，不断地吸着，塞进好多，却更空，眼神涣散："我是老过头了，老得连灾事都不愿找我了，一个一个，我的孙，我的子，轮着来，什么时候才轮到我？要来，就快点。"他的笑声有些尖刻，显得他脸上的皱纹像是刀子刻出来的，纵横交错边角凌厉。灯光的周围飞着一些蚊蛾，老潘头顶也飞着一些蚊蛾，好像那也是一盏灯。偶有一些撞到老潘脸上，他回手一拍，脸上啪啪作响，蚊蛾飞绕的队伍就乱了些许，没一会儿，又恢复阵形，缠绕不去，老潘扇自己的脸，啪啪不绝。

　　第二天，黑手义去县里找了人，回到镇上已是下午。他在老潘家吼叫不止，怒火茂盛。老潘要说什么，黑手义指着老潘大骂："你的好儿子，你生的养的，真好啊！四十多年的饭，他潘江白吃了，雷公劈他头顶，他也不会缩脖子？你说他，是不是吃膏吃多了，吃傻了？人家公安问他，买车的时候，知不知道是赃货？你猜他怎么说？他说，他知道，他买的时候就知道是人家偷的车了。连问他话的公安都直摇头，本来，买辆车嘛，塞住屁孔说不知道，大不了把车没收了罚些钱就是。他直来直去说他是知道的，人家都记录在案了，性质就不一样了，就是替犯罪团伙销赃，罪可就大了，不进黑房，鬼信？县里公安部门正好来了新领导，正是要点三把火要政绩的时候，潘江这么老实，真是给人家送了一个好礼，抓了偷盗的，也抓了销赃的，哈哈！哈哈！谁都帮不了他，连问话的公安都替他难过。哈哈！"陈梅姑默然垂泪，捂着心口；潘宏亿咬紧嘴唇，牙齿松开，成一条红线；潘宏万挥着拳头狂乱地击打墙壁，杨春玉奋力扯他的手，他捂着自己的脸，号啕大哭；老潘不愿多看黑手义，黑手义直喘粗气，时而急促时而缓慢。

陈梅姑没两天就病倒了，李堂清来打了吊针，她才缓过神来，但脸上总是凝着一股化不开的紧张，从喃喃自语到胡言乱语。李堂清知道她旧病不少，安慰她要好好养病，别操心那么多，只有好起来，她才能照应霉运不断的家。老潘腰间像上了夹板，挺直了许多，但他仍是无可奈何。别人不知，老潘却是知道儿子急于坦白的缘故的，潘江定是担心若是闭口不认，县里人继续追查，会把潘宏万也牵扯进去，潘宏万还年轻，一染上污点，这辈子就废了。潘宏万很后悔买那辆车，说应该抓的是他而不是父亲，父亲是替他把罪给顶了。他时不时脱口而出，杨春玉也不顾车上有没有人，就扑过去捂紧他的嘴巴。倒是潘宏亿心绪平静，至少外表看不出他内里的波澜。老潘四处托人打通关系，也没能在县里见到潘江，据说是上头对这次严打中被抓的人看守很严，在最后宣判前，谁也不让见。老潘没法子，只得花些钱带了些好吃的去，最后也不清楚会落到谁的口中。

潘家收到通告时，潘江已经送往省府海口，关在海口市郊秀英的一个监狱。再托人去问，得到的回答是，买了辆车而已，花钱买的，毕竟不是亲自偷，说罪大就大，说小就小，主要是老潘没把钱花对地方，所以潘江被关个一年两年，也很正常。潘宏万准备把面包车卖了，怎么也要花钱把潘江弄出来。那懂得的人就说，有钱还不行，还要有会花钱的人，没有人照顾，你钱是白花，弯刀砍水而已，没用的。老潘也不同意卖车，潘江一被抓，家里的杀羊生意基本上就停了，只等着这辆车赚取全家人的口粮，卖了车，全家人真的只能伸出舌头晒日头填肚子了。乱了个把月，生活恢复正常，潘宏亿跟着老潘杀羊，他的休学期没过，正好在家帮忙。宏万正常出车，出着出着，杨春玉也就睡到他床上了，潘宏亿时时能听到在隔壁哥哥房间传来某种隐忍又放纵的呻吟，那是快乐与苦痛的交织，宏亿心中涌起一股跟毒瘾相似又不同的奇异感。潘江被关的第二个月中旬，一直病没好的陈梅姑哭喊着要去见潘江，她说她梦见潘江在牢里被人一根一根扯掉了头发，满头的毛孔都在冒血。老潘斥她妄想，她也一定要去看，李堂清淡淡地对老潘说："她要去，让她去。看了，心安了，也好养病。"老潘让潘宏万带着陈梅姑前去，在海口海波农贸市场找了一个杀猪的瑞溪镇的熟人带路，算是见到了被关着的潘江。潘江胳膊还是完整的，脚还在身上，头发也没被拔光。

　　陈梅姑泪水决堤，号哭连连，宏万拉不住，劝不住，直摇头。潘江表情还是木讷，说："在这里面没受什么苦，除了吃得不太好以外，其他的，跟在家一样。"陈梅姑极度怀疑他的话是安慰的虚假说辞，声音又高了八度，狱警警告之后，她才渐渐沥沥从高音转为哼唱。其实潘江受的苦倒真是不多，他是轻犯，又无前科，关在一起的都是一些莫名其妙的人，都说不出自己进来的理由，不是那种杀人越货不要命的重犯，相互之间有怜惜之意，相处倒都还不错。刚进来时，自然有些初进宝山的拳打脚踢，几天之后，大家见他老实巴交，各自都露出柔缓的一面，诉说着自己进来的倒霉过程。但牢里毕竟不比外面，吃得差，住的地方也如猪笼，潘江面色不好是最正常不过了。陈梅姑神经敏感，觉得潘江已经受过非人的待遇了，甚至他安慰的话，也是违心说的，她紧紧瞪着潘江的头发，觉得那是一团假发罩在头上，若不是假的，怎么会那么白？一定是，一定是假的，那头发肯定被拔扯光了。

潘江交代宏万要照看好弟弟、母亲和爷爷，宏万"嗯"了一声，才想到，原来自己已经成了家中的顶梁柱，一抽掉，房屋就倒了。潘江说："我的判决已经正式下来了，要关一年，表现好还可以提前出去，你们在外面就不要乱败钱了，没用的，白白送钱给人家花。家里欠了不少钱了吧？能省就省点，省下了，早点还人，不把钱还人，心里总是结着一块硬石。"陈梅姑一听还有一年，又失控，潘江闭上眼睛，叹了一声："你回去打针养病就是，想那么多！不是你想的问题，你也想。我的命硬着，还死不了。"陈梅姑还要再说，狱警第二次提醒时间已到，让潘宏万与陈梅姑离开。陈梅姑赶紧扔出一句："你睡觉要捂着你的头发，千万别让人摸你的头发。"看着老婆儿子走出去，潘江才悲从中来，几欲痛哭失声。站起身时，血液流通不畅，脑子一眩，眼前一花，他缓缓跟着狱警走回自己的狭小的房间。陈梅姑的话像是带着引力，引得他的手不自觉地摸着自己的头发，他轻轻挠了一挠，居然扯掉好几根，其中有三分之一闪着银白光，他第一次发觉自己的头发竟花白成了这样。掉了头发的毛孔瞬间敞开、放大，有凉风从毛孔吹进，头顶好像破了几个小洞，风竟似有呜呜的回旋声，他随着那回旋打着冷战。

四

老潘重新操刀杀羊，气力已远不如当年了，潘宏亿跟着他一起弄。开饭店的、办喜事的……都来潘家预订羊肉，生意不仅不减少，反而由于老潘重新操刀而略有增加。不知是事实如此还是内心作怪，一些食客议论说老潘杀的羊就是不一样，那味，细嫩爽口，反正没得说，接着三六九地列出等等细微的区别。有些食客见到老潘，就笑着说："怎么你还能有力出刀？"老潘也笑着，故作神秘地压低声音："我去了永发的发廊，那儿有一个女的，过瘾！一过瘾，我就有力了。"食客就更把拇指高高竖起。

其实老潘多是在一边指挥潘宏亿怎么放血、热水烧到几成热、如何刮毛、如何运刀等，更具体的工作，由几乎已把毒瘾全部戒掉的潘宏亿来完成。食客的赞扬还是会给老潘带来几许得意，一得意，他甚至会哼唱上几句。他唱的当然不是从港台传来的"你总是心太软心太软"，老潘对挂在镇上小青年嘴边的"心太软"很有意见，他点评说："唱这歌的，声音燥得像羊屎，而且，他估计不是心软，是裤裆某个东西软吧？"点评完了，他开始唱上了年纪的人都喜欢的琼剧："听英台，她把心话对我诉。我山伯，肝肠寸断心无主。多伤心，狂涛惊散比目鱼。从此去，南楼双雁落单孤……"开唱时，前面的预声拉得橡皮一般，寸寸变长，唱完了，后面还延绵不绝跟着一个尾巴，半天没断，声音清洌冰凉又绵绵温婉。潘宏亿和大多少年人一样，接受不了这慢吞吞的海南戏，听爷爷装模作样唱出，却觉得很有趣。老潘更得意了："你们青年仔，是没有耳福，只是听羊屎一样的歌，吴多东你知道吗？陈育明你知道吗？可惜啊，现在不如以前，随处可以听到了，只有七月初七来之前，才会三日三夜做戏通宵。你们青年仔是笃螺，能听懂琼戏吗？"摇摇头，不再哼唱《梁山伯与祝英台》，脱口而出的是《五女拜寿》。

陈梅姑没有老潘看得开，自监狱回来，她觉得潘江所有的坦然无事都是装出来的，若是不装，他怎么没鼻青脸肿？不是有人说过，监狱是完整的人进去单独的零件出来的地方吗？这么一想，脑子里全是潘江被人转飞机被人逼坐老虎椅的情形，每一件都让她神经崩溃。吃饭时，她想的是潘江是不是在啃石头；睡觉时，她想的是潘江已被头下脚上倒吊起……这么想的结果是她吃饭如啃石头般无味、睡觉如倒吊搬折磨，本就不好的身子愈加败坏，病得茶饭不思。李堂清打针开药时，总劝说她别多想。她说："我脑子都坏了，还能想吗？更别说多想。我的脑子真的坏了，有人在我脑子里挖了一个孔。"李堂清头摇如钟摆。全家人都成了政委，轮流做她的思想工作，可收效甚微，她自认死理，别人拗不过她的心窍。如此一个多月下来，一些长期累积的老毛病同时复发，她卧床不起。李堂清说他能力有限，该送大医院了。潘宏万就开车把陈梅姑送到县医院，家里的负债越来越重，老潘的脸像抹了层锅底灰，戏也唱不出口了。县里的医生说："这些病，说是病，其实也好治得很，把心放开，吃好睡好，把身子慢慢调养起来，很快就没事了。关键是，好话都跟她说了几汽车了，她还是那样，吃没吃好，睡不睡下，铁人也顶不住，别说她。"说完，头也成了钟摆。住进县医院后，陈梅姑觉得自己病情加重了，快要不行了，尤其听闻医院里各种病人的噩耗，她就更心惊肉跳，病情反而更重了。李堂清跟老潘商量之后决定把陈梅姑送回家来，他按医院开的药水药品，给陈梅姑疗养。于是住了半个月花了六七千块借来的钱后，陈梅姑病情加重着回到家里。

　　刚回家的几天，她好转不少，不料只持续了两天，她便掉进无底黑洞，急速地瘦下去，胡言乱语起来，与疯子无异，左右邻居中风言风语已经传开。家里人都慌了手脚，李堂清的药越来越没效果，头一次比一次摇得急。黑手义悄悄跟老潘说："这本是你家的事，我不该多话的，但你慢慢听梅姑的说话，是不是像三角楼刘树球的口气？虽说你不信鬼不信神，其实我也不信，但谁又能保证不是鬼祸了呢？你听她的话，那语气，真的很像的，我听别人传了，再一听，真是很像。"刘树球家住三角楼的老巷里，晚年才得了一个儿子，生下儿子不久，老伴就死了，他把儿子捧如珍宝。儿子结婚后，刘树球跟儿子儿媳一直处得不好，有一年他走路不小心摔断了腿，更成了儿子的负累，儿媳对他的怨恨越来越深。有一天，刘树球在自己家大堂上吊了。之后镇上一直有他闹鬼的传闻，他儿媳更是在他死后不久披头散发半疯了，儿子没办法，扔下闹鬼的房屋，跟着老婆回娘家了。后来，刘树球的儿子多次提出来搬回镇上，被老婆断然拒绝，说她再也不愿回去见鬼。他只好偶尔回来看看，想把房屋转手，因闹鬼的缘故，一直没能出手，那房子就空置着，渐渐荒废了。到后来，吸毒界元老曾德华把那废屋当成了自己的栖身处，那房屋就更笼罩在一层迷雾中了。黑手义一提，老潘留意了陈梅姑的说辞，听着听着，果真有几分昔日刘树球埋怨诉苦的口气，老潘一时手足无措。

　　老潘决定请有法力的师傅公做一场法事。他问李堂清的意见，李堂清是学医的，知道其中的荒谬，又不忍掐断老潘最后的希望，说："做吧！做吧！"法事在乡下的祖屋进行，村中共祭一个祖屋的族人里的男丁都来了。师傅公是附近村子有名的法力高强的人物，烧香点烛后（师傅公不断嘱咐，先烧香，后点烛，规矩不能乱），师傅公挥舞木剑，喃喃自语请来黄大将军、林大将军、潘家祖先、关二爷等各大神小神出来一同除妖，他围着坐在椅子上的陈梅姑又跳又叫。老潘心生存疑，这景象他见过，不料今天发生在自己身上，他不禁苦笑，为了救人，也得信了。很快，师傅公已经抓着大米朝大堂各角落撒，口中含的清水也同时喷出，一切与在其他人家的法事无异，急急如律令一番，路数到了，也就收功了。收功后，师傅公画了好多张符，叮嘱哪张该贴对方位、哪张该叠好给被鬼祸的人戴上、哪张需烧成灰泡水冲服，总之不能乱了，出了事他不负责。师傅公须发皆白，颇带仙气，说的话也极具权威。之后是给师傅公包红包，由于忌讳，师傅公是不能开口报数的，他只说："随意！随意！"但很少有人亏待过师傅公，据说以前有吝啬的人家，红包少了，被退回，引来了更大的不吉利。老潘也不敢怠慢。

人群散去后，香烛依然在祖屋的大堂上缭绕，老潘静静地站到深夜。全家搬到镇上后，只有逢年过节才回来祭祖，可其实村里离镇上并不远，祖屋是破败，但仍是每个子孙的魂灵的归宿，若真有魂，祖屋肯定是魂儿要归来的地方。在自家祖屋，别人家的凶灵，定然会被祖先驱赶，闹不起来的。宏万宏亿带着母亲先回了镇上。族人各自睡去，明天都要早起下田。香烛闪烁之间，或许真是有灵魂的，不然同时点香，为何有的已经燃尽了，有的才烧到一半？风吹着的香是燃得快的，可同一屋子里插在同一个香炉里的香，风的差异有那么大吗？古老的说法中，香火和元宝都是先人的食物，那些燃得快的香，是不是有看不见的先祖回来吃了呢？……老潘在祖屋的八仙桌前胡思乱想了许多，没一点害怕，他只在心中求祈先祖护佑牢里的潘江、病重的梅姑和刚戒掉毒的宏亿，对了，还有宏万，他和杨春玉走到一起了，也该佑护，不能让他走之前的旧路……至于自己，老骨头了，痛快一点吧，要带走，就痛快点，一点一点把祸事掉到子孙头上，是对他的最大折磨。老潘不知站了多久，烛已烧到尽头，开始闪烁，有风掠过，烛灭了，没燃完的香还在漆黑的大堂中亮着红点，鼻子充溢着香烛的气息，老潘感到前所未有的亲切。

师傅公的驱魔除鬼没能挽救老潘家唯一一个女人。她一直卧床不起，有一天，她站起来了，给全家煮了饭，还在宏亿杀羊时，打了打帮手。不料这只是回光返照，当天夜里，她极其镇定，没有胡话没有幻觉。她躺到床上，叫来家人，喊着潘江潘江潘江潘江，眼睛就闭上了。李堂清曾私下让宏万宏亿做好心理准备，可眼前的一切仍让他们没法接受，尤其宏亿，扑在床头号哭不止。被关在铁笼里的时候，若无母亲的眼泪，潘宏亿很多时候就要坚持不下去了。有一次他发作时甚至差点把吃饭时藏好的筷子插到鼻孔里让一切结束了算了，握着筷子的手不断颤抖，母亲泪流满面的画面渐渐浮现，他扔了筷子。之前奶奶去世时，宏亿还小，没有记忆，也就没有那么伤心，而此时是亲眼看着母亲闭合双眼，他觉得跟丧亲之痛比起来，毒瘾发作又算什么？

老潘表现得很冷静，他搭车往西，到瑞溪镇八公里处的长安镇寻到专门替人埋葬的长安五爹，购置棺木与寿衣。寻好葬地后，一切依照地方习俗，下葬、哭灵、头七请师傅公做法（还是驱鬼那师傅公。后来有人说，他在做法歇息间隙，曾无奈地慨叹："你活着，我给你赶鬼，你变鬼了，我还给你送行……"），一样不少。这段时间里，老潘如一墩硬石般冷静，好像这事和买羊杀羊卖羊一样，最普通不过，普通到根本不值一提，根本不值得哭丧着脸。宏万宏亿两兄弟都察觉有些不正常了。直到所有的事情办妥之后，老潘才忽然在一次和别人喝茶时失声痛哭。当时几人正聊彩票聊得欢，有人拍桌说下期一定"5"打头，有人觉得应该是"3"，就吵起来，老潘的哭声正是此时发出来的。茶馆里的人都愣了，有人开始劝老潘，有人询问他哭的原因，老潘只是号啕，不管回话，茶馆里二十多双眼睛都直了。最后，茶馆老板赵白眼出来把白眼一翻："老潘，你这么哭，我还怎么做生意？"老潘才停住了，说："我觉得'3'打头更准一点，我觉得是'3'，'5'在这里，根本是不对路的。"

很多人对老潘失态的谈论兴趣一度超过谈论彩票。有人觉得是他想到儿媳妇早死，他白发人送黑发人，故而伤心；有人说他伤心，是因为潘江还关着，老婆都死了也没能见上一面，估计还不知道老婆已死……这些说法又一个个被谈论者推翻："安葬陈梅姑期间，老潘连愁都没愁过，他会为儿媳伤心？""你怎么知道潘江不知道老婆死了？你确定老潘能忍住不说？"

陈梅姑死后不久，潘宏亿的休学期到了，他本人不愿回到学校，想继续休学，或者干脆不上了。老潘坚决不肯："家里就剩我们仨了，你哥开车，我杀羊，也够了，你还是回你的学校去！"学校方面一直不愿松口，说是潘宏亿的事在同学间影响太坏，他早被除名了。老潘私下送了些钱给几个主要的校领导。有人提了一句："他虽然吸过毒，但以极大的毅力戒了，应该给他一次重新来过的机会。他的精神是值得鼓励和学习的。"此话一出，附和者众，有些心里别有想法的，就隐忍不发了。潘宏亿短短一年经历了不少事，比起别的少不更事的同学，他过于沉默老成，外号从"吸毒仔"变为"老掉毛"。由于慢了一年，和他同班的，都是之前低他一届的学生，和他很不熟悉，愿意跟他说话的很少。已经高他一个年级的张小峰，有时碰到他，会跟他点点头，他想上去感谢之前送来的武侠小说，没说出口。张小峰也不愿意多说话，对他没有点头之外的多余招呼。

之后不久，老潘去秀英看过潘江一次，两个孙子都想跟着去，老潘怕他们掩饰不住陈梅姑已去世的消息，断然拒绝。潘江显然已经适应狱中生活，他在里面表现良好做事勤恳，多次被评为月优秀狱友，已经减刑三个月，再有一个多月就能出去了。老潘不断审度着潘江，犹豫要不要说出陈梅姑的事，斟酌再三，他还是没说出来——他不是怕潘江伤心，早晚要有直面的一天的，他是怕潘江伤心过度失去理智，在狱中做出疯狂的事，把当前的大好表现损毁，若是因此加刑，那就更亏了。潘江见父亲犹豫不定，安慰说："兄，刚不说了嘛，很快就能出去，我表现很好的。"老潘嘴唇抖了抖。潘江问："宏亿的毒戒了吗？"老潘的回答让他极度满意。潘江又问："梅姑身体好多了吧？"老潘嘴角一扁："好多了，梅姑没事了，以后都不会有病痛了。"潘江更满意地笑了，让父亲以后都别来看他了，反正不久就要回去。入狱以来，潘江第一次感觉希望就在不远的前头，家中一切安好，后面的生活值得他去想象。

老潘却没法想象，他想象不出一个多月后，潘江出来只能看到一堆隆起的土的情形。黑手乂给他策划了无数个委婉告知的法子，没一个让他满意，黑手乂丧气地说："到时候要怎样，就怎样了，在这里猜测个鬼啊。"

五

潘宏万很少再在晚上去东边的永发镇，偶尔要去，为了不留后患，他也把杨春玉带上。潘宏亿落下的功课太多，追赶得很辛苦，他也不强求，只尽力做自己能做到的，可是，他有时拼了命般翻着书熬到后半夜三点，有时又跳起来把课本踩在鞋下，心如死灰神情迷茫。潘宏亿也有目闪灵光的时候，但很短暂，只一晃，就没了。老潘不愿再管他们两个，两人都摔过大跟头才爬起，多说没用，许多事让他们自己去经历才知道个中的酸甜苦辣咸。

曾德华是死后好几天才被发现的。起初是三角楼那条巷子的人闻到了浓烈的臭味，也不注意，忍忍就过了几天。谁料恶臭越来越浓，用鼻子一追查，大概位置在刘树球闹鬼的屋子里，也没人进去看，又拖了两天，终于有人报到派出所。歪二脸上蒙着湿毛巾冲进房子，哗啦啦的，他迅速地冲出来，扯下湿毛巾呕吐不止。曾德华的尸体已在屋内腐烂，味道萦绕不去。歪二带着两个人进去清理现场，因床上凌乱不堪，曾德华的衣服也撕扯破了，地上散落着锡箔纸、注射器，加上头部有伤口，墙上也找到与伤口相应的血痕，初步断定为：曾德华毒瘾发作，正准备往自己体内注射毒品，可他身上没有找到，翻开床被也没有，痛苦让他撕扯着身上的衣服，他是想呼喊的，可是涌上来的浓痰卡住喉咙让他发不出声——这也是周围没听到声音的缘故——他乱转之中，把头朝墙上撞去，撞出了血。这一撞是不足以死人的，但是把他撞晕了，人晕了，毒瘾还在发作，牵动着他的身子，他抽搐着死去了。歪二让人去通知曾德华的家人，他的家人就在某个下午用草席把他一裹，用手扶拖拉机拉到某个角落安葬了。死者为大，即便怨恨与心痛交织，下葬死者该有的步骤也一步不少。这一次收拾死尸，成为歪二生命中最难忘又最不愿意想起的第二件事——第一件是当年发生在黑手义家的那场斗殴，那件事把他原来颇引为自傲的相貌毁了，他的生活也因此一直处于隐隐动荡的边缘。他故作无所谓，却恰是最在乎。

潘江回到家的那天，家人都在，之前几天便听到了消息，所以家里都收拾过了，也杀好鸡等着。潘江也算是红光满面，虽然那红光更多是虚的，虽然那头白发比老潘还白，但他眼中的欣喜把一切都压住了，他可以重新自由走动了。家人都在，唯独少了陈梅姑，潘江一挠头，问："宏亿，你妈呢？"宏亿顿时失声，接着是无声的抽泣。潘江说："哭什么？你妈呢？"说完他翻箱倒柜，把家里每一个角落都翻过了，后院里的鸡笼，他也伸头进去看了看，惹出一头鸡毛鸡粪。筋疲力尽回到大堂，他脸上没有眼泪，没有表情，只是进屋时的红光消失了。他站到老潘面前，淡淡地问："梅姑在哪儿？带我去看看吧。对了，要不要买纸钱和炮车？"

老潘说："在我们村的土仔坡。鸡和饭也煮好装好了，纸钱和炮车也买了。要嫌少，你可以再去买。"

潘宏万开车把家人拉回村里。把潘江带到墓前，老潘点上香，宏万宏亿鞠躬拜过之后，老潘带着两个孙子先回老屋，留潘江一个人在坟前。天渐暗，有人牵着牛从田中回来，看到潘江，远远喊一句："潘江，你回来了？我有几只羊，你什么时候有空，来我那儿看看，我想把羊给卖了。"香烛、元宝、纸钱都在烧，土仔坡上的风一吹，到处是灰，潘江一动不动。老潘走在孙子前面，他没回头看墓前的儿子，不用看，不用看也知道，儿子的身子弯成一张弓——那是儿子双手握着墓碑无声地哭，哭得肚子剧痛的缘故。

老潘又回到祖屋去了，在里面点上香烛。宏万宏亿已经找族里的年轻人打牌吵闹去了，吵闹声传进祖屋。天已经很黑了，潘江还没从墓地回来，老潘倒不担心他，他只是需要时间去适应，当年自己老伴走时，走出阴影几乎花了整大半年。

农村的夜比小镇的夜更加宁静，四公里外的小镇最近开了两家私人的夜舞池，每一夜都有不少人去那里跳舞或者看热闹，大喇叭声震得人耳朵都要聋了。小镇北边就是南渡江，那两家舞池就开在离江水不远的岸边，每到夜里，舞曲会从舞池中传出好远，甚至连几公里外的村子都听到了。夜风把舞曲顺着水面送远，把附近乡村的心也舞动了，小镇喧闹的一面便因此存于很多人的想象中，老潘听到那隐约的舞曲，也想象出另一个完全陌生的小镇。老潘之前一直都对去世多年的老伴记忆模糊，此时整个村子都笼罩在宁静中，风刮着，不大，却很凉爽，风中的舞曲一如心跳。老潘心绪明净如水，老伴的脸在祖屋下越来越清晰，早模糊了的记忆慢慢清晰起来，心底有着的那些疑惑的地方，也随着香烛的烟气缭绕盘旋而去，在存放祖先牌位的地方，在这盘旋着最多魂灵的地方，老潘忽然看清了。他心中好像溢满着前所未有的喜乐，又好像那根本不是喜乐，只是一种从未体验过的宁静，心底空空，什么都没有，什么都能盛下，一股先凉后暖的气慢慢在胸口扩散。

他口中念念有词，闭上眼睛好一阵，转身走出祖屋。

我特意去看了看那条河

许长天在电话里喊："你什么时候到？"他的声音永远都是这样，从电波里传来，也仍是带着让人一震的鲁莽。头不禁与手机一离，脖子收缩，我也喊道："明天就到，明天就到。如果不下雨的话，我明天早上就到镇上，你给我找个地方住。"许长天的笑声也带着鲁莽，除了震动手机的喇叭外，还震动了我的耳膜。浑身一动，右手臂的疼痛传来，我赶紧说了几句收尾的话，左手拇指一按，挂掉电话。瞧了瞧自己捆绑着绷带挂在脖子上的右手臂，诅咒了一声。

前些天报社主编接到举报说一个香蕉园的园主无故打死了一个进入香蕉园的农民，便让我去采访这事。接到这活我就感到不妙，死了人的事情应该叫警察前去而不是我这种双眼都近视五百度以上的半瞎子人，但我还是去了。到了那香蕉园外，还没架起照相机拍照，已经有人冲过来砸了我的相机，我的右手也当场骨折，打我的人扬长而去。报警之后，有派出所的人来问了两句，也就走了，那打人者并没受到处分。我气得半死之下给主编挂了电话，他叹息了有三十秒，说："是我的疏忽，不该叫你去，这事你别管了，回来养伤吧，我给你批伤病假。"死人和我莫名挨打的事一直没后话，问了主编，他含含糊糊，只说这事背后有人顶着，你一个屁事不懂的小记者，就别问了，会惹麻烦，先把伤养好再说吧。我于是便联系了许长天，想到他所在的镇子上休息一段，免得窝在省城，看到自己的右手臂就怨念四起。

许长天是我高中同学，大学毕业后，在大城市待了一段时间，实在是过得狼狈，他趁着家里还有些关系，一收包袱赶回来，报考了公务员。也不知道是他真的考运佳还是家里关系四通八达，他居然以第三名考上了，在一个小镇当了干部，他经常和我们这些旧同学联系，让我们有时间到他地盘转转，让他尽尽地主之谊。这一次借养伤之机，我前往他所在的小镇。中巴车从东边的永发镇向西开进时，带起一路黄尘——这本是条柏油路，但年久失修之下车轮不断挖掘，已经沟壑满目，每辆车开过都带起一阵小型沙尘暴，与路两边绿意冲天的夏日庄稼形成一个强烈对比。当在黄尘里看到一个蓝底白字牌子上写着镇名"瑞溪"的时候，我知道抵达了目的地。正兴奋着，客车又激烈地抖动起来，右手臂碰到车内壁，虽没撞到伤口，仍是疼得舌头乱缩。

许长天歪着脑袋看着我，他实在想不到我居然挂着一只伤手臂来到镇上，他苦笑两声，拎起我的包，朝前走去。

　　我被安置在一个镇政府大院内的一个小招待所里面。许长天本想让我住到他家里，他说他一个人住着三室的房子，空荡得很，我去挤挤也热闹。可我一个人惯了，与人同处一屋便觉别扭，便让他随便找了个地方，能住人便是。他说不过我，把包放下便噔噔噔跑开，边跑边说："你等等，我一会儿回来，妈的这小地方，会多得是，周末也开会，真不想让我活了。"

　　我从这二楼的窗口看到他顺着大院，跑到镇政府大院中间的大堂去了。这瑞溪镇真是安静得很，即便就在二楼，喧闹声也不多。我左手从包里掏出一本书，便在房间里看起来。六月的天气热得发狂，这房间的空调却已经很破旧了，喷出的凉气细小如丝，淹没在热气里，根本是杯水车薪于事无补，凉气还未冲出风口，就已经掐死在热浪里，但就是这么个机器，竟然轰鸣声巨大，在热里更带了很多烦躁。我想了想，便关掉空调，不一会儿便用毛巾冲冲水，擦在脸上，驱除热气。这书也是看得断断续续。

　　许长天再来的时候，身边跟着个姑娘，他笑道："这是吴小曼，我女朋友。"

　　我朝吴小曼笑了笑，她也笑笑，说："我听阿天经常说起你，他刚刚跟我说你手伤了，不方便，以后你的衣服我帮你洗。"

　　我说："不要了，我左手还能动，何况我的右手其实也伤没多重，也快好了。"

　　"少他妈废话装客气，就这样了，你的衣服她过来拿回去洗，再拿回来，但先说好，你得自己把袜子内裤洗了……"他压低声音，继续说道，"连我的袜子内裤都得自己洗。"说完他哈哈一笑，吴小曼脸一红，我也觉得自己脸上发烧。他这口无遮拦的毛病多年未改。

三人说了一会儿话，吴小曼就把我换下的衣服拿走了，剩下许长天与我胡扯。

晚饭是在一个小店吃的，摆着七八张桌子，店里食客不多，许长天又把吴小曼叫出来。我一路奔波，早已饿极，这小店做饭又的确有一手，我忍不住多吃了两口，吴小曼和许长天看着我把舌头都要吞下去的样子，相视一笑，眼睛放光。

镇政府大院傍晚还是挺热闹的，一些小孩跑来跑去，不断打闹，穿过打闹的人群，我回到房间，忽地为自己的空空落落感到些许的寂寞，许长天与吴小曼牵手的样子还是触动到了我。一只蚂蚁爬上我翻着书的右手臂，留下一些痒痒的痕迹，我想了想，左手食指在蚂蚁身上使劲一摁，把蚂蚁挤死在右手臂上。什么时候能下点雨就好了，给这个暴热的天地降降温。天气已经连续热好多天了，地面被晒得热气散不掉，顺着地面的高低，热气的流动高低不一。

"四月的夜空，出生的地方，村边流着一条南渡江。东去的流水，一流去不回……"吴小曼边收拾我的衣服，边哼着这首歌曲。外面仍是闷热得厉害，前两天更是夜里三点之后，仍旧是蒸笼一般难受，身上的汗水无声地冒出，一摸，更多的是摸到一身发黏的油。我有些后悔来到这里，窝在单位宿舍里，怎么说也比这个地方要舒服得多。我说："小曼啊，我的手也许后天就能解掉绷带了，你就不要再来拿衣服去洗了，以后我自己来，这么麻烦你，很不好意思。"吴小曼应了一声"嗯"，便拉上包，要把脏衣服拎走。

我说："对了，你刚才唱的那首歌是什么歌啊？我没听过，觉得你唱得蛮好听的。"

吴小曼刚好转身过来，对着我，脸一红，她低下头，轻声说："我唱得不好，每次许长天都骂我是公鸭嗓子呢。"

我大笑道："那家伙耳朵有毛病，你别理他，你是唱得很好听。"

吴小曼一脸高兴，想了想，便叹气："这歌我也不知道叫什么，但我爷爷最会唱了，小时候就是他一直在我耳边唱啊唱，我便不记得也记得了。我也问过他这是什么歌，每次一问的时候，他都忽然不说话，脸色铁青得吓人，问过几次之后，我便也不敢再问了。"

我说："这很像是民歌啊，而且还应该是情歌。"

吴小曼听到"情歌"两字，脸又红了红。

我问："这歌是不是在你们镇上到处流传啊？"

吴小曼摇摇头："就听我爷爷唱过，没听过别人传唱。对了，你怎么问这么多啊？"

我一下愣住了，想了想，说："我是记者，比较八卦。"

吴小曼说："我回去了，衣服洗好晒干了我给你拿过来。"说完了，她却没有迈步的意思，好像有半分钟沉默不语，她觉得很尴尬，动作都不自然起来，拎着包惊惊慌慌就走了。

习惯这里之后，许长天便不再管我，两三天都不见一次，他女朋友拿走脏衣服、送干净衣服过来，他也不跟来。我也乐得清闲，饿了，就走出镇政府大院，在旁边随便找个小饭馆吃。或许是职业病，我有随手记东西的习惯，但来到这里之后，我想记下点什么，却因为手折了，拿笔不便，一个字也没记下；而且我也想了想，完全没有值得记录下来的东西，我脑子里被一个"热"字充满。已经近一个月没下一滴雨了，天是愈来愈闷了，在那个房间里，我恨不得整日泡在水中。而许长天的工作好像就是不停和镇上的领导到各个不同的地方开不同的会，很让人奇怪，这一次他已经连续好几天没露面了，我打他手机，或者是关机了，或者是响了好久没人接。

吴小曼随口哼出来的那首歌却在这个房间内缭绕不去，我不自禁地沉沦在那旋律中。那首歌好像脱离了她的口之后，便有了自己的生命，在我耳边呢喃不散，我时常是在她拿走衣服很久后仍旧沉在歌里出不来。

我在小镇十字路口处的一个小诊所让医生看了看，那医生说可以把绷带解开了，但最好不要干重活。于是我从小诊所出来，双手便能活动了，甩手的时候右手关节还是有些生疼，但对于手臂多日不能活动的我来说，这已经让我心满意足。天仍然是很热的，中午时候太阳暴晒留下的热气，在这个下午猛烈地喷射出来，整个镇子笼罩在一个大火炉里。我买了瓶冰绿茶，喝了几口，赶紧赶回小招待所的房间，那个轰鸣作响却寒气奇啬的空调喷气口是我向往的天堂。

在二楼的楼梯口，我看到吴小曼抱着个包，蹲在门口，她肯定也是热得不敢动了，躲在阳光照射不到的阴影里。她抱紧那个包，口中喃喃自语，听不清在说什么，她望着房间的门出神。我的脚步声惊扰到了她，看到我上来，她当即站起来，说："我给你送衣服过来了。"说着她忽然用一种奇怪的眼神瞪着我。

我谢谢后，笑了笑："你的眼神怎么这么奇怪？"

吴小曼嘿嘿一笑，说："奇怪的是你吧？你今天和往常有很大不同，我说不上是哪儿奇怪，反正觉得怪怪的。"

我右手把那瓶冰绿茶摇了摇，说："不就是我这手能动了吗？对了，以后我可以自己洗衣服了，你今天就不要把脏衣服带回去了。"

她恍然大悟，应了声"嗯"。

我把手中的冰绿茶递给她，她不敢接。我说："喝吧，解解渴。我身上没病毒。"

她扭开瓶盖，犹豫了一下，喝了两口。我打开门，她便进来，门里一直在开着空调，冷气虽小，却也比外头凉快得多了，我反手立即把门关上，免得冷气外泄。她把绿茶搁桌子上，从袋子里掏出衣服，安静地放进柜子，在这安静里，她又不自禁地哼起那首歌，声音轻盈有度："……今夜又有南风吹……今夜又见月亮照溪水……"这歌声一出，我便有点手足无措了，那歌声自动冒出似的，在身边流淌着。我看着她，她也觉得奇怪，每次在这房间里与我相对，她那开口歌声便来已成了习惯。

好久之后，我说："吴小曼，许长天哪儿去了？怎么好几天没看到他了，电话也找不到。"

吴小曼停下唱歌，说："他去县里开会了，怎么，没跟你说吗？可能还要有几天才能回来。"

闲聊两句，转身便走。我忽然感到心里空空落落，看到她打开门，便叫起来："吴小曼，你什么时候有空，带我转一下这镇子，来这儿许多天了，也没好好看过。"她转过身来，笑了笑："好啊！我随时有空，你看什么时候凉快，逛起来没那么热，就打电话叫我好了。"

这个晚上我想了很多事情，翻来覆去也一直没睡好，最后我实在忍不住了，起来开灯，坐在床上，想理清自己在想的是什么。其实我有事情瞒着许长天，他只知道我是因为手臂伤了才来镇上的，而其实真正的原因并非如此。就在我去那香蕉园采访之前，那个和我相处了两年多的人，连当面说清楚都没有，直接发给我一个短信："就这样吧，我走了。"就再无踪影，接到这条短信后，我还当是开玩笑，后来想想，她好像没有开过这样的玩笑，惊出一身冷汗，赶紧回拨电话，那边已经关机。之后的两天里，我无数次拨打过那个号码，全是关机，到了第三天，传来的终于不是关机的提示，而是已经停机。这件事后，我有好些时间情绪癫狂，主编让我前往香蕉园采访时曾暗示我这件事可能有危险，若是不想去就算了。我却一口就应承了下来，到后来香蕉园里的人出来砸相机的时候，我还恶言相向，甚至在他们动手之后，还嘴硬得要死，要跟对方拼命才成。故而我被打伤，也是有点自己争取来的，那时我什么都不怕，若非对方人多，伤的不一定就是我。但当我回到昔日住着两个人的房间，内心的虚空便快要把我淹没，我完全接受不了她就这样完全消失了。我要到这个小镇上来，更多的是想寻找到足够巨大的东西，把虚空填满。我不知道这样的东西何时出现，也许永不会出现。

　　我并没有找吴小曼带我逛这个镇子，天一直热得吓人，等到凉快有风的时候，几乎已经是下半夜的三点以后了。在这个时候，两个人要在黑乎乎的街巷上闲逛，估计想想都跟游魂一般，只能构思一下，变成事实估计很让人痛苦。当然我还别有顾虑，趁着许长天不在，我和他的女朋友在深夜三点以后在这个小镇的街道上成双入对地出现，难免会惹出非议来。

　　可我还是每天都能见到她几次，她有事没事便会跑过来，和我闲扯海聊，而每当两人找不到话题，她便低下头去，轻轻哼着那歌，每当此时，我便尽量不说话。这歌声曲调简单，但那耳语轻诉一般的委婉轻柔，让我很快便沉进去。这些歌声在耳的日子过得飞快又好像漫长一生。她若是发现我房间有未洗的衣物，趁我不注意，便登时收走带回去洗，我实在不肯让她带回去，她便拿着那衣服走到卫生间里，洗完了挂在阳台。在闷热的阳光下，我们说话哼歌，那挂阳台的衣服便干了。这歌声很容易让人沉迷和忘却。

　　许长天很快就回到镇子上来，我看到他的时候，他身边除了跟着吴小曼，还有另外一个女的，这个女的脸着淡妆，很是清丽，根本不似这个小镇上的人——这个小镇是不会有人化妆的。初见这个女的，我一愣，看她很脸熟，却喊不出名字来。许长天笑了，说道："你个混蛋，当年你追人家小飞鸽跟跑百米一样，现在却连人家名字都叫不上，这让人家多伤心啊，人家还专门从县城下来看你的。"

我感到脸上一热，才记起她来。

许长天说的是事实，当年我的确追过她，而她之所以外号叫"小飞鸽"，就是因为无论我那时追得多猛烈，也够不着，我只是在地上跑着而她在天上飞。我尴尬说："小菲，好些年没看到你了，过得怎么样？"

小菲说："我现在在县城中学当老师啊，这个许长天到县里开会，有一次碰到我，闲聊时候说起你，他说你在这里养伤，我便下来看看你。他说你一直在胸前端着机关枪，现在看来，你除了记忆力有些问题，别的好像都没啥毛病啊！"

我说："刚把绷带解下来。若是知道你亲自来看我，我再断了双腿又何妨。"说着我故意毛手毛脚，把脸凑近小菲，装作要非礼。小菲往后一闪。

许长天叫起来："我说你这小子怎么这么猴急啊，当着我们的面就开始动作不干净了。要不要我们回避一下？"

我眼角一扫，发现吴小曼神色有些慌张，很不自然。

我当即收拾自己的不正经，说："小菲，看过我了，啥事情都没有，估计一时半会儿也死不了，你啥时候回县城去？"

小菲冷笑："我来了，还没好好招待就要赶我回去了？告诉你，我不回去了，我就住在你隔壁，你晚上睡觉门要关好点，否则我半夜过来扒你衣服非礼你。"

许长天大笑起来："好，好，好，一开始就掐上了，有好看了。"

我没说什么，仍是用眼角的余光扫了扫吴小曼，恰好她也忽地看向我，更是慌张，连忙低下头去。我说不上自己心中忽然冒出来的是什么样的情绪，只是感到有些莫名其妙的茫然，不知道该如何与面前这三个人说话、相处。

许长天带我们出去晚饭，这镇子虽小，可镇上人的嘴巴都很刁，稍没特色的饭馆都活不下去，存下来的都是一些老牌子，更多的也是一些老客光顾。因几个人兴致都很高，许长天点了几瓶啤酒，我以手伤刚好不宜喝酒推掉——而实况并非如此。我是好酒的人，这全是此前的女朋友教出来的，她走后，我曾独自喝醉过，那种醉后睡下空荡落寞的感觉让我绝望无比，我便渐渐喝得少了。小飞鸽来酒必喝，和许长天对饮得很是豪放，她拿着酒瓶取笑我："你小子，不喝就不喝，找什么狗屁借口！"

吴小曼也喝，但不多，总是一抿嘴即放下。我只好不断喝汤，并为这两个酒逢对手的家伙加油鼓劲让他们喝得更多一点。许长天是最先醉的，回去的时候，吴小曼扶着他，小心翼翼在走，小飞鸽大喊自己醉了，让我背她回去。我犹豫了一下，看看清醒的吴小曼，她点点头。小飞鸽伏身在我背上，乖了好多，没有乱动。吴小曼说："你先把小菲送回去，这混蛋长天醉深了，我也先把他带回去。"我说："好。"背着小飞鸽朝政府大院走去。她没多重，但我的右手还是感到发酸。

　　背到二楼，在她门前停下，我蹲低，要慢慢把她放下，可她却跳下来，完全没有醉的样子。她站在我身后，嘻嘻发笑。我怒气上涌，她把手挡在我嘴唇处，说："别发火啦。我不就是想让你背背我嘛，也没别的恶意。"说着她赶紧掏出钥匙开门，闪到门内，又从半关的门缝探出头来，对着我一笑，关上门。我朝她房门猛力一拍，弹力震得右手关节都隐隐作痛。

　　躺下后，吴小曼的短信已经过来："长大醉得厉害，还吐了，小菲没事吧？你好好照顾她，以后我都不能去找你了吧？"我拿着手机，屏幕的光从亮到暗，却不知回复什么，骂了一声娘，把手机搁枕头下。

　　阳台外面还是有风的，这些风还带着热，但深夜两点，已经有变凉的趋势了。站在阳台上，镇政府大院里安静得很，除一些角落的灯光，大多地方沦入了深黑色。我感到旁边有人看着我，吃一惊，扭头一看，我房间空空如也，哪里有人？隐约中还听到一些模糊不清的歌，仔细辨认，又哪有声音？倒是看到隔壁阳台上站着小飞鸽。她没有开灯，我房间阳台的灯光通过阳台的防护网射在她身上，留下破碎的光，她站在光里，眼神冷静，静默无声。刚才的怒火又有些上来，我尽量压下，说："怎么也没睡？"

　　她说："睡不着，天太热。刚刚喝的酒现在也反应了，浑身发烫，一点睡意都没有。"

　　我说："是啊，这房间空调不好。对了，你怎么跑到这儿来

062

了？这小镇好像也没什么好玩的。听说就是镇中学校园里，有个日本人以前修建的炮楼还有点意思，每个去那儿的人，都能看到鬼。"

她笑了笑："我不看什么炮楼，我就是下来看你这个鬼的，你不相信？"

她把脸凑近防护网，光打过去，防护网把她的脸割裂成一块一块的碎片。我说："不相信。"

她仍是笑笑："知道你不相信，但这是真的。我在县城碰到许长天，他和我说了你在这儿的情况，我便跟着他过来了。我仍然记得你当年的神色，我想找回来。"

我说："还能找回来吗？"

她说："你未娶，我未嫁，只要你想找，就可以。我说话直接，不会也不想拐弯抹角，你会不会给我机会？刚才我让你背我，就是想告诉你，我正在给你机会，就看你有没有重新对我好的意思。"

我说："不可能。"说完，随手把阳台的灯关了，转身回到房间，拉上窗帘。我不愿意去想隔壁的那个人。我的确是内心有巨大的空虚需要填满，她也是我喜欢过的人，但我不知为何，忽然觉得很反感，一个你好多年没见的人，莫名其妙冒出来跟你说要跟你在一起，而且她还对你耍弄心机，这情形实在让我很不开心。我把卫生间的水龙头打开，从头浇下来，而我冷静不下来，适才她的眼光很像那个忽然之间离我而去的人的眼光，那冷静里有着深蕴的热切，用手伸过去，就可以摸到她身上的体温。

从卫生间出来，我看看手机，三点了，里面又有新短信，是半个小时前吴小曼发的："长天已经睡了，我睡不着，今晚，你是不是睡在了她的身边？"我被这短信气得半死，却找不出火气的来源，只回了一个字："没。"然后我好像也期待着短信回过来，可一直没有，失望着我便睡着了。

凌晨四点的时候，我被凄切而不真实的哭声吵醒。哭声传自隔壁的阳台，我开灯走出去，小飞鸽把头埋在双膝下，身子抽动。

我把手伸过阳台去，够不着她。我摇摇头，要把手伸回来，正在此时，她猛地把自己右手抬起，握住我的手掌，她手心是湿热的，那是泪水。我想要挣脱，她握紧了，我便不好奋力缩回，我们就隔着阳台的防护网，握着手。她的酒劲好像是此时才开始发作，她边哭边说："我好难受，我真的不是有意的，我好难受。你让我哭个痛快。"

她的哭声渐渐变弱，渐渐消失，只剩下和缓的呼吸。她往我这边的阳台靠过来，把脸压在我的手上。我劝她松开手，她不肯，一直到了将近五点，她也许也疲累不堪了，才松开我的手，起身回房。

才躺下，她的短信已经发过来："刚才我很伤心，现在好多了。"

我觉得这个房间好像有着我所不了解的力量，它在一定程度上左右了我的情绪，无论白天黑夜，寄身其间的人总是会失魂落魄，悲喜不定。我要睡去时，又像听到吴小曼在轻哼歌曲，声音近在耳边，可以感到她呼吸的急缓轻重，歌声是她唱出来的，又像是无端冒出，抑扬顿挫都来去无踪，却是无比真切。我关掉手机，躺了好久不能睡去。

早晨时候，我们四个人一起吃早点，小飞鸽就坐在我旁边，靠得很近，我稍微闪了闪。她眼珠泛着红肿，而我眼皮沉重，费很大力也张不开。还大清早的，天已经热得厉害了，喝一口汤，浑身发烫，那太阳更像是能把人晒脱皮，热从里外两层夹击。我说："妈的这天气也不知道热到什么时候才是尽头。"许长天和小飞鸽也不停地埋怨这个漫长无度的热天。吴小曼忽然冒出一句："这一两天便会下雨的，放心好了。"

我说："看这天万里无云，怎么会有下雨的迹象？天气预报出来了吗？"

吴小曼说："没有，是我爷爷说的，他说很快就会下雨了，他看天气很准的。"

许长天笑起来："你看，你又说你爷爷了，他什么时候说对过天气？他不就是看看河水的变化，看看水里的鱼虾水草吗？他能看出什么来？这是迷信。还是等天气预报出来再说吧。"

吴小曼猛地站起来，一拍桌子，指着许长天道："妈的，我爷爷什么时候没说对过？"她双眼通红，那怒容是可以看得到的。许长天不料她忽然就暴怒，呆愣住了。小飞鸽也有点吃惊，她私下用手碰了碰我的手，我正好被那太阳晒得腻烦，一甩，划拉开她的手，她扭头瞪着我，没有说话。

吴小曼站了一会儿，又坐下来，悄然无声。

我像是跌入了一个奇怪的地方，我不知道自己来到这个地方是要干吗，不知道在这里做了什么，更不知道怎么就和这几个人坐在一起一块儿吃早点，而且也不知道这些人和自己为什么就为了讨论天气的好坏忽然间情绪失常。

我说："也许我很快就要回省城去了。过两天。"

许长天说："这么快？"

小飞鸽说："你想躲着我，今天就可以回去啊，干吗要多待两天？"

我也拉长了脸，说："我想回去是因为我想回去了，不是因为躲着你，你以为你是谁？值得我专门躲开？"

这话一出，小飞鸽当即脸色骤变，她坐在椅子上浑身不自在了，忍了好一会儿，泪水从她双眼冒出，她起身跑开。吴小曼用手指着我，要说什么，终于也说不出来，跟在小飞鸽身后走了，许长天也是叹一声，扭身走开。我兴趣索然，想想这十多天来空虚无事的小镇生活，自己都觉得莫名其妙。我喜欢热闹，却在这个不热闹、生活极度简单的地方无所事事待了十多天，本来早该离开的，却好像有一些事情没有清楚地展示出来，要走总是不该。可问题在于，这个没有展示出来的事情到底是什么。我抬头看看天，一片云也没有，如果下场雨也许会好一点，也许所有的隐约不定烦躁难安都是天热气闷引起的，下场雨把热气冲刷掉带来凉意，便会一切恢复正常。小飞鸽跑在前，吴小曼跟着，再后面是许长天，我更慢地远远落在后边，这几个点连成一条奇异的线，这条线在初升却暴热的太阳下泛着褪色的旧光。

我还是给小飞鸽道歉了。她一回到房间，就闭门不出，任由吴小曼和许长天好话坏话说了十来吨，门也不开。那两人筋疲力尽，到我房间坐了坐，也转身走了。天热得所有人都呼吸困难了，从阳台上看到两人走在太阳下，有被晒蒸发的危险，一晃眼间，就好像被晒没了。我拿出手机，编了条短信，往隔壁发过去，向小飞鸽道歉。

我心里仍旧不认输，我实在无法接受一个多年未见的人忽然冒出来说她爱我，并要千方百计介入我虽无聊却自在的生活——即便这个人是我多年前千方百计要追到手而不可得的。当然，我也接受不了一个看来和我并无多大关系的人在闷热中拉我的手故作亲热，那种腻烦多恶心，没有经历过的人真的想象不到。

"啪——啪——啪——啪——啪——啪——"门敲得厉害，都能看到天花板上灰尘掉落了。响了三分钟后，我起身开门，小飞鸽面无表情地站着。我说："进来吧。"她进来了，没等我关门，她回身抢先把门合上，把锁拉上，按下。她总是这样，想到什么就立即做了，雷厉风行直截了当。她坐在我的床上，随手翻着我的书，偶尔抬头，说："你房间真热。"我没回答。她又说："你发的短信息我看到了，我接受你的道歉。"

她有些故作镇定，我能看出她的慌乱，她偶尔开合的眼帘显得楚楚可怜，有时会泄露出一些无助。我心里也不好受，这个听到我消息便当即追寻过来的勇敢女子是如此雷厉风行，可此时也许我的一句不小心的话语都会让她面临崩溃——我不知道她的崩溃源自哪里，但确实如此。我只能闭口不言，何况我也真的想不出该说什么。小飞鸽抬起头，瞪着我，目光灼热，她说："我接受你的道歉，不是空头支票的那种，你得有实际行动。"

她很聪明，总能抓住每个对她有利的时机使得天平朝她倾斜。而我没兴趣知道她所指的实际行动是什么。我说："你出去吧，我得收拾东西了，这两天还得赶回省城。"说完我指指那绿色油漆掉了大块色的木门。

小飞鸽没有任何预期，泪水奔涌。而我也在故作镇定中被这一幕击中。她也不过是个娇小女子，那么勇武向前，扯下脸皮也要赖在我身边，那种心意我是晓得的。我板着脸冷漠相对，或真是过于绝情了。我也讨厌自己，伸手给自己两巴掌。她仍是一语未发，眼神不转，静止里的压抑让人窒息，天气更燥热了似的。

我忍不住坐在她身边，她仍是保持着同一种姿势。我的手不再听我使唤，我坐下，叹息一声，右手一伸，把她肩膀握住。她一直忍着不发出声音，因我的轻轻一触，她立即失控，哭声漫延开来，充溢了各个角落。这哭声极具穿透力，高低婉转自如，我随着她哭声的大小悲喜不定。手臂上的伤口处有些麻，手收了收，更握紧了一些，小飞鸽在我怀里抬头，眼中闪着晶莹迷离的光。她或许觉得时机成熟了，探过头来，亲了亲我的嘴唇，快速分开。

这若有若无的亲密，也一直是我等着的吧？我害怕回到省城，害怕回去看到自己房间，只不过是因为那里有过我与一个女子的亲密——而这亲密随着她的无故消失，自然也消失了。此时这个眼前人，便是能让我忘掉那人的良药，以前那人身上有的，小飞鸽身上都有。我把她的头压近，和她疯狂地亲吻，我们是两只互斗的猛兽，在对方身上撕咬，衣服很快被扒光。她身子光滑，我手指滑过，她身子随着我的手指而动。我们的嘴唇一直没分开，呼吸都快断了，但我却宁愿这气再短一些，急促的呼吸里有着难言的快感。她脸上的泪在摩擦中变干，痕迹难寻。

可一直没能再进一步，我们只是接吻，十几分钟后，我忽然松手，推开她，我们身上全都光了，我心痛难抑。小飞鸽直愣愣看着我，而我不敢去看她的身子，她嘴角带着笑，或许从她反手关门开始，这一切都在她的预料之内。她也被适才的一切所吸引，愿意沉迷在与我的肌肤相亲中。我的分开很突然，她稍微一愣，即刻便缩手。我说："小菲，对不起，你也看到了，刚才我一直在努力，可是不行，我只是想亲你，连一点要你的欲望都没有，我也想寻回少年时见到你影子就恨不得占有你的感觉。刚才我想，我只要你的身体，别的不想，不说喜欢，不言爱，可真的不行，我身体到现在也一点反应都没有。"

小飞鸽眼神闪过一丝疲倦，她一转身，很快地把衣服穿好，她说："没关系，我给你时间。"

我也筋疲力尽，说："没用的，给时间也没用的。你别不承认，过去的就是过去了，已经完全不一样了。和你这样子，也只是会把心底存着的美好打碎而已。"

这一番纠缠好像耗空了我的心力，连起身穿衣的兴趣都没有。两人就相对空耗着，房间内沉闷无风，身上也早就渗出了发黏的汗，散发着难闻的味道，有一些未知的内潮在这房间里涌动。

小飞鸽也叹息，眼神无限疲倦起来，说："谢谢你给了我机会。你刚才说得不错，我们早已经不是以前的我们了，真的感谢你刚才给我一个机会，也让我能看清楚自己。刚才和你纠缠亲热，我心里想着的却是另外一个人。别说你没有欲望，我也没有，我也没法子想象我们两个欲望燃烧会怎么样。我想得到的人并不是你，而是那个离我而去的人。"

我问自己，刚才我闭上眼睛，是不是也已经把她想象成了另一个人？

小飞鸽说："他随便就抛弃了和我五年的感情，和一个相识不到半月的人登记结婚。他离开后的那段时间，我的心空得厉害，想找到东西来填满，可一切都是虚的，原来找到一个依靠是这么困难。那天遇到许长天说起你，我便想，他那么快地逃离我，与一个还未深知的人结婚，我也能，就算不能，我也要找一个人让我依靠。对方是谁已经不重要了，只要这个人不是太让我讨厌就成。所以这两天我变得这么直截了当，就是想让你跟我在一起，让我能找回一点安慰和自信，即使这安慰是来自身体的也好。刚才跟你抱在一起，我也在拼命寻找，可心里和身体的拒绝是越来越烈，还好你先推开了。原来他一直都还在，我和别的男人亲热，他也在，我躲也躲不开。"

我的心阵阵抽紧，她遇到的事我正遭遇着，她的心情我能理解，但我却因此成了她找寻的一个替代品，这让我尴尬无比，尤其现在我正光着身子坐在她面前。这两天一直都活在她的算计和掌握内，我只是一个试验品。昨晚她躲在阳台上哭，也不是因为我的不理睬，而是想到离她远走的那个人。我躺倒在床，拉过被子盖住头，不去看她。好一会儿之后，被子掩盖得我闷热难忍，但我没掀开。我听到门被打开又合上的声音。她回到隔壁去了。

　　暴雨是在傍晚时候来到的，一直晴好的天气在下午四点的时候开始转变，乌云一层一层堆积，有种伸手可抓一把的阵势。在一声响雷之后，暴雨开始喷射，黑夜提前来到。我给许长天发了短信说："我泡面当晚饭，今晚就不出去了。"他没回信息，我拨过去，关机了，只好作罢。然后把房间的灯打开，听着外头的雨声，觉得有些幸福。许久未到的雨一来就这么大，可还是未能很快把闷气驱走，一直下到八点，房间里才开始有了凉爽的带着水汽的风——而这，是我期待已久的。

　　我甚至都没有把自己包里的方便面拿出泡开便睡着了。我不知道暴雨是何时停下的，我又是被哭声吵醒的。房间里的灯依然亮着，我摸过手机一瞧，已经是夜里三点，外面的暴雨从噼啪作响变成了淅沥轻柔。隔壁抑制不住的哭声又是传自阳台，但这次却并不是小飞鸽的声音——那是一个男人的哭声，我想了想，哦，这是许长天的哭声。他哭两声便暂停一下，开始用哭腔叫道："她说要和我分开……她说要和我分开……"说完了，又接着哭，继而又接着叫，如此反复。

　　我想出去到阳台看看，忍住了，我甚至不能把灯熄灭，那也会惊扰到阳台上的哭叫。

　　小飞鸽的声音传过来："你一个大男人哭什么哭？分就分呗！

你在政府工作，怎么说也是公务员，条件好得很，不比找一个没什么正经事做的小妹好？她要跟你分是她损失，你就他妈别在这儿哭诉了。"

这话有止痛药的效果，许长天的哭声止住了，但这止痛药效果有限，那哭声在停了一分半钟后重新响起，且有了变猛的趋势。这断断续续的哭大约持续了有半个小时才消失，然后便是小飞鸽说："不哭了？她怎么跟你开口的？"

许长天道："她什么也没说，只说在一起没什么意思了，那分开好了。"

"就这样？"

"就这样。"

两个人就沉默了，许长天或也觉得在一个老同学尤其是女同学面前老是哭也太不像一个男人，这场漫长的哭诉停歇了。

只听到两个人不断地长吁短叹，过了一会儿，叹息声消失，传来小飞鸽的嬉笑，她叫了出来："别猴急，先关好阳台的门。"她的叫声很快被掩盖下去，掩盖之后又是她的一声尖叫，接着响起一声很重的关门声。再后来那些若有若无的呻吟则像是我个人的拟想了，一点都不真实——可即便如此，也把这个夜撕裂得不再完整。

我终于松一口气，伸手把房间灯关掉。阳台已经被雨水打湿了，外头雨还在下，院子里一些角落的微弱灯光下，积水淹没了似的。这样的雨夜里，两个心里有伤的人相拥而卧，其实是一种幸福。他何时敲的她的门，她何时给他开的门，敲门时他们想着什么，这都不重要了，以她的聪明，自她愿意把门打开让他进去，这后面的一切也定是在预料甚至计划内的。暴雨后的凉爽夜里，他们的心都柔软许多，对一些事便少了防备和抵御的力道。

早上八点多，包袱已收拾好，我给许长天打电话，关机；给小飞鸽打电话，关机；打了吴小曼电话，很快就接了。我说："小曼，我要回去了，赶今天经过小镇的第一班前往省城的中巴。真回去了，跟你说一声。"

约十秒钟后，她缓缓道："先别走，我请你吃早餐，吃完再回去吧！在昨天那地方。下午，还有一班车回去的。"

我想想，也不是太急，就说："好。"

推门而出时，我忍不住看看隔壁的房门，毫无动静，那两人或还在睡梦当中。雨后小镇的街道展示出它清新秀丽的另一面风情，水汽弥漫的空气很凉爽，让人不自觉加快呼吸的频率，街面有大面积积水，有些地方得跳着才能过去。我在政府大院门口站了一会儿，把心平息下来，不去想那即将到来的告别。

吴小曼自顾自吃着，桌上两只碗已空了一只，她筷子在另一只里夹着粉条往嘴巴里送，不断重复着同一个动作，神情痴呆，眼睛红肿，眼角还带着迷蒙的水，也不管坐在她面前的我。她夹粉的动作不停却单一，眼前的木讷让人无法把她与此前相联系。

我握住她拿筷子的手，把筷子从她手里抢过来，握在右手，我的左手还是握着她的右手。她抬头望我，她的手在我的手心里发抖。她说："我帮你点吃的。"说完便要站起来，我手上用力，说：

"不要了。"然后放开。她没有站起来，我移来她面前的碗，夹起她吃剩的……

她突然说："我和长天分手了，我提出来的。"

我边嚼边说："我知道。"

"你知道为什么不？"

"不知道。"

"你应该知道的。"

也许她说得没错，我是知道的，只是我不愿承认而已，我对迅速失去的东西不敢回想，对得来飞快的事情同样也无法信任和接受。

她说："我给洗你衣服时，晾干了，叠好了，要拿回去给你。我又展开，我抱着被晒出香味的你的上衣，如同抱着你，那衣服是有自己温度和呼吸的，你知道吗？那衣服里阳光的味道让我沉迷，我一点都不希望这雨天到来，也不希望你的右手变好，更不希望这个地方多出一个小菲。"

此时清风徐来——昨晚的确下了一场好雨——可在这清风里，我周身发烫。那被她洗过、抱过的衣服现在就穿在我身上。那早消失了的拥抱，经过辗转，好像此时才传到我身上，拥抱的力道和温度，慢慢浸入我的体肤。她在用一种不可测的目光看我，那种深藏如同早过去的过去，也如还未来的未来，一切都不能知。我把筷子放下，迎上她的目光，她却一收，笑着说："小菲没说错，你这么急着回去的确是在躲人，可她又说错了，因为躲的不是她，而是我。你是要躲我。"

我也笑笑："若一定说我在躲避，那躲避的人也绝不是你，而是长天。我得早点离开，才能对得起这个多年的朋友，不过好像现在走也已经晚了。我应该提前一个星期走，若是可以选择，根本不来这地方更好。"

这话正中吴小曼痛处，她红肿的眼中泪水止不住冒涌，在这人来人往的小店，她肆无忌惮流着泪，没有哭声，只有堵不住的泪。或许她以为她先提出分开了，便能少了痛楚和烦恼，纠缠的症结也不会存在，可此时她却为此伤心断肠，他们多年的感情，岂能说断就断的。而她其实并不知道，那个她爱了多年的男人，在昨夜与她分开后，登时哭着睡到另一个女人怀里。泪流到最后，她又重变得痴呆一般，兀自哼起那断断续续的歌。这歌是我第一次听她在房间外唱，完全没有了在房间内的悲戚纠缠，可在此时断续的哽咽里，她唱得十分绝望。

我恍然大悟，霎时明白了纠缠的疑惑，说："小曼，我想见见你爷爷，你能带我去不？"

小镇上最高的楼是镇政府院子西侧的农业银行的五层楼，镇北是一些不超过三层的矮楼。吴小曼的家就在镇北，一座两层小楼，一楼是一个杂货小卖部，吴小曼平时就帮家里卖卖杂货。此时是一个中年妇女在看店，一见吴小曼回来，问："回来了？"我朝她笑笑，她也朝我笑笑，接着说："小曼，这是你朋友吗？"吴小曼点点头："我朋友，他想来看看爷爷。"中年妇女说："你爷爷天没亮就出去了，现在还没回来，也不知去哪儿了。"

吴小曼想了想，说："我知道他在哪儿。"

她便离开了，走在前头，中年妇女喊道："你朋友来了，也不叫人家喝口水？"吴小曼只好转身回来，伸手让那妇女拿了一瓶矿泉水递给我。我接下，说："谢谢阿姨，我先去看爷爷了，一会儿有空再来看看你。"中年妇女眉开眼笑，说："好，好，好，一会儿跟小曼回来吃午饭。"吴小曼喊叫起来："妈，你够不够烦啊？"说完她快步前走，我也快步跟上。

我们一直朝着镇北走去，走得不远便看到一条河从镇北边横切而过，沿着小镇的北沿朝东流去，河水浑浊，在阳光照耀下，闪着明亮的光。河上有一条残破的木桥，这木桥从中间断开，靠着河两岸的两截摇摇欲坠的桥板已经被浑黄的河水没过，一些岸边的草只露出隐约的头。吴小曼指着那残破不堪的木桥说："这木桥昨天还是好好的，昨晚一下雨，水流加急，一下子就成这样了。"两岸的断桥边，有很多人围观。这座木桥显然是连接两岸的纽带，这一下被水冲毁了，想到对岸去的，只得望水发呆。已经有一艘小木船来往摆渡，但一时也疏散不了这些人。

吴小曼从一群吵闹的人中揪出一个老头，说："爷爷，我就知道你会来这里。这是我一个朋友，当记者的，他今天要回省城去了，他想顺道来看看你再走。"

吴老头头发很短，还是可以看出这短发已经全然白了，脸色古铜，闪着油光。他一听我是记者，也高兴起来，说："你是记者？那你也帮我们报道报道，你看多少年了，这里就一座木桥，没有水泥桥，每次一来大水，就冲毁木桥，这两边来往多不便啊！你是记者，也报道报道这里，让政府重视一下，给这里修筑一座水泥桥，那是多好的事啊！"

我只能笑笑，他并不知道，记者很多时候都是身不由己的，他们并不能报道真实的情况。甚至连我自己，也差点在采访的时候把命丢了。

吴小曼眉头一皱："爷爷，人家专门来看看你，可能是有话要问你，人家还没开口，你就滔滔不绝了。你就记得你这座桥，几十年了，也没看到你变一下。"

吴老头笑了，挠挠头。

我也笑了，说："我是有话要问，这其实是我当记者的毛病啊，有疑问便想问清楚。"

吴老头说："没关系，没关系，问吧！"

我说："其实也没什么啦！昨天早上和小曼吃早餐的时候，她无意中提到您老说大雨快要来了。那时天还好好的，天气预报也没说天气要变，您老是怎么看出来的啊？"

吴老头哈哈大笑，很是兴奋："这有什么难的？住在这江边的哪个老人不会看啊？多少年了，我一直坐在这江边上，哪有什么看不出来的啊？当然，现在你们这些年轻人都不会了。"

我说："您坐江边很多年？"

吴老头点点头，还没回答，吴小曼抢先道："我爷爷是木桥的守桥人，他当然坐在这里啦！"她指着河对面的北岸："你看到那边木桥有一个小房子不？"

我说："看到了，那也是木板钉成的吧？"

吴小曼说:"河南岸这边是我们这个镇和一些村,北岸有很多大村子,也有一个农场,我们村就是在北岸,叫夏僚村。两岸往来人多,河上无桥,不方便,长期渡船也不是办法,从很多年前我们村便集资在这河上修了木桥,方便两岸人往来,可每次暴雨发水,这木桥都会被冲毁,所以需要修护费。这维护不能老是叫村民集资啊,于是便在岸边设了一个收费点,往来的人得付一些费用才能过河。我们家从村子搬出来了,住在这镇上,可离这木桥很近,我爷爷七八年来就一直在收过桥费。他整日待在这河边收费,老是看着河水,便让他看出了一些知晓天气的门道。"

　　吴老头笑了:"天气变化,河里的水草、鱼虾,甚至河水都与平日不同,一时也说不清楚,看多了也就简单了。三天前我就知道昨天要暴雨了,所以提前收拾东西回家来,你看,大水果然冲垮了木桥。"

　　我说:"木桥修了毁,毁了修,这么下去也不是法子啊!发大水了,木船渡人也不安全吧?"

　　吴老头的脸刹那阴沉下来:"谁说不是呢。每次发大水冲垮桥,木船渡人都不太安全。九十年代初期有一年大水之后,只能用木船渡人,而船摇到河中央,碰到上游冲下来的一棵大树,摇晃着,船上人相互拥挤,竟然在河中央翻了。船上人挣扎在水里,船家虽会水性,奋力救人,还是死了有十多人。那次事故后,县里面重视了,说是有专项拨款下来修桥,据说钱也到位了,后来县里换了领导,却把钱花在别的地方,这桥就一直搁置下来没建,还是只能走木桥。"

我忽然间明白了，适才吴小曼一下就猜到他在这里，肯定是知道他对这条河的深情。我猛地抬头，鼓了鼓勇气，说："我还有一件事想问您，这件事或许有点唐突，但我还是忍不住要问，您要觉得不合适，不回答便是。"吴小曼神情也紧张起来，好像已经察觉到我将要问的是什么，可她没有阻止，因为这肯定也是她多年的疑问。吴老头看了看吴小曼，也豁出去了似的，说："问吧。"

　　我缓缓唱："四月的夜空，出生的地方，村边流着一条南渡江。东去的流水，一流去不回……草倒是因为风吹……木桥上谁等谁回？今夜又有南风吹，今夜又见月亮照溪水……"这首歌我听吴小曼唱过无数次，每次她情不自禁哼出来时，都犹如中了一种魔力。此时的我也中了魔力一般，这歌的第一句一脱口，后面的便缓缓流出，就像是歌里所唱而此时显现在我面前的南渡江，世事更换而水流依然，有着它自己的生命。

　　吴老头一时间也呆愣了，等我唱完，他还没回过神来。我说："我想问问这首歌的事。"吴小曼神经也绷紧了，她多年未解的谜团或许便在此刻揭开，或许会因她爷爷的断然拒绝而永沉水底。

　　吴老头没说话。我说："那天我听到小曼唱这首歌，觉得很美，我还以为是瑞溪镇附近流传的民歌，可她说附近并没人流传，只有小时候听您唱过。我想这首词曲优美的歌背后一定有一个美丽的故事，我想爷爷一定也是知道这个故事的，所以今天便来问一问这首歌背后的故事。"

　　吴小曼跟我说过她小时候每问到这事，吴老头便会脸色吓人，此时她见我问出，更是惊骇得手都有些发抖了。吴老头叹息一声，伸手摸摸吴小曼的头："其实，说出来也没什么，以前也只是自己还看不开，只怕说起了，自己会心痛心乱，给家人带来麻烦，现在已经是半截人入土了，说也无妨。"

吴小曼见爷爷神色淡然，松了口气，脸色也好看多了，她也在享受着爷爷摸头——这个动作肯定让他们爷孙两人同时穿越了时间，回到了多年前吴小曼还是婴孩的时候。

吴老头看着小曼，笑道："这首歌其实和你奶奶有关，也和你面前的这条河有关。"

吴小曼没说话，只安静地听，神色未变。或许她也没想到，这首美好的歌曲，和她的亲人切身相关。

吴老头说："你奶奶是在你爸爸三岁的时候死的，你爸爸今年四十八岁，所以奶奶已经死了有四十五六年了。你爸爸那时太小，对你奶奶还未有记忆，可我直到今天，还能清楚地记得她的面容，她一直那么年轻，而我已经老了。"吴老头说到这儿，指着那断残的木桥，说："你奶奶就是在这条河上淹死的，当时也是河水暴涨，而那时连这木桥都还没有建。你奶奶便是在渡船过河的时候淹死的。她淹死十多年后，我们村开始集资修建这座木桥，我便主动要求在这里守桥，你知道为什么不？"

吴小曼摇摇头。

吴老头叹息道："因为这木桥刚修好不久，便有人说晚上在这木桥上看到有女鬼浮出水底，漂浮在水面上，缓缓走上木桥，飘向我们村的方向。根据那人的说法，竟然犹如十多年前你奶奶淹死时穿的衣裤，那人说得很真，我又是那么清楚地记得你奶奶出门时穿的衣服。虽然后来她的尸体也没能找到，或就在水底被鱼虾吃了，或被水冲到了下游，但她的魂肯定留在了此处。我能确认那个从水里浮上来走上木桥的鬼魂就是她，她一直在寻找回家的路。我想，只要我守在这木桥上，总有一天能看到你奶奶回来找我的，到时我就能带着她回家。"

吴小曼说话都发抖了："自从奶奶走后，爷爷你就一直没找过别的女人？"

吴老头点点头："你奶奶出门前还好好的，一直没找到尸体，虽说她肯定是淹死了，可我怎么能相信她就离我而去了？她总是会回来的，于是一等，十多年过去了，你爸爸也二十了，这木桥也修建了。听人说见到她的魂，我也有了盼头了，想着有一天能幸运一点，看到她从水里浮出，和我说说话，二十多年又一晃过去了。这四十多年就这么一晃眼就过去了，我哪里有时间找女人？"

吴小曼问："那你在桥头上见过奶奶上来不？"

吴老头摇摇头："我哪里有这种福气。有一天夜里，已经半夜了，我准备收拾收拾然后睡觉了，忽然看到木桥上走着一个女子。那女的走得没有一点声音，我赶紧上前去，想看看是不是你奶奶上来看我了。不料还未冲到她跟前，那女的一扭身朝水里一头插进去了。原来只是一个投河的人，不是你奶奶。当时我惊吓过度，忙把煤气灯拿过来挂在木桥上，想下水救人。谁料那女的跳得不巧，没跳到水里，反而被木桥冲毁后残留的一些木桩扎死了。她的尸体缠在木桩上，夜里不见血染河水，可那血腥味传出好远，那景象真惨啊。自那以后很长时间，我不敢再在这里守桥，也是一直到七年前，我又才开始守桥的。刚才你说我守桥有七八年了，其实不止，前后两次守桥加起来的时间，都有十几年了。"

吴小曼被这投河女子的故事吓到了，忙道："爷爷，不说这吓人的，你还是说那首歌吧。"

吴老头神色黯然："这首歌就是那投河而死的女子写的，我还认识她的。她是我们镇中学的一个音乐老师，不知从哪里听到别人添油加醋的故事，说爷爷守桥是为了见你死去的奶奶一面，她便写了这首歌，还专门来到守桥处教会我唱那首歌。爷爷的鸭公嗓，哪会唱歌？可这首歌却是一句不漏地记得的。但，她竟当着我的面自杀，我却拉不住她。"

吴小曼叹息道："那老师怎么会自杀呢？"

吴老头说："这女老师是一个孤高之人，她嫁给当时镇政府的一个干部，很是得镇上人的羡慕。可婚后没多久，老师的男人就在外面有别人了，两人吵得厉害。这老师也是想不开，一时脑塞气愤，就冲到河里去了。可其实这事情哪有那么严重？婚事不如意，忍忍也就过去了，忍不了离了也成，何苦寻短见呢？女老师死后，她男人也过得不开心，有一天也在家里自寻短见，拿刀划开自己手腕，血溅了房间一地，死得也很惨烈。镇政府院子里他们的房子便一直空着，有新的干部来到镇上，听说这房子死过人，不吉利，白送都没人敢住，那房便老是空着。这些年镇政府提倡不能浪费资源，只好把这空置的房子改成招待所，招待一些前来镇上办事的上头干部。"

我吃一惊："他们原来的房间在哪儿？"

吴老头道："就是现在政府院子招待所的二楼啊。现在的招待所二楼是将原来那间房隔开，分成了几间房，但都属他们家。我听说因为这间招待所不是太干净，那男人留下的郁气太重，连装在里面的空调机都不正常，待在房间里的人，就更是时常感到失落无常，想抽烟找不到打火机，想睡觉就听到人哭鬼叫，很不欢乐的。当然这些都是传闻，现在上面下来的年轻干部要住这招待所，也没见有什么，可能也都是镇上人多嘴杂，爱乱传，这肯定是没有的事。"

我和吴小曼面面相觑，大惊失色。我们两个每次在房间里相对时，那歌声便自动流淌似的，是不是因为这歌声曾经由那女老师的口无数遍地在那空间流淌过，一旦有人再唱起，流失的会再被寻回，过往的仍将重复？而住在里面的人，或许在歌声流淌时，便会被另外世界的事物所倾听与观看。这首歌在它无数次响起过的地方再次响起，是不是便会引人沉沦？

我从吴小曼的眼中看到惊恐，也看到她的疑惑，因为那惊恐和疑惑也是我所有的——是不是因为这首优美的歌背后有着惨烈的故事，故而当这歌声再次在那房间响起后，与此有关或相近的人便会染上不祥？不该相爱的人会产生感情，有爱人的会失去，曾慕恋的觉得厌倦，该亲热的永难相近，不该在一起的则沉沦在欲望的忽然到来里……是歌声还是房间的不祥导致了这些天无来由的纠缠？抑或两者都有，或者与这两者都完全无关。所有的纠缠难解烦恼不安，其实都只是因为我们几个人已经心怀私欲，这歌声背后故事的美好或惨烈，其实只是一种碰巧，所有的一切都彼此无关，包括这歌曲背后的故事忽然被我所知。

我一刹那心生厌倦，吴小曼也是一样，我们虚脱一般，呼吸都是疲软的。

我没在吴小曼家吃午饭，她也没送我上车，我们忽然之间就心灰意冷、相见生烦。她和她爷爷一同回到自己家里，她母亲招呼我进去坐坐，我只回头一笑，并未进去，匆匆赶回招待所。

我在门外犹豫了一阵，猛吸一口气，掏出钥匙开门，用最快的速度拿起包袱，当即离开这个住了不少时日的地方，全不留心房间的摆设，也不去想象昔日种种撕心裂肺爱恨纠缠。走出楼梯口，正好许长天和小飞鸽很亲近地走过来，两人低声说着些什么，看到我背着大包，小飞鸽腼腆一笑，许长天则不冷不热地说："你要回去了？"

"要回去了。"

"哦。要不要我们两个送你上车啊？"

"不要了，我自己等车就可以了，天又开始热了，你们走来走去也不方便。"

"那你自己小心点，有空再来玩。"

我想了想，觉得我和他好像在照着对白念，这不冷不热里有种让人陌生的冰冷。我想是不是要换种语气，却一时想不出用什么语气说话才好，只好又念对白："好的，谢谢你这段时间的招待，有空我会再来玩的，你要上省城，也记得找我。"

他说："好。"便伸手握住小飞鸽，两人走进楼梯口。和我擦身的时候，小飞鸽回头看了看我。我没回头，但我知道在那一刻她回头看我了，我甚至还能感觉到她脸上的表情，她嘴角带笑可眼神迷茫无助，她应该还显示出一种莫名其妙的忧伤——这忧伤她不知道来自哪里。

我想转身和她说句话，终究没说。

在上车前我顺手买了张报纸，这是我在加入这个报社当记者后，第一次亲自掏钱买自己所一直为之写稿的报纸。找对位置坐好，我在报纸第三版上看到一个我不认识的新名字写的一则新闻，大意是有一个暴发的富商，勾结了一些地方官员，通过种种不合法的手段夺取了一些农民的田地，此田地成了那富商的香蕉园，后来那些失去土地的农民中有人进入到香蕉园中查看自己失去的土地到底变成了啥样，被富商所养的狗腿子打死了。富商的香蕉园成了行凶作恶的地方，经过各方的努力查证，此富商的犯罪证据已完全被掌握，将于近日上庭受审。

我感到自己的右手臂又隐隐作痛，当时那块迎面砸来的石头，最后是砸在我的右手臂上的。当时我喊着："妈的，我不怕，你们有种，就来啊！"当时我真的不怕，我只想着那个离我而去的面孔，心里的悲伤远远超过了石头砸断手臂的痛。

车缓缓开动，我心跳猛然加速，呼吸也粗重了，我喊道："师傅，停车。"刚启动的车便刹住，一车人看着我，我飞一般跳下车。沿着暴晒后渐渐热起来的街道，我顺着街道朝北边跑，我朝那河一直跑过去，路上有很多人看到我背着这么一个大包飞跑，都用奇异的眼神看着我。但我不管，我要继续跑，我得用最快的速度赶到那条河边，站在茅草浮头的岸边，把头探出去，看一看发浑的河水。在那河水里我能看清楚一些东西，我不确定将会看到什么，但我一定要去，我一定要特意去看一看那条河。为此，我将错过今天最后一班回到省城的车。

有几条路飞往木桥

"呜呜"和"哇哇"是父亲口中发出最多的声音。那声音如此难以理解,以至于我和弟弟把双手甚至双脚都用上,也比画不出所以然,只能相视摇头。母亲不一样,她有着灵敏的耳朵,眼神也好得吓人,能清晰地分辨父亲吐出的字句长短、喘气粗细、语调起伏……当然还有他石头般僵硬的表情的细微变化。这种被我和弟弟视为不可完成的解读工作,在母亲那里轻而易举。有时我们也会觉得母亲翻译的不是父亲的原意,我和弟弟一致怀疑,父亲说话的语气,怎么会和母亲一模一样?母亲肯定在翻译过程中,加入了个人的创作。有时母亲的耳朵又灵敏过头了,从厕所里拎着裤头,急匆匆地跑到父亲的躺椅前,喊着:"他说什么了?"而父亲其实在昏睡。

"那座桥,肯定是要修的……"母亲疑惑了许久,从父亲的口中翻译出这么一句话来。可能是这话太出乎她的意料，她忍不住立即跳出翻译的身份，对父亲强加批判："你都这样了，修桥不修桥，关你什么事？你还能去走一走？你还能爬到桥墩上去？"嘲讽完，母亲又有些感伤，说父亲变成一棵树也就罢了——至少也得是体谅她的树吧。他此时无视她独自拉扯我和弟弟这两只猴子的辛苦，竟然去关心一座他永远也用不着的桥，这不能不让她心寒，不能不让她觉得他的心也差不多要硬化了。母亲被自己翻译出来的话惹得闷闷不乐，父亲却在木躺椅上一动不动，脸上像笑又不像笑，那是一种凝固的表情。

　　我几乎记不得父亲是怎么变成这个模样的，他身子僵硬了一半，随时抖啊抖的。但此前毕竟还能走动，这两年则是不要人扶着，就基本上只能躺着了。我问过母亲那是什么病，她丢过来一张发黄的病历单，上面写的字我都认识，却还是不明白到底是哪里出了问题。躺椅占据了父亲生活中三分之二的时间——另外三分之一，是在床上。他刚开始没法走动时，镇中学里的老师时常过来看他，有人还说他命好，说他基本上过着"衣来伸手饭来张口"的美好生活。也有反驳的："谁说王老师衣来伸手饭来张口了？他比这个还要命好，手都不用伸，嘴巴也不张，都得靠旁人伸手好不……"因是熟人，这样的笑话并不会引起母亲的反感，至于父亲，他都成为一棵树了，他的感受自然已被忽略。也有说母亲命好的，理由是，这几年，相邻的镇子发廊林立，妓女横行，很多男人时常往那边跑——镇中学里跑得最勤的，就是校长了——我父亲对我母亲如此忠诚，从没去找那些发廊女，我母亲的命，能不比其他女人好？

　　父亲早年是镇中学的语文老师，我们家自然也就在镇中学校园里。父亲倒下后，维持生计的任务自然就落在母亲身上。学校里有不少乡下学生，学校没有宿舍，没法住，很多老师就把所居住的房子隔成小间，摆上陆架床供乡下学生寄宿，也给学生煮饭，收些寄宿费、伙食费。我们家里就住了十多个乡下学生，整天叽叽喳喳。房子早些年被父亲修了第二层，二楼偏南的角落，是我和弟弟的空间，和寄宿生保持着距离。

　　我听过关于父亲的一些传闻，说他早些年，即使不算英俊潇洒，在镇中学那一堆矮黑的老师中，也称得上鹤立鸡群。作为镇排球队的主攻手，他还参加过县里组织的排球赛，到县里的大场地接受过县太爷和无数观众的欢呼。而父亲到底是怎么变成现在这个模样的，一直是纠缠着我的问题。问母亲，她不是话语不清，就是不耐烦地喊："小孩崽，问什么问？问了，你能医好？"而这一切，在弟弟那里，都不成为问题，他对父亲的事丝毫不觉不快，他是家中唯一无忧无虑的家伙，吃饱了睡，睡足了玩。在镇中心小学读书的他，据说已经培养了几个小跟班，整天行凶作恶，有时甚至守在小卖部门口，看到同学拿着冰棒出来，夺了就跑。这些传闻我和母亲并没亲眼见，而是来自前来告状的弟弟同学的父母。

　　母亲在这时，基本上对打上门的告状不正面回应，而是显示出了政治家的狡猾，她摇晃着躺椅上的父亲："你起来咯，你起来，把那小贼子打一顿，哪这么坏哦？人家都找上门来了……"她一摇晃，父亲口中就支支吾吾地发出些什么声音，她便侧耳听："你要干吗？你要放尿了？要放尿？刚放半个小时，又要放？……"母亲对着门口的来客摇头苦笑："你先……等会儿，我先扶这棵树去放尿，回来再跟你一块收拾那小贼子……"来客的兴趣和斗志已被消磨殆尽，扭头就走——心软的甚至还会安慰安慰，安慰到母亲的眼珠泛红。父亲那被母亲招之则来挥之则去的尿意，帮助我们家击溃了无数强敌。

那场台风是在暑假来临的。镇子就在海南岛最大的一条河流的南岸，在关于这条河的记忆里，有很大一部分是跟洪水相关的。每次台风过后，上流的水库装不了那么多水，就开闸泄洪，河水暴涨，小镇的大部分房子，便泡在浩浩黄汤之中。有些早富之人，修建了房子的第二层，便安然地在二楼窗口，看着其他人在黄汤中手忙脚乱，自豪感倍增。低洼处的房子，往往被浸泡一米多两米，手忙脚乱搬迁家具的人咬牙切齿："一定要赚到钱，把第二层修起来。"

台风夹带雨水，开始了猛烈的袭击。下午，母亲已经从菜市场带回了风雨侵袭带来的变化——菜价翻倍。母亲咒骂了卖菜人黑心肝之后，还是多买了一些菜，并且贮存了面条和饼干。我们的房子在镇中学校园里，依傍着小镇的高地"下村岭"，往年的洪水从来没有涨上过校园。母亲不怕洪水涨到家里来，却还是带领着我和弟弟把不能泡水的东西搁置到高处。每放好一件东西，母亲就哀怨地看着躺椅上的父亲："水要真来了，那棵树可怎么跑？"

天色渐黑，迷蒙之中，校园里的树七倒八歪。母亲从信号极其不好、声音断断续续的收音机里得到新的消息，说还有大风要来，大雨也跟在后头。唯有弟弟十分兴奋："要跑水吗？要跑水吗？水肯定会浸了我们家吧。"他强烈地期待着洪水的到来。雨水随着夜色变深而不断加大，母亲有时会披着雨衣到学校里的小卖部打听消息，回来就宣布，水涨到哪哪哪了。父亲被扶到床上，可他还没睡，嘴里又发出呜呜哇哇的声音，母亲用毛巾擦拭着头发，听了一会，骂道："又关心那破桥了。水这么大，修什么桥都没用。这条水，每年不死几个人不甘心。"

一有风雨，父亲体内潜伏的风暴也冒头应和，他手脚抽搐，口中发出呻吟。母亲把门闩死，可没法把风雨声隔绝在外，雨水从门缝渗透，一楼的地板已然湿透了。电早停了，点燃的煤油灯光晕昏黄，我很早就睡了。不知夜里什么时候，我被一种奇怪的声音吵醒。那是从父母亲的房间传来的，隐约听出那是父亲的声音，像是喊痛，却又有着某种旋律，竟像是一首歌。我想挣扎起来去看看，可浑身酸软，屋外的风雨声带着强烈的催眠力度，让我没法站起。

那声音，催我醒来，又催我睡得更沉。

第二天早上，雨小了许多，风时大时小，残枝断叶遍地都是。弟弟兴奋地喊着："跑水了，跑水了。"母亲看着他，要怒未怒。小镇低洼处全都泡在水中，很多人不得不被迫转移到高处，也就是弟弟口中的"跑水"。镇中学已经打开好几间教室，让跑水的人家临时住下。父亲竟也起得很早，口中发出某种急躁声。我和弟弟不太理解，问母亲，她不好气地说："他说，扶他去那些看看跑水的人。"这倒是个难题，雨是小了，风可没停，路面全是污水，要扶着他走到教室，那不比带着一块巨石游泳容易。

瞧母亲疏忽，我溜出家门，朝教室跑去。有四间教室都塞满了人，有老有小，热闹非凡，有啃着饼干的，也有呆呆地看着别人啃饼干的。不时有披着雨衣的中年人出去和返回，报告着水位上涨到哪了。而其实不用出去，站在教室门口，就能瞧见低洼处的校门，已经有半个人高的位置，浸泡在污水中。跑水的人说什么的都有，不清楚那到底是哀叹倒霉还是觉得兴奋。小孩们都是很高兴，已开始坑捉迷藏。

趁着雨小，我跑回家里。在门口，就听到了母亲的呼天抢地，左右邻居都在安慰她，她却没有调小音量的打算。父亲在躺椅上喘着粗气，眼睛瞪得鸡蛋一般，已经僵硬的脸皮，在试图表达某种情绪，却只能组织出一种难以说清的怪异。弟弟沮丧地站在旁边，眼珠通红，很显然也哭过。我不敢说话，悄悄地用衣角擦着头顶半湿的头发——刚刚到底发生了什么？母亲几乎是不间歇地号了十分钟，才渐渐收敛。邻居们劝说多了，觉得没意思，摇摇头各自回去。

屋外，一片极大的乌云压过来，这雨，还得下。

问弟弟发生了什么，他说："爸一定要去看水，妈拗不过他，扶着他出去，没走两步，就在那摔了，你看，就在那！"他指着门口几米外的一个水洼。整整一个上午，母亲都憋着脸。副校长带来了镇政府买的面条和黑糖，让母亲煮上一大锅，端到教室里，给跑水的人吃。面煮好了，弟弟要抢着吃，被怒气未消的母亲按在门板上打。母亲边打边叫："老的气我，小的也不听话，打死你这个气人精。"弟弟嘴硬得很："你气爸，打我干吗？你去打他！你打他！"

母亲手一松，说不出话。煮好的面条装到水桶里，母亲和我一起抬着，放到三轮自行车上，盖上雨伞，母亲在车上骑，我在车后面跟着扶。长长一声叹息后，母亲说："阿黑，你要听话点，你也不听话，我就真气死了。"我眼睛茫然，看着头顶上直压而来的黑云，不知怎么回答。母亲说："你爸心里想着别的女人了！"我愣了愣："爸那样，动都动不了，怎么会……"母亲说："他心还能动，他心里还想着。"我忍不住笑了："真的心里想着，又有什么关系，他能做什么？也只能想想。"母亲踩车的脚立即停下："谁说他不能做什么？谁说的？他昨晚不还哼那歌了，他不是老念叨着去看桥，他今天不还死活要去看水？"我记起了……哦，昨晚，父亲真是在哼着歌啊……可，这，和看水有什么关系？又和女人有什么关系？母亲又踩动三轮车，像是对我说，又像是自言自语："也是，都死人了，还能做什么？"

我更加疑惑了，这又有死人什么事？

水退之后，整个镇子都铺上一层厚厚的黄泥。被淹的人家都在冲洗墙壁。水返回原位后，岸边青碧的茅草，也染上了层层灰黄。河边围绕着很多人，都是来看木桥的。小镇在河水南岸，要到北岸去，唯一靠的就是这座木桥。早些年还有木船摆渡，有一年，大水泛滥，木船翻了，一下淹死十多人，成为镇上人不愿触及的悲惨记忆。在那之前，镇上也呼喊多年，希望县里修一座水泥桥，这下死人了，不得了了，说是要修了，省里面也拨款了，最终也没修成，那些拨款被用来修建了县城里的一座新桥。此后，小镇上的人每到县城，都会望着那座桥叹息。为了方便，北岸一个村子自发集资修建了木桥，方便两岸人的往来，但需要收过路费，不然木桥没法维持日常的修护。每次大水之后，木桥都会被冲毁。不断的冲毁和重建，使得这座木桥，成了小镇人的念叨。这一次洪水太大，把木桥冲得比较彻底，眼力好的人，才能在若隐若现的水纹下，看出哪里曾埋下过木桩。根据母亲的说法，台风过后，父亲口中支吾着的言语，有百分之七十都是关于这座木桥的。母亲对父亲的喃喃自语，露出强烈的不屑，还带着酸酸的语气。

台风过后，天热得有些过分，热风一起，父亲就有强烈的说话欲望，我和弟弟也在他的反反复复中，慢慢能猜出他的意思。他反复说，要去河边看看。

秋季开学之前，母亲终于松口了："黑，你和你弟弟扶那死树去看看河水。"我暗暗计算了行走速度，要把他扶到水边，天都黑了。

母亲把父亲扶到三轮自行车上坐好，让弟弟扶着，我踩着三轮车，朝水边去。

已经有人在修建木桥，木板和木桩，堆在河的两岸。

来到水边，一路上兴奋不已的父亲倒不再发声了。

三轮车停下，弟弟才松了一口气，跳下车，甩着手，说："麻了，麻了。"

父亲靠在车上，他也只能靠着。我试图把他扶起，他脖子硬扭了一下，表现摇头。阳光很烈，劈头盖脸泻下来。还好有些风迎面吹来，带着河水的湿气。父亲眼睛发直，像有千言万语要说。在某一瞬，我觉得他变回了那个正常的父亲，那个我早已陌生了的正常的父亲。我有点心酸，不敢看他的脸。他已经多久没有用眼睛来打量这个小镇了？对于腿脚好的我们，这小镇是弹丸之地，吐痰一用力，就会喷到镇外去，可对他来说，这俨然是一片无法穷尽的浩瀚汪洋。

一个修桥人停下手中的活，对着我笑："桥冲坏了，现在过不去了，得等几天。"

——他是以为我要带着父亲到北岸去吗？

那年秋季，我升上了初三。母亲最大的愿望，就是我有一天能考上大学，她幻想着我大学毕业后，她就锦衣玉食风风光光。她对此坚信不疑。她最担心的是弟弟，他的顽劣已是难以管束——母亲把这一切的根源，归结在父亲身上。各种风气吹进镇上来，赌啤酒机的、放黄色影碟的、吸毒的……到处都是诱人的场所，母亲很害怕弟弟到那些地方去。有时半天没见到弟弟踪影，母亲就开始癫狂，翻天覆地要把他揪出来。

我的同学当中，有人吸了粉，被他的父亲扯回家，扭到了戒毒所。也有的同学，拉帮结派，组成了一个小帮会，横扫一切，校警也对他们避让三尺。更引起议论的，是我班上一个看来最文静的女生，却被发现已经怀孕五个月了，而她竟然说不出到底吹大她肚皮的是谁。我心里暗暗喜欢过她的——谁不喜欢她呢？可就是她，竟然大了肚子……这个建墟三百多年的小镇，骨子里有一种古板的东西，这种古板也让它保持着某种硬朗，不轻易为外物所击垮。可现在，很多人都感觉到一种变化正在临近——是什么，都说不上，但此前的硬朗在慢慢地消散。

深秋，学校换了几个重要领导。新的校领导刚上任不久，就把母亲找去，说是有重要的事情商量。母亲黑着脸就去了。按照以往的经验，只要是学校来找，就不会有什么好事。果然，学校是跟母亲商量父亲的事。按照校方的说法，我父亲已有很长一段时间不上课，虽然说当年办了内退，但有一些手续并没有理顺，今天找我母亲，就是商量着把材料补齐，补交一些钱；要不，学校停止给我父亲发内退工资。

校领导问意见时，母亲一言不发。

校领导又叹气又摇头。

母亲回来了。

看着躺椅上嘴角歪斜的父亲，母亲狂奔而出，堵在新校长宿舍门口不休止地谩骂。母亲的这一次出征，完全是超水平发挥，她先把父亲晾出来，占据了一个道德高地，再哭诉她这些年独自带着我和弟弟的辛苦，再接着，她便在地上打滚，滚出满身尘土。我跑去看时，完全被她的气势吓傻了，不敢拉她。弟弟冲上去了："来这里哭什么呢？要哭，也回家去哭，别在人家门口……"围聚的人越来越多。

弟弟伸出手去拉她，反被她扯住，按倒在地，狠狠地揍。在以往，母亲的手还没碰到，弟弟便会鬼哭狼嚎，这一次，母亲手上力道结实，弟弟却一声不哼。周围的人瞧不下去了，上前解救弟弟。围观的人一多，话头就多了起来，吱吱喳喳，有人探头往校长宿舍门里看，让他出来说说话。

校长出来了。

这个新校长浑身都是圆的，这使得他说什么话都像是在笑。他笑着说："什么事，好好商量。"我也是好久之后才想明白，他那不是笑，而是严肃、绷紧的谈话。后面的事，就很顺理成章了，母亲以她的哭天抢地，取得了胜利。

当天一直到很晚，母亲还沉浸在胜利的喜悦当中，她表扬弟弟出现得及时，说要不是他去拉，她都想不到法子打动校长呢！弟弟不理会母亲，他偶尔瞧瞧我，眼中射出奇怪的光。我很清楚，他这是责怪我没有伸手去拉母亲。住我们家的那十几个寄宿学生，都在暗自谈论着什么，当我把目光扫过去，他们就都安静了。

在暑假里，给父亲擦身的活都是母亲来，开学了，单单料理那十几个寄宿生的伙食都够她忙的，便由我和弟弟轮流给父亲洗澡。

把父亲的衣服脱下，让他在矮木椅子上坐定，我听到了父亲嘴里哼了一声。

"说什么？"

"……欧……"

欧？……是黑的意思？他是在叫我。

"怎么？"

停了好久，父亲寄出一些密码般的话语："……今……今天，你你你……妈……"

我愣了许久，把温水倒在他肩膀："今天，没什么！"

父亲嘴里又哼哼哼着什么。我多希望还像之前一样，听不清他的发音，可近来，我发觉自己的理解能力在不断接近母亲，越来越能理解父亲的吱吱哼哼。他的发音带着浓重的浑浊，好像含着一口水，舌头在搅动水波之中，发出迷蒙的词语。听懂他的话，就是从浑浊当中，辨析出原意。说来很难，却也不难，他能说出的词句很有限，和他早些年在课堂上的口舌伶俐，已不可同日而语。理解他的话，当然也得注意观察他的眼神，那眼神看似呆滞，却掩藏着万千变化。我从未想过一个人的眼睛，可以在简单的眨动之间，传达出如此丰富的意思。

我有时只能假装不懂。

我还没把温水浇到父亲的头发上，他的脸已经有些湿了。我拧掉毛巾上的水，用散发热气的毛巾，遮住他的脸，遮住他意义多姿的僵硬表情。

我眼前空了。

听懂了父亲的话，便有了向他证实的兴趣——比如说，母亲一直怀疑他心中想着的那个女人。

说到那个女人，镇中学里的人，都知道，甚至镇上很多人，也都听说过。那是若干年前在镇中学教音乐的一个女老师。关于这个女老师，流传着很多传说。比如说她性格高傲怪异，和所有她教的学生都如同仇人，每节课，她花一半的时间在向学生训话上。又比如说，她当年可算是貌美过人，吸引了镇上无数年轻人的目光，可她一直都是一个人——她是眼睛长在头顶的人，怎么会看上那些二流子？这样的女人出现在一个偏远小镇的中学校园里，难免会引来纷纷议论，难免有许多关于她的花边新闻。她每个周末都上县城，被传成了她跟县里一个教育局领导的周末桃花开。女人们传说这些话的时候，证据确凿："就她那样子，怎么可能不勾搭一个领导？她想调回县里啊！"

　　传言乱出的时候，母亲就曾听说过，作为镇排球队的主攻手的父亲，赢得了音乐老师的侧目。母亲从没亲眼见父亲和音乐老师一起出现过，但她坚信无风不起浪。以父亲保持得很出色的身材，以父亲教语文的能说会道，真要在镇上筛出一个能和那高傲女相配的男人，也只有父亲了。母亲和父亲闹过无数次，父亲都淡淡地说："你哪只眼睛看到？我倒是想，人家看得上？"母亲不依不饶："你果然想……你果然想……"又是一番闹腾。当然，也不排除母亲暗中去查找过证据。

　　那时，小镇上的男女要见个面，还偷偷摸摸的，有人传说木桥边曾是不少男女约会的场所，岸边齐人高的野茅，为约会者提供了天然屏障。我曾想象，某个淡月迷蒙的夜里，父亲外出了，母亲瞪圆她的大眼，寻遍大街小巷，寻到木桥边，在野茅中翻找，希望能抓一个现成。我问母亲："你去岸边找过吗？"母亲哼哼冷笑："我去那儿干吗？你以为人家真看得上那棵树？"她在冷笑，但语气并不硬。我想，我爸当年还没变成植物呢！母亲冷笑完，也显得有些伤感："唉，那些事，都多久了啊……人也死了……那么久，不记得了……"

音乐老师是投河死的，关于她的死，我就听到很多版本，每一个都蒙着让人心乱的桃花色。母亲叹息地说："镇上那么多张口都在传她的话，谁受得了？被人家传死的。多清白的人，被传这么多，都成了脏的了，她羞不过，才投了河。"父亲在躺椅上哼着说要去看木桥时，母亲就嘲笑他："当年和她一块到河边快活的，有你吧？是不是想起了，要去看看？"母亲的话总是会引来父亲的一阵笑。其实，那不是笑，他僵硬的表情没法自如地控制笑容，但还是能从他的眼角边，看到一丝笑意。

我向父亲询证的，有两件事，一是他到底和音乐老师，有没有关系；二是他为什么这两年以来，一直想去水边看看。向父亲发问时，我却已经清楚，无论他回答是或者不是，都很难得到一个确切的答案。他僵硬的身体，掩饰了他的真实内心。父亲花了一个上午，才跟我表达清楚他心底的话，他认为，音乐老师根本不是投水死的，只是一脚踩空，淹死了。

我对音乐老师和父亲的关系，充满了兴趣，他们真的毫无交集，我就自己去构思出一个莫须有的故事。已经确证的一件事，是台风夜里，父亲嘴里哼的那首歌，和音乐老师有着莫大的关系。当年音乐老师负责学校的播音室，在傍晚时候，会播放一些歌曲，她的喜好，便强加给了全校的人。下午风吹起的时候，随风飘荡的，常常是一首邓丽君的歌——也就是父亲哼的那首。不止我父亲，当年校园里所有的人，都在这首歌的伴奏下，开始煮饭和炒菜，开始打小孩屁股和喂猪。

弟弟对我的沉迷幻想，很瞧不起。他越来越有一副老大的样

100

子，指挥着五六个小伙伴，淡定自如。母亲看到他，觉得无比焦虑；看不到，更焦虑。母亲常说："阿黑，你去问问，你弟不会又做了什么事了吧？"我说："近来根本没人上门告状，说明弟弟表现还是不错的。"母亲提出了相反的看法，人家找上门的，那还是小事，最怕的，就是他去做见不得人的事。我说："按照你的说法，从没人上门告我，是不是我做了很多很多见不得人的坏事？"母亲不屑地看着我："就你？放个屁都没臭味……"

一天夜里，弟弟鼻青脸肿回来，母亲盘问了许久，他也说不上一个所以然。他根本什么都没说。母亲找了一根布带，把弟弟双手反绑，挥舞着木棍打他的屁股。我上前拦，挨了几板子。弟弟不领情，说："拦什么？让她打。"母亲手腕酸了，丢下棍子，掩面抽泣。最后，是家里的寄宿生上来劝说，才给弟弟松绑了。那些寄宿生翻找来刺鼻的正骨水，给弟弟擦拭着身上的瘀青，劝他以后不要这么嘴硬。

母亲指着躺椅上的父亲，手臂颤抖。

——她抽搐的手臂，多像是父亲的。

木桥修好的时候，在北岸的收钱点燃放了一挂鞭炮。父亲不知如何得知新木桥即将通行的消息，要求我们推他到水边看看，被母亲断然喝止。我去看了，水中已经有两个被冲毁的旧木桥遗迹——被冲毁后，水中残余的木桩若想拔出来，需要花很多气力，修桥者往往便在原址移动两三米，重新打桩。我回去后，和父亲说起了木桥边的情形。他闭上眼睛，静静地听着。

"点了炮，炮炸完了，就通路了……"

"堆……响……波……"父亲发出的声音，在我耳中自然过滤，排除掉浑浊和歧义，排除掉腐肉和杂物，剩下的意思，便是"水深不"。

"可以过桥，不深。"

父亲不再说什么。

父亲不愿提，但在母亲的含含糊糊中，在她的嘲讽、痛斥和心疼中，我还是知道了父亲对木桥的奇异感情。当年船翻淹死人后，镇里组织材料，向县里说明修建一座水泥桥的必要。父亲作为镇中学的语文老师，是镇上一支笔，他挖空心思，把材料组织得情感饱满、血泪纵横，总算打动了上头。后来批钱了，可桥却修在了县城里，这让父亲很长一段时间难以接受，他不断怀疑，是他没把材料写好，才导致那座水泥桥飞了。母亲看着父亲，像看着她最小的儿子："你爸就那样，跟他没关的事，也挂心着……现在好了，他变成木头了，拿去插进水底，倒是可以当木桩。"

父亲发病初期，母亲经常以泪洗面，后来习惯了，母亲也变换了另外一副模样。父亲好的时候，母亲是性子和善，父亲发病后，她开始活力过剩，嗓门变大声嘶力竭。父亲发病后的种种事情，开始在我脑海中攻城略地，把此前的记忆驱逐殆尽，好像父亲从来便是躺椅上的这模样，好像母亲从来便是这样的不可理喻。

父亲当老师时的备课本被母亲叠得整整齐齐，好像他有一天还会站起，抖掉上面覆盖的烟尘，夹在腋下，就朝教室走去。我是在家里大扫除时发现这些备课本的，解开绑着的细绳，我像是武侠小说中的主人公在翻看武林秘籍。里面并没有记着什么秘密，父亲授课时的篇目，和我课本里的所学，有了一些变化，但也有相同的。本子里记着的某篇文章的段落大意和中心思想，和我在黑板上抄来的，没有多少变化。备课本的纸张已经泛黄，蓝色水笔所留下的痕迹让人疑惑，说不出是本来颜色就那样，还是时间让颜色彻底虚化。

父亲好像不是太有耐心，每一篇课文的教案，开始时还工工整整走正步，写到篇末，文字笔画便脱离引力，开始飞行。翻看那堆厚厚的备课本时，我就坐在父亲的躺椅边，他眼角有股骄傲。我知道，那些一次次起飞的文字，是他很长一段时间的记录。这样的记录，对正常人或许意义不大，对他，却不一样。要是没有这些本子，他会不会在日复一日的僵硬中，怀疑起所有的往事？

我想在备课本中发现一些父亲的秘密，若是里面夹着当年的音乐老师送给他的纸条之类，那就更好。倒还是有些发现，比如说，一个本子的末尾那页，写着一首歌，是《东方红》的歌词，歌词顶上是谱。歌词的字，是父亲的笔迹，开始那行，整整齐齐，写着写着，又脱缰跑马了；而歌谱，则不太像父亲写的。另一本子的封三，则只有两根线条直直垂下，是一个长发女人的轮廓。我惊喜地问："这是什么？这歌谱是不是音乐老师写的？你画的这个，是不是她？"父亲呆呆的，好像是搜寻了好久，才给我一个说法，说当老师时经常开会，有时听得犯困了，就随手乱涂。我照着父亲的指示，果然，在每本备课本上，都发现了一些乱涂乱写，有画在某篇讲义开头处的街上的挑担人，也有在半页空白处随手记下的胡言乱语。这样的随手记录时时出现，塞满他备课本的各个角落。我想，若是学校抽查他的教案，他会不会觉得脸红？

我正处于擅长幻想的年纪。比如说，我曾暗恋过的那个被查出怀孕的女同学，她有时只是扭头看看窗外，我便觉得那扭头的动作里，饱含着对我的深深思念。她问我一道方程式的解法，被我解读成对我的极度信赖，那个 X 的最终答案，意蕴万千，最终将指向她对我的爱情。她问我有没有看到某某老师，我又心想，她是在跟我表白吗？……唉……她，怎么能跟别人弄大了肚子呢？怎么能……哦……怎么说起她了，她退学，我多心疼啊……算了，不想她了……虽然我还是挺想的。我还是想说我父亲。

我的意思是，我其实不断在幻想着，给父亲重新绘出一段被涂去的时光。那些我的幻想，永远不能被证实，却也不会被证伪。就算备课本上都是父亲开会时的乱画，谁又能否定，那首歌，是他想到了她，想到了她在某次教职工联欢上的摇曳生姿的歌唱，心有所动，才记下来的？谁又能否定，那长发垂垂者，画的不是她？或许父亲只是不想把五官画出，让人看到他的心事。本子空白处那些零碎难懂的句子，也难说不是父亲内心的密码。就算那个歪斜的挑担人，也像是父亲的某种难以卸下的孤独。

没有在无边幻想中滑行多久，我就被甩回现实。深秋入冬后，天气渐渐变凉，我们家也迅速陷入寒冬。母亲每天早上四点半就起床，去菜市场买青菜、猪肉和粉条，给家中的寄宿生煮早餐。我一般睡到早餐快煮好时，被滚烫的粉条汤的香味熏醒。而这一回，是母亲的凄厉尖叫，让家中的人迅速包围在父亲的床边。母亲已摇了父亲好几分钟，他还是没能睁开眼睛。此时他的四肢都在发抖——发抖是常态，可从没抖得这么厉害的，关键是，怎么摇他也醒不来。邻居也围聚来了，有人就跑出去找车。天色没完全变亮的时候，父亲被抬到镇上拉客的一辆小面包车里，往县城医院飞驰而去。母亲的哭诉声在冬晨的寒风中，冻得失真。阴冷的黯晨，带着强大的吸附力，吸走了母亲的呼号。一位与父亲交好的体育老师，也随车一起去了。

　　已有邻居老师家的阿姨，帮着煮好母亲做了一半的早餐。寄宿生们也没怎么闹，大家都心知肚明了似的，不说什么埋怨的话。他们默默吃着早餐，安静得让人害怕。弟弟不吃，一碗热汤粉很快变凉。邻居阿姨摸摸弟弟的肩膀，她的眼圈倒先红了。我对弟弟说："吃了，赶紧去学校吧，中午放学，估计他们也回来了。"弟弟蹲在厨房已经渐渐暗下来的炉火前，双手抱头，肩膀像起伏的浪。我拎着潲水，到屋子后面的猪圈把家里的几头猪喂了。天色已白，校园里传扬着清晨的广播。一首进行曲，曲调铿锵，是早操的前奏。

　　"哥，爸还会回来吗？"弟弟抬起头，嘴唇冻得有些发青。

　　母亲要在县医院照顾父亲，就没法给家里的寄宿生煮饭。下午时候，她从医院赶回来，叫来邻居三个阿姨，也叫来家中的寄宿生，把他们分成三组，在我父亲出院之前，他们就分别到那三个阿姨家吃饭，所需花费，寄宿生直接跟三位阿姨结算即可。我和弟弟也被分配给了我们家左边的那阿姨。非常时期，大家也没什么意见，都沉默着，似在等着母亲宣布那个人人最关心的消息。母亲长长舒了一口气："抢过来了，还要留医几天，问题不大。"弟弟说：

"我想去看爸爸。"母亲扯扯他的头发，把他的袖口整了整："你周末再上去。"母亲交代完，收拾了几套衣服，走进阴凉的下午风，去赶往县城的车。

周六，我和弟弟在县医院见到了父亲，他基本上已经恢复成"那棵树"的状态。在我们看来，这已经是"最正常"的他了。病房里散发着刺鼻的药水味，走廊里吹着酸败的冷风。父亲病床前的桌子上，摆放着不少水果，母亲说是父亲的学生送来的。父亲的不少学生，就工作在县城，不知从哪儿听到了消息，就赶来看了。我们进病房时，就有两个父亲的学生正挥手离开。吊着盐水的父亲当然没法说什么，可嘴角却有着一些骄傲。这是他曾当过老师的骄傲。弟弟难得安静，他绕着父亲的病床转了一圈，在观察着什么。

父亲的眼珠子随着弟弟的移动而移动。从他眼神中，可以看出他对弟弟的爱怜。或许，在他心里，是有着对弟弟的亏欠吧。母亲怀弟弟之时，也是镇上抓计划生育最疯狂的时候。母亲后来跑到一个偏远地方的亲戚家躲着，弟弟生下后，也被寄养在那个亲戚家。弟弟两三岁的时候，性子一直孤僻，话都不多说，见到人就往角落里面躲。我和弟弟见面的机会也不多，每次带着我去看弟弟回来，父亲就连续好几天心情不好。若是母亲去看，则是她找父亲吵闹。有一天，父亲跟母亲摊牌了，他想把弟弟接回来。母亲说："你还想不想教书？"父亲说："这老师，不干也就不干了，饿不死。"弟弟就被接回来了。没等计划生育找上门，父亲便病倒了。但也听说曾找上门过，学校曾多次来商量怎么办，都被母亲给击打回去了。后来在镇上管计划生育的，换成了父亲一个朋友，母亲就去问，该怎么办。那人想了许久，说，还能怎么办。就这样。后来也再没人上门问这个事。弟弟也是在家里过了许久，才愿意喊父亲叫"爸"，喊母亲叫"妈"。弟弟已经小学五年级了，他现在对此前住在亲戚家的记忆，已经越来越迷糊，有时听我们讲起，他以为是我们合伙骗他。他终于长成了我弟弟。

绕完了病床两圈，做完了视察工作，弟弟点点头，说："很好！"

我们正发愣，弟弟又说了："还有两天，就能回家了。"

医生竟真的在两天后同意我父亲出院。

这一次住院好像使得父亲改变了一些，又好像什么都没变。父亲更加沉默了，原来的呜呜哇哇也很少出现了。母亲显得有一些忧虑，她时常站在父亲的躺椅三米开外静静看着，希望父亲能发出什么声音。父亲的眼睛，也愈加空茫，有时整整一天没说话。

冬尽春来，我和所有的毕业班学生一样，把所有的精力放在复习上，关于父亲和音乐老师的故事，我也没闲情去编造了。春天一到，天气一天比一天热，夏天在望，毕业考试也越来越近了。夏天开始后，父亲潜伏已久的说话欲望又开始蠢蠢欲动，或许是因为太久没发声，他的声音，已经难以理解，不仅我和弟弟说不上个所以然，母亲细心倾听之后，幻想、联系、猜测……所有的招数用上，也没法翻译出一句确切的话。

我能看到母亲的沮丧，连她都听不懂父亲了。父亲终于彻底沉入了他一个人的世界，和我们隔着高高的围墙。父亲的眼睛蒙上

107

一种浑浊的水汽，昏黄、模糊——那不像是活人的眼睛。没法行动的父亲，难道却能自由穿行在活着和死去之间吗？在气温最高的时候，我终于参加完中考，绷紧的弦一下子松弛了下来。那是1999年的夏天，即使是小镇上，也在风传着世界末日的讯息。考完试的同学，也不关心考得怎么样，而是到处传阅着一本不知道从哪找来的印刷极差的《诸世纪》。他们争执得最厉害的，是末日将会在哪天到来。也不知道是哪个同学说的，说那些不正常的人，都会给我们指示。有一次，有五六个同学叼着冰棒，在高温中来到我们家，围着我父亲，向他询问启示。母亲的脸黑沉得难看，而我，感受到了一种巨大的耻辱，操起一根木棍，就朝那几个同学挥舞过去。母亲拉住了我。那几个同学丢下冰棒，落荒而逃。冰棒在发热的地板上很快化了，我忍不住痛哭。

母亲冷冷地说："你马上要上高中了。到时候去城里读高中，可就要住校了，不能在家，那都要靠你自己了……"由于是暑假，家中没有了寄宿生要照顾，母亲也闲了下来，她让我去找一些同学玩，不要整天窝在家中。当时很多同学轮流请客，邀请伙伴到家里来玩，招待一番。父亲的事，曾是同学的一个谈资，这让我在和他们交往时，总是有一些疙瘩，我拒绝他们的邀请，也拒绝邀请他们。

我又翻开了父亲的备课本。

当纸页翻开，躺椅上的父亲发出一种难以说清的怪叫，手脚抖得厉害。母亲赶忙来把我手中的备课本收走，绑好，父亲才慢慢平息下来。母亲把备课本藏到柜子里，锁好了，她害怕我再翻开，把里面的什么东西放出来。而父亲到底是想起了里面记载的什么，才让他情绪大变呢？我任由自己的想象无边放飞。在我的构思中，当年的一个教职工晚会上，音乐老师演唱了，演唱的并非邓丽君的歌，而是那首《东方红》。虽说是一首带着浓重的政治味道的歌，可音乐老师用的是一种深情款款的演唱方式——邓丽君的方式。这首歌唱罢，现场所有的教职工都沉默了。父亲也是被震傻的一个。他从没想到，一首歌颂领袖的歌，竟然可以让每个听到的人，都以为是对着耳边呢喃的情歌。本来应该喝彩、喧闹的场面，竟然静了下来。主持人提醒下一个节目开始后，场面才慢慢缓解。也就是这一次之后，学校里很多男老师都开始不信那些关于音乐老师的传闻。他们的理由很简单，一个生活不检点的人，怎么可能唱出这样的歌？而这结论在女老师那边是不是截然相反，不得而知。音乐老师在学校中说得来话的人没几个，这使得她的课后生活，成了一个不大为人所知道的秘密。父亲后来有没有和她有正面交集，那实在是不好说。但我想，两人肯定有过点头相视的时候。比如说，某次校园中相逢；比如说，父亲参加排球比赛时打出一记好球后，回头在人群中看到了她……因为这些，父亲在备课本上那些乱涂乱画，才有一个合理的解释；也正因为有这些，她死后，父亲才一直念念在心，三番五次要去看木桥，看她投水的地方。

我没有问母亲，父亲的病到底发生在音乐老师死之前还是死之后。我没有查证的兴趣，我只会去幻想出一个好玩的故事——我不相信父亲向来是一个如此无趣的人。在我的幻想中，若是音乐老师自杀了一段时间，父亲才变成植物，那故事可能便是这样的：父亲曾多次在夜里踱步到河边，望着木桥发呆；此前滴酒不沾的他，也学会了喝两杯。而若是父亲病倒了，音乐老师才死去，那故事又再次变换：音乐老师也曾想象过我父亲出现在她生活当中，而现在，我父亲的倒下让她最后一丝希望破灭，她投进了水里。当然，若是把故事想象得更加惨烈一些，可能便是：父亲和她相约好了木桥相见，父亲没去，她便……

我很清楚，这些沉迷于自我的故事，和父亲无关，和音乐老师无关，和真实更没有丝毫沾边，但在那个所有同学都在谈论着末日的时候，我更愿意沉迷在这样的虚构里。当时，我几乎把镇上小租书店里所有的武侠小说都翻阅了一遍，有不少的小说，一到精彩的情节，便被撕掉了几页，我只能靠想象来把所有的情节关联起来——也许，我的喜好乱想就是这样养成的。

没想到的是，那个暑假后来发生的事，远远超出我虚构能力范围。

在热气不断沸腾的时候，我接到了一所省重点高中的录取通知书。母亲左手挥着信封，右手捏着信封里取出的通知书，走完门口的左边，再往右边拐，她在向学校里所有的教职工家属炫耀她的大儿子。

当天晚上，母亲还杀了只鸡，对着墙角的婆祖拜了拜，念念叨叨。她还把通知书在父亲面前摇晃，想让父亲也高兴高兴。父亲的反应并不明显，他口中发出几声沙哑的嘶鸣，像是高兴，也像是悲伤。母亲没能高兴几天，很快地，她发觉了，这张录取通知书，几乎等同于一张催款单。通知书上面写着的报到的日子，是一串让她心惊肉跳的数字。在烈日下，她骑上了自行车，四处找亲戚筹钱借钱。我说，也没有那么夸张，又不是上大学。她紧绷着神经："要到省城读书了，没钱，能行吗？我得准备好……"在她眼中，我即将沦为一个花钱如流水的败家子。

八月底的时候，台风又来了。风不大，雨却不小。这场雨让母亲安闲下来，我们几个人，蹲坐在门口，看着外面越压越黑的天，雨已经不能称之为雨了，那是一条江从天空砸落。母亲用手指敲敲我的额头："你考这么好，不让你读吧，哪甘心？让你读吧，读得起？"弟弟在旁边笑了："你就别到处炫耀你的大儿子多厉害了，连卖猪肉的歪嘴昆、开饭店的黑手义，都在传你的话了。"母亲一把扯过弟弟，狠狠在他屁股拍了三巴掌："你要有你哥哥十分之一，我就笑破肚子了。"瞧了瞧躺椅上的父亲，她摇摇头。

大雨给闷热已久的天降了温，加上停了电，雨声哗哗中，我们都睡得很早。

那几乎是我睡得最沉的夜晚。

实在是太沉了，所以听到母亲发出尖叫，我和弟弟都醒来了，摁开床头的手电筒，呆了足有十几秒，还在怀疑都听错了。母亲的哭声传来，我和弟弟才跑了过去。母亲靠在她和父亲的房门前，表情惊恐。我和弟弟用手电搜索着房间，没发现什么异样。光束再扫了一遍……等等……房间好像空了一些……少了什么……

少了——父亲！

没人扶就根本坐不起身的父亲，竟然消失不见了。

虽是暑假，不需要准备寄宿生的早餐，可后头那几头猪还是让母亲天不亮就得起床烧火熬猪食。电还没来，等前前后后忙了一个小时，听到屋外的雨声好像小了一些，母亲走回房，在昏黄的煤油灯下，竟发现我父亲不见了。我和弟弟扶住母亲，她猛地一震："穿衣服。"我和弟弟把衣服套上，披上雨衣，就赶忙下楼。一阵凉风吹来，楼下的门是开着的，说明父亲就是从这门走的。难道母亲刚才上楼时，竟没发现门已经开了吗？

我和弟弟走进雨中。

母亲敲开了左右邻居的一扇扇门，敲亮了一支支手电筒。

要往哪个方向找？我握着手电筒，指向哪个方向，都是错的。

弟弟却闷着头，不断狂奔，我只能跟着。

身后那些被母亲点亮的手电筒，也四散在漆黑的暴雨中。

弟弟顺着中学校园跑了两圈，我的手电筒一直跟随着他。他跑在手电筒的光圈里。绕两圈之后，他可能觉得父亲的活动范围扩大了，便奔出校园，跑上小镇的街。天已经渐渐泛白，暴雨中，没人在活动。此时，街上的水已经泡到了小腿，想跑得快，是不可能的。而越朝北，水越深。河水慢慢涨上来，满眼所见，皆是汪洋。我脑子全是空的，只能跟着弟弟跑，我只能相信他的直觉。眼前泛滥的水，让我想起了同学传言着的《诸世纪》和末日，这，就是末日吗？这，还不是末日吗？我拉住弟弟，再往北，水就越来越深，谁都不清楚哪个地方会忽然冒出一个吃人的深坑。学校里的帮忙找寻的教职工和家属，在翻遍了小镇的街巷后，渐渐汇集。消息已经传遍了小镇，帮忙的人越来越多。

天亮了，雨势减弱，披在身上的雨衣已经失去了作用，手电筒不知在何时跑丢了。我每跨一步，都是在拖着一条河，两腿酸软。弟弟没有放弃，还精力十足。两个男老师走过来，一个夹着弟弟，一个拖着我，往学校里拽。弟弟挣扎着，扭动如蛇，他没哭，也没有难过的表情，只是挣扎，不服输地挣扎。母亲也被几个阿姨摁坐在门口那张躺椅上，她一试图站起，就立即被摁下去，有一个阿姨手上拎着一根绳子，估计都准备绑她了。两个男老师黑沉着脸，没有商量的余地，就把我和弟弟身上的衣服全剥了，扯毛巾给我们乱擦了两下，接过一个阿姨翻出来的衣服，就往我们身上套。

圆乎乎的校长也被惊动了，他来到我们家，把这儿当成了临时指挥中心。他让母亲不要着急，他会安排人去找。干衣服套上后，我觉得身上越来越冷，手脚不由自主抖起来——像父亲往常那么抖。弟弟的嘴唇全青了，我的，应该也一样吧？母亲望着弟弟，人都呆滞了。回来的人，不断摇头，校长越来越担心，甚至可以说是害怕了。他来回踱步："怎么可能呢？王老师……他根本都不可能走得动的啊？他连站起来，都不可能的啊……到底怎么一回事？到底怎么一回事？"校长也叫人到镇派出所报案了，派出所已出动查找，回的消息说，只要我父亲在小镇几公里的范围，那都不可能被遗漏——他肯定已经离开小镇了，水太大，河中没法找。

雨下不绝，有不少人已在议论，是不是又要跑水了，看这雨势，水眼看要淹上中学啊！这场雨，浇灌得每个人都心里发虚。我头痛，不停地想着，父亲到底是怎么离开家门的？他用了什么办法站起来，走出去？……我身上一阵热一阵寒，脑子每每在快要想出答案时，忽然堵死。

——又得重新想。

围聚在我家里的人，议论的重心也转移到我父亲怎么行动这件事上。所有人都想不出一个合理的答案。忽然就病好了？站起就能走了？被鬼带走了？被贼抬走了？……这些可能性荒诞而可笑。可这不合情理的事，随着雨势，不断地冲击着每个人，家里的气氛显得很诡异。

校长抬起脚，狠狠地踢在门上："总不能长出翅膀飞了吧？"

校长安排好人，轮流守在我们家，不让我们跑出去，外面水大，一旦情绪失控，很难说会发生什么。母亲家的两个舅舅两个舅妈，也在下午时分来到我们家驻扎；爸爸的一个堂兄，也带着两个黑黑壮壮的堂哥，在傍晚时分赶到。他们包揽了家中所有的活，也不断轮流出去查找，就是不让我们母子三人出去。

母亲的眼神越来越木讷。

我闭上眼睛，到底是什么力量让父亲站起，走进雨雾？

是什么？

大水最终没像去年一样泛滥，只是装腔作势了一下，雨变小后，河水很快就退去。之后的好些天，寻找父亲的工作没有停止，可没有任何进展。寻找范围扩大到下游十几公里。倒是发现了一具浮尸，肿成球一样，两个舅舅带着我两个堂兄寻过去。母亲在家中几乎哭死。他们很快就回来了，说那不是我父亲。母亲哭着喊着："你们别骗我，和我说真话。"大舅说："不骗你，真不是。"母亲猛地站起："不行，我得去看看，若真是……"大舅哭笑不得，喊起

114

来："他妈的，那是一具女尸。"

木桥没有被大水冲垮，水退到桥面之下，很快便通行了。在大舅的跟随看管下，我们和母亲来到了木桥。母亲在桥头边站了好久好久，她移步了，慢慢寻找，希望发现些什么。回家后，她买了一只鸡，杀了之后，带上香烛，再次来到桥头边，开始祭拜。她指着一块四十公分高的石头，说："就是那，就是那。"

她的确信无疑，让她的弟弟——我的舅舅哭出声来。

我和弟弟都知道，父亲是不会再回来了——即使他只是那样一个父亲，也不可能再有了。母亲时不时木木地问我："你想想，你爸到底是怎么回事？"

到底什么怎么一回事？

到底什么怎么一回事？

我试图为父亲想一个结尾：雨声很大的夜里，我们都睡得很沉——有歌声在雨声中传来，那歌声有催眠作用，我们便睡得沉。父亲不一样，这熟悉的歌声不但点亮了漆黑的雨夜，也疏通了他身上所有筋骨和血脉，他的手脚竟能动了。歌声越来越清晰，父亲的手脚就越来越活动无碍。等母亲起身去熬煮猪食的时候，父亲竟然能坐起来，不但坐起来，还下床了，还能走动了。他推开家门，顺着歌声，走进倾盆夜雨。歌声响处，闪着微暗的光。微暗，可是夜雨唯一的光。父亲看到了一头垂下的长发，那长发突兀而动人。父亲越走越快——已经不是走了，是飞，御风而飞，雨水落不到他身上。父亲也终于看清，光的来处，就是那座被泡在水中的木桥。雨水早已淹没木桥，亮光竟从水底射出。父亲知道，那个时候到了。

他朝木桥飞去。

我以为这样的乱编，会让母亲十分生气，谁知她竟很平静，她说："若真的去找那音乐老师了，就好了。若真是，就好了。"母亲摸摸我的耳垂，我想，她其实是很清楚我所想到的另外一个版本的结尾的，她不愿说，我也就不讲。那个版本有些残忍，父亲一直念叨着想去看木桥，并非是他真要去怀念音乐老师，而是去查看哪里的水更深，更适合投进去，他知道他最终会死在水中——那是一个隐藏已久的预谋。而父亲之所以在我的录取通知书回来之后离去，是因为他要让母亲彻底解脱——他不想母亲在生活的夹击中彻底崩溃。

我后来问过母亲，那音乐老师是不是长头发。母亲的语气很肯定："当然了，不但长，还直！"肯定的语气说完，却又纳闷了，又犹疑摇摆了，她说："好像不长，挺短的。有一段时间，我倒是留得很长。"

最纠结我的，当然还是那些问题，直到多年后的今天，我也没想明白：

父亲是怎么站起来，走出去的？

他是怎么飞走的？

只有飞，才能那么快消失得无影无踪，可他是怎么飞走的？

这问题，远远超出了我的想象，杀死了我所有幻想的能力。这件事不但超乎常理，也超越了想象。上世纪最后那一年，《诸世纪》的末日预言没有到来，我却遭遇了我的末日，那些谈着奇怪言论的同学，翻开他们所信服的《诸世纪》，也解释不清我父亲的去向。

他们轮流请我喝酒，向我道歉，说他们竟去开我父亲的玩笑，很对不起我。我的酒量就是在那时开始练开的。

又一个暑假，母亲清理了父亲的遗物，烧掉了。那扎备课本就在其中。书本着火之时，我想，本子上父亲不断起飞的文字，会记录着他如何飞起来的秘密吗？我拿棍想要把那烧着的本子挑出来，终究停在半空。

火光烧尽了父亲的"哇哇"和"呜呜"。

丁亥年失踪事件

友　人

　　镇上只有一个地方有啤酒喝。宵夜摊很多，炒河粉的师傅往炒锅里加着猪肉、葱段、胡椒粉与夜色。由椰奶、冰块、绿豆、红枣、鹌鹑蛋、凉粉等组成的清补凉，则让小镇的人在燥热的夏天中透过一口气。我和你的弟弟，就坐在那有啤酒的摊子前。我不会安慰人，但你的弟弟，也成了我的弟弟。所有人都被热气逼出家门，在小镇的街巷上等待凉风吹起，你弟弟却被冻伤了一般，脸色发白，一口冰啤酒下肚，就抖几抖，要奋力才能把酒水压到肚子里去。喝下一口，你弟弟又惊慌地四处瞧，说："他来了，你看到了没？"顺着他的手指，我什么都没看到。

　　我知道他指的是谁——就是"你"。

　　你来了吗？……我没看到。

在这样的夜色里，回忆多么无力——尤其对记忆即将散尽的我来说。

这是我回来的第二天，第二次见到你的弟弟。昨晚见过一回，已是夜色渐起，我在一家茶馆外的阴影里，看到他在门口缩头缩尾，他点了一杯温热的奶茶，也不能安定下来。他时不时盯着茶馆对面的五金店看。那是你家以前的铺面，已经变卖了，买家开了五金店。"不得不卖，不卖，全家人都得疯。"你的弟弟说。我没有问："卖了，又如何呢？"你弟弟吞完半杯奶茶，被烫伤了喉咙似的，再也没法出声。

这次是你弟弟主动找我喝酒，主动。

第十二杯下去之后，可能是装得太多，盛不下了，酒水开始倒溢，从他眼角渗出。我知道躲避不了了，他一直等待着我问那句话——"他还没回来？还没消息？"

我就问了。

你弟弟点点头："嗯！从丁亥年的六月到现在，再没有消息。"他在情绪混乱中等着我去问，他的"回答"准备了好久，不说出来，会把他憋坏。

关于你失踪的事，镇上所有人知道的一样多。丁亥年七月的一天，部队里有两位穿军服的人来到镇上，由镇委书记带着，找到你家。那个头发花白的军官说，你捡到了一部手机，后来有一天，你跑到军营外面接电话，就再也找不到人了。没有前言后语，没有后续赔偿，你就走出了我们的世界。五年还是六年了，我们知道的，仍旧只有这句话。

确证无疑的是，你失踪了。

正因为失踪，你变得不可或缺，成为很多人生命中的全部。

你母亲最先疯了，她的疯，和一般的疯还不一样，她只在每年七月发作——你失踪的月份。在那个月份，她说尽了你所有家人的话，其他人一概沉默。你父亲成了一个最横行霸道的人，有人在你们家门口摆卖甘蔗，发生了口角，被他抡起铁棍砸折了右腿。派出所来抓他，他不服软，拍着桌子叫，倒是派出所的人先软了，挥挥手自己撤，他们自己凑钱给那断腿的家伙当医药费。"我儿子都被你们拿走了，你们还要拿走我？"——你的父亲凭借这句话，把那些气势汹汹的警服击得溃不成军。

你爷爷问遍所有的神灵，仍旧没有你的下落。他拎着整只烧猪回乡下祖屋与祠堂祭拜，他也在镇上的五海公庙里，把香烛点得烟滚滚，把鞭炮炸得轰隆隆。他问过六角塘的女婆祖，也顺着木桥，渡水北去，找到了神算子石头公，只换来这些通神者叹息不止的摇头。没人能说出你的下落，可是，他们又都很明确地说，你还活着。这个消息让你们家人倍感绝望。你还活着，你活在我们永远无法知晓的角落。那里有日光和月色吗？那里有没有一到台风季节就会发大水的一条河？那里有没有热天里飞扬不止的漫天垃圾？那里有炒粉、清补凉和冰镇后就不酸的金黄色啤酒吗？在那里，你会不会偶尔抬头，布满血丝的眼睛射出亢奋的光——你是想起了亲人和朋友了吗？

五六年了，你不再出现，你在时光中消逝，遥控着多少双无望的眼睛。

120

你的弟弟和我喝完酒之后就走了，他顺着小镇乌黑的街，走进深色，他的步子摇晃——或者，摇晃的是我的头？我在街上坐了很久，直到宵夜摊打烊。一股油烟味呛我眼鼻，宵夜摊老板，这秃顶的中年男人在裤腿上擦擦手，没能擦掉油。他喷出一口油烟："完蛋了！那小子失踪后，这家人完蛋了。"我要怎么回他呢？他却兴奋了起来："听说要修新路了，马上开工了！你听说了吗？"总算有话题了，我说："总是要修的吧！"小镇街巷极窄，以至于一到集日永远在堵塞，传言说要在小镇南边重新修一条路，已经传了好些年，可修了又如何呢？这个镇子苍老颓败，人在其中懒洋洋，修一条路就能改变这让人沉沦的气息吗？一条新路架不起一个新世界。

——我也要走了，可我去哪儿呢？

这里曾是我临时的家，可我不是要回家，我是过客，前来道别。

祖　父

和石头公再见面时，他不再和我讲任何有关玄的事了。

此前，我找过他三回，每一回他都分别问了我不同的话。第一次来找他时，是在一场夏秋之交的台风后。大水没过了木桥，幸好水退得快，被黄汤泡得湿滑的木桥虽摇摇晃晃，却还是能走人的。水刚退到木桥几公分以下，我就上桥了。水波泛起，有水花飞溅到木板上，木板摇动，桥像浮在水面上。这不是桥，分明是小木船，随水漂远。风是重的，你吹过这种风吗？对了，没有，以往我们把你看得太紧，不让你近水，不让你靠近那条每年端午就吞噬小孩的南渡江。"那是河神爷在寻'粽芯'！"——比我更老的老人，曾这么说。还是说回风吧，那风里卷着水，所以重，重得都能看到它朝哪里吹，重得能闻到浑水中的泥腥。

我在石头公屋前的树下站了好久才进去的。问了一些情况，石头公的眉头也像江上含水的风，越来越重。他含糊地说："应该没死！应该没什么事！至于在哪……"他愣是没说出一个地点来。后面两次，他问的问题不一样，给我的回答，却是一样的：你没死！可你在哪呢？镇上的五海公、六角塘的神婆还有石头公，都没能给我一个回答。他们都说你还活着，却讲不清为什么你成了我们家不归的浪子。

第四次再见石头公，他已经不愿和我讲你的事，我问，他也不答，只是一根接一根点烟。他年纪越来越大，他说很多活都交给他儿子去干了。他带着他儿子干活十来年了，他儿子也能帮人择日什么的了。他孙子也在跟他学，可那小子只会把拳头耍得呼呼响，是那种四肢强壮脑子塞的家伙，能学会这掐指算命的活？……你看，我又说到哪儿去了呢。唉，我现在也不敢见很多人了，以前一些熟人，一见面就问我："你孙子怎么样了？"我能怎么回答呢？问得多了，我就怕了。

有时，即使不和他们坐一块喝茶吃粉，只要他们在街上眼神一斜，我就清楚他们要问什么，我便想起你去当兵时的情形。你从小立志要当兵，高中一毕业，果然就去了。那天一早，你衣服笔挺，腰板电线杆一般直，砰砰砰踩着正步。我们回村里拜了公，烧香点烛摆供品，你都自己来。我们家没出过当兵的，那身衣服一往你身上套，那完全变了个人。军装是有力道的，一个脖子歪斜的人穿上了，也是能挺挺腰身的。那天很顺利，天色也好，你到县城集合，随车就走了，我们家也没人去看。我们都是皮薄的人，心想那有什么好送的，你懂得自己去了，那就让你去，又不是小孩。

谁也没料到，还没等到你第一次回家探亲，你失踪了。你拜完祖先，一走，竟再也没回。要让我回想见你的最后一面，实在想不出。是在祖屋外吗？是在镇政府门前吗？还是你拎包上车时的甩手？……这些画面有过还是没有过，都成为对记忆的考验。去年一场雨后，小镇发了大水，水深过膝，我走在街上，踩进一个水坑，摔断了腿，躺了三个月。老人摔不得，这一跤让我老了八年，腿上绑着厚厚的绷带，药物散出酸腐的臭味。我知道自己已老，快要腐烂。我现在总要挂根拐杖才能走路，你能想象吗？

上头来通知的时候，和你去军营那天一样，是个好天气。在镇上，除了每年夏秋的台风天，都是好天气。还是镇委书记带着那两个人来的。那书记我认识，年纪不大却把肚子养大了，原先是县里一个什么局的局长，办事毛脚惹了上头，被打发来这里了。镇上有什么好管的呢？这地方，各活各的，不像大城市，有拆有建。镇上多年一个模样，那书记没事做，时间都花在吃饭养肚子上了。书记带来的两个穿军服的，一个是小兵，另一个是颧骨突出的中年，他的鬓角有白发了，摘下帽子后，露出紧贴头皮的短发。小兵在我们家门前放下一个包袱，是军绿色的那种。花白头发说："这是你家

123

小孩的东西，我们专门送来，请收好！"我脑子没转过来，你妈却说话了："这是？这是？……"

花白头发说："你家小孩不见了，部队让我来通知你们，把他的东西还给你们家。"

"啊？"你母亲要扑上去，镇委书记赶紧扶住她。

沉默了好一会，花白头发说："他有没有回家？"

"我把儿子交给你们了，你来问我他有没有回家？你们这些死路头的！"你母亲吐了两口痰，书记只能闪躲，花白头发倒是没动，有一口喷在他的左肩上。书记脸色已经黑了："有话讲话，你……"花白头发仍是冷冷的："他没知会就跑了，是逃兵，我们没找到他。你们要是知道他的下落，还得告诉我们！"你不知道，当时我脑子轰然一炸，怎么拐得过弯来，你在部队好好的，怎么会当了逃兵？

在我们家门口看热闹的人都议论纷纷，围来的人越来越多。我多想登时断气，那有多败面子——你当了逃兵，我们家以后还有脸在镇上过下去？我还敢回家拜祭公祖？你爸捏着拳头就要冲上去，那个小兵跳到前面来，邻居把你爸拉住了。我回过神来："什么时候发现他不见的？"小兵要说，花白头发狠狠瞪他一眼，他缩回后面去了。花白头发说："已经快一个月了。据睡他下铺的兵讲，有一次他们在外头拉练，他捡到一个手机，两天后，有人打了这手机，他接了，当天他就不见。事情太怪，我们部队上下也一直在查，没通知你们。这是很严重的事，他逃跑那么久，已不是部队纪律问题了，是法律上的事了，弄不好还要判刑的！"

124

你爸气恨得把头撞在门墙上，砰砰砰，也不晓得响的是头还是墙，围看的人又拉住他。你妈更是喊着"还我小孩，还我小孩"。围看的人也不安静了，吵了起来。

　　"人家四脚灵精的一个人，给你们弄没了，这么一句话就打发了？"

　　"是哦，谁识得是不是部队把人逼死了，来报这假消息？"

　　"这些狗屁领导，他们犯了事，往外一推就没事了。不能让他走！"

　　"把人还回来。"

　　"要人！"

　　"要人！"

　　……

　　围看的人说起你平时的好，有的也开始高喊："是啊，我们镇的人，怎么可能是逃兵？肯定是骗局！"喊声越来越大，包围圈越来越小，花白头发还稳得住，那小兵已经慌了，书记则摇着手，要把大家驱散。书记不说话倒好，他一说，很多人就举手要打他，他只能把头缩回去。场面眼看就要失控，书记腰板一挺，高喊道："不错，好好一个人，怎么可能说不见就不见？不把人交出来，休想离开我们镇！走走走，到镇委里先说清楚，我就不信了，我们这的人，怎么会……"他推搡着花白头发和小兵，人群高声欢呼，朝镇委涌去。

　　我们家没人跟着去——你本是离家之人，他们来说之后，你也没在，可为什么我们会觉得家里空荡那么多呢？书记假装把他们推

125

到镇委去，我就知道那是一个套，可又能如何？要拦住他们吗？后来果然听说书记在镇委的小门，安排了一辆车把那来通知的两人送走了。这之后，再没有任何人来说过任何和你有关的消息。你成了我们家最空的洞，吸光了所有人的魂。

我问过一些脑子好、会想事的人，让他们给我分析这件事，说来说去不外乎几种可能。第一种，当然如花白头发所说，你因为个人的事，当了逃兵，再也不出现了——可若是如此，你也该跟家里有个联系啊，怎么会销声匿迹了呢？第二种，是部队出了差错，你成了替罪羊，成为牺牲品。有人甚至举例说，打个比方，是不是部队领导误开枪，出了人命，为了掩盖罪行，所以说是失踪了？——可我问过所有的公祖、婆祖、算命先生，他们都能确定你还活着，我不知道他们的信心何来，但谁都这么说，你肯定就还活着。还有第三种可能，是最给我们安慰，又是最让我们伤神的——那就是你被派去执行特殊任务了。由于工作特殊，部队得以这种最残酷的方式，让我们放弃期待你的归来，放弃对部队的纠缠不休。有人又举例了，说，比如搞特务的，比如那些特殊的电脑天才，工作要保持高度保密，被删除了身份信息，连家人也不让知道。这第三个可能是我们最希望的，但，事实真的是这样吗？为了确证，我问过你所有的高中同学，他们都很确凿地说，你的电脑很好，他们都对你的失踪感到可惜，可提到有没有可能被部队派去执行特殊任务时，他们都觉得那是电影上才有的故事。你同学的确证与怀疑，同样也是家人的确证与怀疑。正是这种纠缠，让家里人日益憔悴、沉默、忧伤与不可自拔。

我多羡慕你奶奶，她在你当兵之前过世，没享受过你去当兵时的快活，也少了你失踪后的痛心。我是想象不出，若是她还在，怎么接受你失踪这个事实。你小学时，她每天早上到粉汤店给你打粉汤回来当早餐，她总是在你喝得滑溜溜时微笑。她总是在天角未明的时候，把你送到小学门口。很奇怪，你不见了，可你却时时在我眼前浮现，可你奶奶，却一去不回头，我想不起她。她留下的遗照是镇中学的美术老师画的，嘴角老是笑，是啊，笑多好，以前我也爱笑，我们家人都爱笑，可你的无声无息，让我们家笼罩上一层死气，笑成了最难得的表情。你妈有时倒是笑，可那是傻笑，是她癫狂时的表情失控。

　　我前两天见到了你那个同学，以前矮矮胖胖的，也黑，现在却白着一张脸，高高瘦瘦，把脸缩到衣领里。是你弟先见到他的，他还请你弟喝了酒。我见到他时，天色还早，亮光还没出来，我要去找杀猪的歪嘴昆拿粉肠。你知道，粉肠是抢手货，提前预留也没用，得早点去才有。用粉肠下酒，是我为数不多的喜好了。猪粉肠在酱油里一滚，我的一天才有盼头。昏黄路灯下，是远远没有沸腾起来的小镇，是这个小镇的另一副面孔。这时的风是清的，带着江水混杂的重量，但很清。这小镇多陌生啊，在这生活多少年了，它仍有看不透的面貌。

　　"阿公！"他在路灯下叫我，半张脸还被灯光挡住了。

　　"还记得我吗？"他说，看我没反应，他手脚比画，"我和你大孙子，以前同学，我就住你们家东边，隔两间房，记得了吗？"

"哦！想起来了，想起来了。好几年没见到你了，怎么回来了也不到我家吃饭？"

"回来看看。镇上还没变啊！"

"能变到哪儿去？要修一条新街了，但能变到哪儿去？来，你跟我一起吃早饭！"

"不吃了，我还有事，正好看到你，就打个招呼。"

"什么事，也要吃的嘛！你回镇上做什么啊？"

"找东西，丢了东西，得回来找。还没找到呢！还得继续找。"

"找什么，那么难？"

"唉，这个，不好说。我先走。"他一转身，走出了路灯的光外头，没走两步，便没在阴黑的晨色里。我想拉他喝两口，没拉到。

割粉肠的路上，我费了好大劲才想起他以前一些事。当时你小，你还不懂这些事，他叔来租的房子，还问到我们家，我带他去租的那间房。他叔租了房，那时他刚上初一，和你同班，他一个人住，一个人买菜煮饭，是个很自立的小孩。有人传了一些风言风语，说是他爸妈出去玩，车一倒，人都没了，就剩他一个，他叔把他接回镇上来。那时他话挺多，倒没有太多经历了惨事后的孤僻。你该还记得，当时我叫你多跟他交往，是怕没小孩跟他玩，让你带带他。他叔叔每个星期会来看看他，给他点钱，他叔也是憋着一肚子的苦，和我喝过几顿酒，酒一下肚，脸就红，话就多。我耳顺，倒也愿意听，他说得断断续续，我也没多问。也记不太清了，反正你同学家里也是一堆糊涂账，算也难算清……

杀猪佬歪嘴看到我，吃了一惊："你怎么一下老那么多？"

"多少岁了，能不老？"

"今天不一样。老得有些怪！"他一边割粉肠，一边瞪着我看，像我脸上开着花。我抹抹脸，不知怎的，打了个寒战。寒战一起，身子就抵不住了，寒战一个接着一个。到了粉汤店，赶紧把袋子里的粉肠丢给店家加工，我吸了好多口气也没缓过神来。倒了杯米酒，喝下去，也是凉凉的。一直到店家把热气腾腾的粉肠煮粉条端上来，我接连喝了三口汤，才暖和了。

长舒一口气，我夹起一段粉肠，蘸蘸酱油，放进口中。

街角的天，总算泛白了。

父　亲

卖掉家里的铺面，是酝酿了很久的事情。怎么说呢，是不得不卖吧。那家铺面，原是全家人的生计，开过茶馆，卖过杂货，眼下却不得不卖。我们家在镇上买下宅基地，建了房子，全赖这间铺面。可却卖了。从你失踪之后起，这铺面的生意日渐萧条。你爷爷去问过石头公，石头公不愿多说，可他支支吾吾里，还是点明了，这间铺面和我们家缘分已尽。在过去十几年里，我们家从它身上吸取了无数精血，是到了挥手告别的时候。甚至有人含含糊糊地说，你的失踪，难说不跟这房子有关——这其间有什么关系呢？可既然提了出来，总不能不理，不能不卖掉，或许卖掉了，我们家换了运气，你或许会在一个喧闹的日子，坐着一辆沾满黄尘的中巴回到镇上。

买家看了风水，把铺面里一些东西拆掉，又装上一些东西，放进去一个大大的架子，装满各种用具，是一家五金店。五金店的生意极好，原来镇上另一家卖五金的小铺面，倒渐渐无人问津了。人家把生意做起来了，肯定的，我们家人心里都不舒服，要是换另一种经营，会不会我们生意也火呢？但还能说什么呢，事情是不可挽回的，为了你，总得一试。我听到不少人在我耳边叹息："唉，那家……五金店……唉，你……可惜了。"还有更多说法的，说是石头公说这铺面不好，是故意的，买下铺面的，是他一个很亲的亲戚。可即使再来一次，这铺面还是要卖的，为你……唉。店铺卖了，我做了甘蔗生意，到村里收来甘蔗，运到省城去卖。不是甘蔗上市的时节，赶上什么卖什么。你妈妈呢，没店铺看了，就腌制些萝卜干，每天在镇上卖，这哪是能赚多少钱的活儿，但也就干着呗。

那天，镇子南边的新路终于开建了。县里也来了领导，和镇领导一起铲土奠基。我认出来了，县里的领导，正是那年悄悄放走花白头发的镇书记。你失踪两年后，他从镇上调走了，肚子更大了，是升官了。鞭炮声后，他对着话筒讲话，说他对这个镇充满了感情，他从这里起步，他熟悉、怀念在这个小镇上的生活，他说，随着新路的修建，这个古镇，将焕发新的生机。掌声雷鸣，挖土机开挖，修路开始了。小镇的南边便整天弥漫着滚滚尘土，镇上人整天挂在嘴边，说不一样了，新的日子来了。新路两旁的稻田，也都割成宅基地卖掉，一天一个价。先卖掉的，都觉得后悔，都恨自己为什么不多捂几天。他们都忘了从买家手中接过一叠叠的钱时，双

130

眼放光，不断沾着口水，一张一张数，数完一遍，再来一遍的样子——这是永不疲倦的乐事。

小镇修新路了。镇子还是那么窄小，去一趟省城，还是得拐七拐八，进了省城后，人就更晕了。这些年我去省城多少次，除了运甘蔗去卖，就是去安宁医院。每年七月热风起，你妈就乱跑、发癫，沉浸在灾难之中。她第一次发狂时，顺着小镇的路巷一直跑，我跟在后面，哪跟得上，跑了十来分钟，我只能远远看着她在每一条巷口出没，像一条鱼，露出水面又潜下。若是癫狂症太重，我就得把她送到安宁医院住院，等情绪稳定后，再接她回家。在家里，还得不断服镇静剂。

幸好她的癫狂症只在每年七月发生，进入八月后，她就陷入了长时间的沉默，像是之前一个月说光了所有的话。从沉默中缓过神来，她又和常人无异了，和别人说起你，也很看得开："人嘛！都有自己的命，哪是能算得准的。他有他的命，也许，有一天他就齐整地回来了！"要劝她的人，倒没话说了。知道她每年只有七月发癫，就好办了，到了那月，家里就不干别的了，就盯着她。不盯着怎么办？拿着石头去丢人家门窗还好办，赔钱道歉就是；若是握着刀棍把别人打伤了，那是开玩笑的？可真的只在每年七月，她的癫狂症才会爆发吗？谁知道她会在哪一天彻底失控，在六月或八月，也张牙舞爪。

歪嘴的杀猪佬却还羡慕我。他每天卖完猪肉后，都得打上一斤两斤的米酒，到小饭馆里喝得醉醺醺，抓到谁就让谁陪喝，抓不到人就拉着饭馆老板，让他坐在一旁听。好几回他抓到我，摁住不让走，他半碗半碗地干，口中喷出阵阵酒臭，和他身上的猪油味混在一块。他说他羡慕我。我只能说："我儿子都没了，你来说这话？"他说："只是不见了，有一天总要回来，我那狗仔，却完蛋了，见着也完蛋，不见也完蛋。"他儿子现在是吸毒仔，只剩半条命。杀猪佬原本浑圆的肚子，也跟漏气的皮球一样，垂在裤腰带上，他都快愁死了。

唉，我能说什么？各家有各家的苦，你的失踪，带给我们家的，岂止是打击，这是毁尽了我们家所有的希望。我这父亲的绝望，是没法跟别人说的。我们家还没搬到镇上之前，有一次你坐在自行车后座跟我到镇上，你欢快了整整三天。我让你坐在后座，我没骑，而是在后面推着自行车狂奔。你一直没想明白，为什么我能不握扶手却能推着车直奔向前。你忘掉了这件事，做父亲的我，还记得——只能默默地记着。

我当然还记得，你去当兵时已高我整整一个头。这些不能说的，最后会把我也逼得发疯。我没有发疯，是因为你妈已经先疯了，一个家里怎么能有两个疯子？你不知道，在每年七月的时候，别人都看着你妈妈发疯，到了夜里，她却板着脸，冷冷地说话：

"我像发癫了吗？"

七月天下午的五点左右，她往镇北的木桥奔去。此时任谁也拉不住她，我曾试过用绳子绑她，可她把头往墙上撞，撞出轰轰响，撞出肿胀的包，也撞出红色的血迹。我只能任由她奔跑，然后在后面跟着，我怕她收不住脚，一头插进那条江水中。她没有跳水，只是在桥头守着，狠狠地盯住每一个来往的人，手指伸出，想要说什么，又摇摇头，手臂垂下，在裤腿处摩擦不止。每个人都在她的指指点点中加快脚步。她说，有人跟她讲过，曾在桥边见过你。我问她听谁说的。她比画手脚，比画出焦急的汗珠，比画出喉咙颤动，也比画出眼珠的翻白，还是没能说出一个确切的名字。还好没人跟她说在水底见过你，不然她肯定会在七月的某一天，在某次夏日暴雨之后，跳进浑黄的水底！

一般是在六点半左右，她会放弃木桥的等候，返回镇上。此时落日拉长了身影，影子重，她拖不动。她知道你在镇上出现的可能性为零，可她眼珠还在闪烁，在为一个缥缈的希望而转动。等回到家，她已经累得在椅子上坐不直。渐渐黑沉的天色里，她开始哭，哭声很小却让人看不到尽头，不知道她会在明日中午还是一个月后，才会止声。而你爸——我，终于也可以歇口气了。你妈妈发癫时，我比她还累。她在木桥边、街巷上奔袭，我都得做好心理准备，我得耳朵伸长、眼睛不眨、手疾脚快，我得当她合格的保镖，防止任何意外发生。你在我们毫不知情中消失，我不能眼看着你妈妈随你而去。到了七月下旬，我会累得垮掉，只能让你弟弟也去盯着。他默默地去，在家里不愿说话。可也有一次，他的叫声能把玻璃划破：

"我不管了，她要死，就死！"

我问过一个在部队的朋友，他当到团级，刚刚转业到一个单位去，是我认识的人里面官最大的。我问他说："有没有可能像别人说的，我儿子是执行特殊任务去了？"我朋友安静了好久，说："可能性不大。"

我仍旧残存着一线希望，你待在一个隐蔽的角落，可能是在一台电脑面前，做着我们永不了解的某项工作，这项工作是有期限的，或者八年，或者十年，或者更长，二十年。而无论时间多长，即使身份被消，你也总有一天会回到镇上，发狠地睡上一个月，然后什么事都没发生一样，仍是我熟悉的儿子，仍是族谱上，我生命和血脉的延续。一旦想起族谱上给你预留着的位置空空如也，我便阵阵发寒。我名字下面，本该填着你名字的空白处，是一块巨大的虚空。别说你还有弟弟，他有他的位置，你若不生出来倒也罢了，你生了，是大儿子，这条绵延的线，怎么能到你这里，便硬生生截断？

　　你那个同学，我见到他了，你弟弟和爷爷都在镇上见过他。我远远地就认出他来——也不是认出来，是闻出来的。可他身上有气味吗？你爷爷说，见到他，身上就发凉，我没那么夸张，可你那同学，确实是阴森森的。当时我刚从海口赶回，这一趟不太顺，拉的甘蔗在省城不好卖，我也累得很，回来时天色已经很晚，我只想洗一个凉水澡后，好好睡一觉。他站在我们家门口，冷冷地盯着我。我注意到，路灯照射下来时，穿透了他的身体，直接照了过来。我揉揉眼睛，发现哪有光透过，他的身子陷入最深的黑。

　　他说："你是认识我叔叔的吧！"

　　他叔叔？

　　我当然记得，当年他叔叔把他带回镇上，和我聊过几次的。

　　"认识！"

　　"你能和我说说他吗？"看不到他的神情，可我总觉得他心情不好。是的，自从你失踪后，家里所有人都有了一种能力，能感知别人隐藏着的酸楚。眼前的你这位朋友，已经回到镇上好多天了，可我没听任何人说过他——除了我们家里人。他好像躲避着所有的人，单单让我们家里人看见。

"说他什么呢？"我问。他的话有些不前不后，我真的不知从何说起他的叔叔。他的叔叔年纪比我要小几岁，左腿一拐一拐的，他又极力要走得很稳，更显得身子微微颤抖。他第一次带着你同学回到镇上，我就见过。你那同学一脸惊恐，眼泪堵都堵不住。他那时年纪也小啊，不像现在，转眼就这么大了。你也离开几年了，比起当兵那时，现在的你，是什么样子呢？你同学的叔叔绷着脸，却掩不住他更大的惊恐。后来听说了一些消息，我便明白当时为何他们叔侄那么神色惶恐了。

"我叔叔和你说过我的事吗？"你同学问我。

"你什么事？"

"我姓什么的？"你同学的话，又是回答，又是疑问。

我愣了好久，只能苦笑："你怎么来问我，你一直姓什么，就是什么了。"

"但事情不是这样的。"

"那是怎么样的？"

"我……也不……知道。"他脸色悲戚，可没有眼泪流出。

总有些事是让人流不出眼泪的。你走这些年，家里人也都成了他这样，眼泪流光了。没有眼泪的人，看别人总是很模糊的，罩着一层影。

"你吃饭了没有？"我只能问这个。

他摇摇头，打在他身上的灯光，也被拽动了，缓缓地移着。

"我不吃了。吃不了了。"

他转身就走。他走路的样子很奇怪，我打赌从没见过一个人像他那么走路，步子轻轻的，不是在走，倒像飘，像在水面上浮动。我担心他，就跟在他身后。出了小巷，他往北拐，一直朝江水而去。白天积累的灰尘和脏气，正在慢慢下潜，混杂其中的憋闷，也在消散。越靠近水边，风越涌。他没往木桥走。他走进木桥东边的沙地，那里绵延的茅草在起伏摇荡。他蹲坐在沙地边上。我走过去，也蹲着。

"我叔叔也不在了。"

"没听说啊！什么时候的事？"

"也有两三年了。我一直没回来，以前我一直以为，不必回来的，谁知道……"

"他，怎么……"

"听说是两个村子打架，他比较衰，就被打了。那些冲在前头的，都没事。他从来不参加那些争斗，只是那天回去得晚了，被一块尖尖的石头砸破了头，地上一摊血，倒在地上好久也没人发现。有人半夜路过，送到县医院，救不过来了。我没看见，听说的。"

"查到谁没？"

"查没查到，又有什么用？听说后面抓到带头的人了，可我叔人都不在了！我这次有事了，要回来找他，有话要问，可哪还有人？问不到了。也怪我，从这镇上一走，就再没回过，怪不得别

136

人，怪自己，自作自受。"

我递给他一支烟，他没接过。我点了，递过去，他还是没接，我直接放在他身边的沙地上。此时的他，在夜色里更黑了，也更透了。

"人都是这样，有些事哪讲得清？我儿子——跟你关系很好那个，不也说没就没了？你是不清楚啊，这几年来，镇上的怪事很多，失踪的有，吸毒的有，前面这木桥，对，就是眼前这座木桥，还有人往里面跳水的，捞上来时，肚子胀得圆圆的，臭得两里外都憋不住，死得真难看。"

"是啊。你说，他——就再也找不到了吗？"

"什么法子都用尽了。哪有消息？"

"我这人，什么事都没管，是最后一个知道你儿子失踪的。那时已经过去三年了。跟你说啊，以前我和你儿子的班上有个女同学，我在省城碰见她时，她说了我才知道你儿子的事。都过去三年了，她一说到，还是哭得很惨。你也猜到了，她喜欢你儿子。你儿子去部队后，两人还经常写信，她给我看过你儿子的几封信，有五六封吧，都是讲着部队的生活，每天的锻炼什么的，可以看出你儿子很喜欢部队，怎么会从里面跑掉呢？想不清。说来你也别笑话，更别生气，那女同学后来跟我一起处过一段。她倒成了我女朋友了，很多事确实是说不清的。"他还是没抽那根烟，可风一吹，烟灰往下掉，火星就亮出来，一眨一眨，像真有人在抽。

他话头上来了："和我在一起，一提起你儿子，我们都很尴尬，都避免去说。可哪避免得了？还为此吵过几次，后来也就分开了。时间也很快，她去年年底嫁人了。喜酒我没去喝，让同学帮忙带了

137

红包。听去喝酒的同学讲，她嫁的那男的，家里很好，早些年在省城市郊盖了三层楼，现在那里拆迁了，一共赔了九套房，这辈子都吃不完了。后来她给我打过一次电话，问我你儿子给她写的信，是不是留在我那里了。我说是，问她是不是要取回去，需要的话我给她寄去。她在电话里半天不说话，挂断后，发了条短信过来，只有两个字——烧掉。已经烧掉了，不然可以给你看看，也让你们了解了解你儿子在部队的生活。"

"我这人，读过初中，字是识几个，但要读信，唉，还是不读的好。"我是这么说，可若真能读到你的字，也是好的。可惜，烧掉了。

他把烟头丢掉。

烟头在沙地上做着最后的挣扎，像是要在风吹来时，把整条江水烧掉。

可惜啊。

烧掉了。

弟 弟

哥哥，真的，我宁愿听到你已经死去的消息。

是的，那年你失踪后，全家都痛苦，可我的痛苦不一样。我不仅仅是痛苦，还有一种屈辱。你让家里人陷入痛苦，让我的人生毁掉。是的，你不会知道，你失踪后，便成了家人眼中的完人，而我，变成了毫无出息的浪荡子。当我从学校跑回家里，人群已经散去。爸爸听说来报告消息的人已经被镇委书记悄悄放走，在屋里暴走。他一直哼着："我要让那大肚子炸掉。要让他炸掉！"他没敢去找书记的麻烦，却捞起一根棍子，对着我迎面击来。我哭了。你失踪了，我很伤心，可这难道是我的错？为什么要打在我身上？若不是爷爷出手，难说我不会被打傻。可你不知道，爸爸丢掉棍子了，却说了一句让我至今受伤的话："有用的丢了，没用的却铲不掉。"

为了这句话，我离家出走一个星期，我一直等着家里人来找我。我没有等到，花完借来的钱，我只能回去。你不知道，迎接我的，又是爸爸的一顿打，他说本就够乱了，我还给他添堵。爷爷在门角蹲了好久："你大了，要像个大人，我到处找，没找到你。你现在要像个大人样！"他的话让我痛哭，爸爸仍旧不理我。一个星期了，妈妈还在哭，镇上小诊所已经来人给她挂盐水了。我哭完了，得自己收拾，或许，在他们眼中，我确实就是那个丢掉也毫不可惜的一个。

我在学校的成绩并不差，可你失踪后，我的成绩一落千丈。既然被视为最没用的一个，那我就要有副没用的样子。破罐子破摔，用我们这的话来说，我是一个"放尿不上壁"的废人。好吧，那就没用吧。我当然也成了打架的高手，你知道，镇中学里永远有着几个小帮派，女孩、网吧、捞鱼……这些都是能引起争斗的事，在以前，他们有时和好，有时打闹，互相瞧不起。而他们所有人都怕我，并不是我有多可怕，而是我有多不要命。当我一个人和三个人打架，他们手上还有棍棒，而我却流着血往前冲的时候，他们不得不胆战心惊，丢掉棍子，凑钱去给我买止血的纱布。是的，什么都不管不顾，我就无敌了。你并不知道，你就是我无敌最大的原因。以前我性格软弱，可我在外面成了强横的人。

我在你失踪两年多以后就不再上学了。爸爸说："再读也没用，那就不读了吧。"我到省城打过工，第一份工作是到网吧去当网管。老板是我们镇上的人，他的网吧开得很大，招了很多女孩，也招了很多男孩。网吧里经常来一些眼圈发黑的小子，在电脑面前一蹲就是三四天。对了，哥哥，我想起来了，你电脑玩得很厉害，你的 Q 币永远用不完，我以前也跟着占了便宜——你没想到吧，我竟当过网管。网管也就当了两个月，你肯定以为我是在网吧里面打架了——没错，我是打过架，有些骑着轰鸣的摩托车来到网吧的金发小子，往往会对一些女网管动手动脚，被我揍过几回，但这不足以让我丢掉工作。事实上，老板还私下暗示过，对那些欠账了却还要毛手毛脚的，下手要狠。也有两回，是监控视频里发现有偷钱包的小子，被我上去扭住了，一群人拥上，差点把那小子捶成饼。

有一次，一个小子在电脑面前连续坐了四五天，我们去赶他，他也不愿下机，还掏钱丢我们。我们也没招。老板怕这么下去要出问题，趁着一次风雨交加之时，关掉网吧的电闸，开始清场，这才把那瘟神送走。可那小子走出网吧不远，就在雨水中摔了一跤，死在街上。来了很多公安人员，最后查到网吧，就直接关掉了，说是整顿。

我还在省城一条热闹的街上，摆个椅子，给手机贴膜。贴膜很赚钱，那段时间我很逍遥的，每天摆几个小时，什么时候有人找我喝茶，我把摊子一收就走人。我交了个女朋友，是之前那个网吧的一个女网管，我们住在一起，一到晚上，我们就在床上闹。她大了肚子，我借钱给她打掉了，后来她又怀了，我丢给她钱，和她分了。我就是想不通，他妈的她那么容易就怀上，鬼知道是不是跟我怀的。

后来我就回到镇上了，你不知道，妈妈七月一疯癫起来，谁都罩不住，我得回来，轮流看着。你说你，要死就死了，要不死就早点回来，你他妈的失踪是什么意思？不把全家人都搞残了？爸爸爱迷信，搞神搞鬼的，听人家烂嘴里的烂话，把家里的铺面卖了——这全是因为你，他以为卖了铺面，你就回来。哪有这种狗屁道理？在妈妈没发疯的月份里，我有时帮爸爸做生意，但能不帮就不帮。他对我充满了怨恨，我对他也一样。是的，有人跟我说过，他一肚子气，若不发出来，要憋坏身子，可他妈的，为什么总是对着我来发？我的火又该对谁发？说到底，还是得怪你，怪你竟然失踪了。要死就痛快点死，失什么踪？

妈妈也一样，是，她是没骂我，更没打我，可她伤我一样深。我在省城打工时，给过她几次钱，五百六百地给，让她能吃就吃能穿就穿，别闷死自己，你猜后来她怎么说？她和别人说起你时，说你多好啊，去当兵了还时常给她寄钱，五百六百地给。你什么时候给她寄过钱？你在部队里，哪有钱给她寄啊！我做的事，她都记在你账上。别说我眼量窄，换你你怎么想？我不需要她整天念着我，可也不能编造来伤我吧？这事就不说了，那年她发癫过重，病得整天挂盐水，还不是我守了十三天？她醒来后，只问你下落。不问我

141

也就罢了，她后来发癫了，到外面跟人说起这事，又变成了你的功劳。她说她以前生病，全都是你守着看着，十三天啊……

我很快变成了一个脆弱的人。我在镇上成了无所事事的人，不在学校了，不在外面打工，窝在这个鬼地方，能做出什么来？能不脆弱？像模像样的人，都往外头跑了，镇上都是一些不成人样的，个个都是鬼魂一般，大都在吸白粉。你肯定疑心我是不是也吸了，放心，我倒没有，有几次人家把粉洒在香烟里，而我发现了，留了一手，没抽，没染上。那歪嘴杀猪佬的儿子，基本上已经完蛋了，那天碰到他，鼻涕挂到了胸前，风一吹，堵都堵不住。

镇中学后面的山坡上，去年发现了有吸毒仔死在上面，手上都是针孔，浑身扭得看不出是个人。镇派出所发动人去认尸的时候，我去坡上看了，回来三天没吃饭。从那次以后，我越来越话少，我没跟别人讲，但我在做梦时，那个死尸曾多次来纠缠过。我不知道是不是他的魂缠上我了，半年内我瘦了二十多斤。爸爸在邻居模糊的暗示中，操起棍棒和我干架，他问我是不是吸粉了，这是我唯一一次还手。我还手了，他倒高兴了，因为我还有力气还手，说明还没像那些吸粉的人一样，虚得像气球。

我没有告诉他，我有很多次见到一些已经死去的人。我也没确定是不是真的见到，因为大多是在睡觉的时候，在迷糊不醒之间。我还见到过奶奶，她在你当兵之前就没了，可我见到了她。她静静地看着我："你哥哥呢？"

"当兵去了啊！"在梦里，我没有想起，你已经从部队人间蒸发。

"他写信回来没有啊？"

"写了，我爸让我回了信。"

"信上写什么了？"

——写什么了？写什么了？写什么了？我一片空白，想不起写了什么。奶奶一直等着我的回答。我很遗憾，很快我就醒了，没能告诉她一个让她安心的答案。她看着我，像我身边站着你。我醒来了，还好是大中午，是阳光很烈的中午，不然我是不是该浑身发寒？我擦擦身上的汗，拿着手机屏幕当镜子，看到我的眼圈更黑了。我又瘦了，我若是别人，也怀疑我吸了粉。是的，哥哥，这都是拜你所赐，你是活着还是已死，这都不是最重要的，最重要的，是你的下落不明，挑起了我们家所有人敏感的神经；你的下落不明，让活人生活无望，让死者不能安眠。

这是我们家族发生过的最严重的事件。

我一眼看出你的同学有问题。什么叫有问题？

他已经不是活人了！

我不仅能看见他，自从那次在山坡上看见那吸毒仔的尸体后，我经常会见到一些早已过世多年的人，他们漂荡在小镇的角落里，从未离去；一些陌生的面孔，也从别处赶来，在这里盘旋，再随风而散。

你的同学坐在了我面前。喝了一口酒，我的手一指："他来了，你看到了没？"我说的，是那个在坡上死去的吸毒仔。你的同学肯定以为我说的是你，他瞄了瞄，说："你来了吗？"他的话，有意义又没有意义。人和人总是这样的，说的不是同一个人同一件事，却总还交流得不亦乐乎——何况一个人和魂，很多话更是鸡同鸭讲。

我很奇怪，为什么你同学和那吸毒仔都是死人，却都又看不到对方？小镇南边的新路在修，挖土机在挖，也掘了好些坟，家里有人来迁坟倒也罢了，没人迁的，挖土机就平掉了。近来我看到的陌生的孤魂，会不会跟这些被平掉的野坟有关？

爷爷去问了好多通灵的先生，都说你没死，这我是相信的，因为你若真的死了，总会千方百计回来，而我定能看到你。

见到你同学的两天后，我有一个朋友结婚，我去喝了喜酒，我喝得软到圆桌底下。喝完喜酒后，我住到一个朋友家里，睡了几天，我不能不睡——在镇上，我长期睡不着，或许我所见到的不干净的东西，都是我脑子昏沉后的幻影。哥哥，这都是拜你所赐，你失踪后，沾床即睡的我，染上了失眠症。在外面还好，一回到镇上，我就会闻到某种气息，陷入难以自拔的淤泥。在朋友家睡了几天，我同学的父母看不下去了，他们摸摸我的额头，又摸摸我的手，叫来三轮车把我送去了门诊。白衣服的大夫在我眼中是飘着的，他是在飞吗？大夫说我高烧过度，给我吊盐水，盐水吊了一天半。每次从昏沉中醒来，我的身上都是汗。

大夫从我身上拔下针头时，我竟立即趴在桌子上哭了。可能是往体内打的水太多，我得往外溢一些吧。高烧过后，我觉得冷。回到朋友家，搂着厚被子也抵不住，冷气是从骨头缝隙冒出来的。一想到镇上飘荡着幽魂，想到每年七月癫狂的妈妈，想到心里发空的爷爷和爸爸，我就想逃离。我甚至想着，就这么悄悄地离开，仍到省城去，那里闪亮的街灯与高耸的大楼，或许会给我另外的生机——至少，不会让我老是见到鬼魂。哥哥，我多想你，你的失踪，让我们家人不像人鬼不像鬼，我多想有一个确切的消息传来——确切的消息，无论你即将回家，或者已经死去。

哥哥，我宁愿你已死。

友　人

我记得的人，才能见到我——对于一个意识逐渐模糊的死者来讲，已经没有心力去想这是什么道理。而这，需要道理吗？当我回到镇上，第一个能见到我的，是街边摆宵夜摊的秃顶中年男人。这个秃顶男人多年没变，我离开镇上也有些年头了，他却像被时光遗忘，也不显老。那年回到镇上，这个中年男人的摊子，是我最流连的地方。他当然也记得我，即使我被时光疯狂追逐，即使我已经败给了时光，成了一个死人。他没把我当死者，只是淡淡地对我笑，点点头，又挥舞着他的铁铲，把夜色炒得火热。那么多年蹲守在这街巷的拐角处，他什么没见过呢？比我更离奇的人和事，他都见过吧，他早过了见怪不怪的年龄。以前我就爱在他这里吃炒粉，那时我还年小——那时我还是人。他当时收钱只收一半，然后用满是油污的手摸摸我的头。他认识我叔叔，听叔叔讲过我的事，他心疼我，有时我从街上走过，他就把我拉过去，往我手里塞打包好的粉："不要钱，拿去吃！"

我有点不知从何说起。把所有的血肉省略，只说骨架，就是这样的：多年前，我父母出车祸死去，我成了这个世界上最孤独的人。我叔叔把我接回镇上，供我读书。当我从镇上初中毕业，便迅速逃离，不再回来。这些年里，叔叔给我打过多次电话，总是说着说着，就讲到我爸爸妈妈身上，就说出他悲痛的声调。隔着电话线，我也能闻到叔叔眼泪散发的咸湿味，隐约看到了他由于对他哥哥的怀念而多次在半夜哭醒。他总是认为我不愿回去，是他的错，是责怪他当年在镇上的照顾不周。我哪有怪罪这些，我只是觉得，自爸妈死后，我成了无家可归的人。叔叔后来也死了，我深觉愧疚。而现在，我也不在人世了，我们家怎么会遇到这么多让人痛哭流涕的事？

也是死后，我才知道，有些事比死更让人绝望：我没法安息，没法进入另一个世界。

为什么？

为什么？

一个虚空的声音告诉我：你怎么来的，你得怎么回。

这个声音还告诉我，我没法回去，是因为我的姓氏错了，我跟着我爸的姓，可是，错了——也就是说，我不是我爸的小孩。即使对一个死者，这也是一个挺大的打击。逼迫到眼前的事情是，我得在头七之前，在记忆消散之前，找回我的姓；若找不出，头七之后，我将会像很多丢掉记忆的孤魂一样，永在漂泊与寻找。我将成为虚无的存在，又或者是存在的虚无——姓氏，是我得以安息的钥匙，能让我通向另外的世界。当我回到镇上之时，很多事很多人我

146

已经忘了，记忆在消散。我的"父亲"、母亲和叔叔，都已不在人世，他们的魂，也早已经抵达了我所要寻找而又永远无法抵达的那个世界。

——镇上哪有人会知道这些隐秘？

能找出的可能性为零，可我也只能回到镇上，这些年浑浑噩噩，生活过的地方一片空白，"父亲"、母亲过世之前的生活，也在我不愿回想中被遗忘，唯独在这个镇上，还残留着我某些真情的记忆。叔叔给了我真正的关怀，我为我后来的躲避愧疚，我不但辜负了叔叔对我的爱，还因此错过了找到自己姓氏的机会——叔叔肯定是知道的，要不他当初为什么不愿接我回乡下老家住，而是把我安放在镇上？他难道不是怕我面对他族人冷若寒冰的目光？

我当然还记得你们一家，尤其是你，你给过我友情，你们的家人，是我能记得的为数不多的几个人了，我见了你的爷爷、爸爸和弟弟，我不敢见你妈妈，她已经是一个神智不太清楚的人，我若见她，难免会把她惹得彻底发疯。我最想见的，当然是你，可是，没机会了，所有人都说你失踪了，你抹去了自己在人间的一切痕迹。说起来真可悲，你失踪了，你们家因为你这个后来者成为谜团，彻底陷败；而我，却因为出身的不清不楚，即将成为一个丢失记忆的孤魂。我或许会飘在小镇的上空，或许会成为镇西边小山坡上冬夜的一团雾，又或许成为江面上阴冷的水汽。我无处可去，却又无处不在。我还想着在记忆消散之前，和你说说她，那个拿着你好多信来给我看的女孩——说起她，我已经难以想象出她的脸了，记忆散得真彻底，隐隐约约，她的眼睛射出的光，却在我眼前幻灭。

那年，我在一次同学聚会时见到她。喝到最后，各自散了，唯有她走到街口，却不知道往哪边去。我扶着她，到了我租住的房子里。到了半夜，她猛地跳起来，翻着身边的包，在我面前甩出一堆信，都是你寄给她的。她说她也给你寄了不少。她说肯定是部队上瞒着什么事，你成了牺牲品。她还说，部队说你捡到一个手机，然后就失踪了，这是扯鸡巴蛋，这两者之间有个狗屁关系！我终于知道，为什么同学都散了后，唯独留下她一个人，她的怨气太盛，会烧伤所有靠近的人。这是我第一次听说你的事，在以往，你是我在镇上最好的朋友，可自我离开小镇后，就再也没有关心过那里的一切——对于小镇，我也是一个失踪者。

　　刚死第一天，我就去看过她。她已经生了个女儿，在省城周围的院落里，她最常做的，就是打麻将，她男人家境好，她算是有了个好去处。怎么说呢，我竟然去找她，这也出乎我的意料。或许，对一个因为不幸而拒绝了整个世界的人来说，一个能说得来话的人，肯定在他死后最先想起。这些年我是交过女朋友的，但都是碰碰面就再也没深入交往，没人愿意天天看着我的一脸苦相。我和不少陌生女人发生过关系，从网上认识，聊了几句后，直奔主题，连名字也没问过。她当然是我要想起的人，爸妈死后这么些年，和我生活一起最久的，倒是她了。我到达的时候，是晚上。她家的院子宽阔，出去不远就是江水浩浩。这是从我们镇流过去的那条水的下游。她抱着她的女儿，一会逗她笑，一会给她喂吃的。我在她家待了有三天，浑然忘了我还有更重要的事情要做，还有一个未知等着我去揭晓。

她家的院子，以后自然是她的归宿。对于我这种不清楚来路的人来说，来路不明是最大的痛苦。我一直这么想，你的失踪，让你们家没有了未来，让活人饱受折磨；而我的来路不明，则让我这个死者不得安息。我们俩相似又不相似，貌似不同，却又掩不住某种相同的彻骨悲哀。我的记忆即将消散，或许你此刻站在我面前，我也不一定能认得出。站在她身后时，我的记忆还满满的，有着外溢的冲动，可同时又觉得她那么陌生，我的游动带起的风，吹动了她的衣裙。她回头了，只看到门前的一棵番石榴树枝叶摇动，只看到夜色里的一团幽深。她低头看着她怀里的小女孩："风大，我们进去哦！你还不睡啊？妈妈要去打麻将啦！"她好像手上摁了开关，那女孩立即就睡去了，她去了隔壁，和几个妇人一起堆着麻将长城。我记得的人，是能见到我的——可我不让她见到，见到了，便会成为她漫长人世永远的恐惧与悲伤。

　　我总是一次次忘记重要的事。回到镇上，见到为数不多我记得的人，我总不大愿意问，要怎么开口呢？记忆永久消散的压力，并没有给我足够多的勇气！我很奇怪，你们家的人见到我，总不多问，更不惊恐，是他们这几年见多了吗？他们的目光中有着一些怜惜，有着我年纪轻轻就过世的哀叹。他们都没问我是怎么死的，而我，当然也不愿记起那一瞬，一个世界与另一个世界，并不遥远，而是彼此存在，偶然的一个瞬间，便会让我们丢掉一切身外之物，包括身体，甚至记忆。看着那些人收拾我的尸体，我挺悲凉的，我没有爱惜过这具身体，让它化灰的过程，如此潦草，如此杂乱无章。

　　我好像进入了游戏里，有声音告诉我首要的任务时，没有任何可以质疑的理由。但我一定要按照那个莫名响起的声音去行事吗？我总有些抵触，总是觉得，我是我爸的小孩，已经成为事实那么多年了，为什么到我死了，才去自己推翻？又或许我觉得，成为一个无记忆的游魂，也并非多大不了的事。记不得就记不得呗，找回出身，得以轮回，是否真是迫在眉睫的头等大事？这些天，我遇到了不少游魂，他们都已经丢掉了记忆，可他们面目安详，渐渐地消融为一阵风，散淡为一团雾，或许化成雨夜从树叶上滴下却不愿落入地面的水滴。他们已经成为自然轮转的一部分，在无意识无记忆之中，自有着严丝合缝的运转。

这又是七月了，你的母亲没有像往年一样。你家里人都盯着她，怕她会在街上奔跑。她走出家门，到菜市场买回一斤五花肉、半斤豆腐，在砂锅里煮开了，食物的香气在锅中翻滚，锅盖也压不住，喷涌出来。我悄悄在你家乌黑的厨房里，闻嗅着这难得的香味。这常见的食物，应该是你母亲的最爱吧。这个七月，在你家人的惶恐之中，你母亲却没有陷入和往年一样的癫狂，你该为她高兴吧？你也该为你家里所有人高兴吧？当你的失踪，渐渐在时光的冲刷当中，沦为可有可无的牵念的时候，所有被甩出轨道之外的生活，才能回到以往的轨道上来。你母亲揭开锅盖，夹出一块滚烫的豆腐，毫不犹豫地吞下去：

"好吃！"

她的赞赏，惊动了你父亲的泪水。

在我记得的人里面，你是我唯一不能再见到的一个。追寻出

150

身、找出我真实的姓已经不可能了，我贪婪地在记忆消失之前，去见我所能记得的每个人。此时，地理意义上的距离是不存在的，我想见，就抵达，就看见，就能体验一个活者的欢喜和悲痛。而你，一个消失的名字，隐匿在哪个角落，却是我永远无法知晓的。我又想，再过一天就是头七，过了头七，有和无就都失去意义，我何必要把记忆里的生活完全重温呢？

留有遗憾，未尝不好。

——是的，对于一个生前孤僻的人来说，我的喃喃自语已经太多，就让我在最后的时间里，安安静静，不看任何人不想任何事，我要成为一阵风、一团雾、一滴水该有的样子。我还有几个小时可以挥霍，我在夕阳的霞光中飘过，无人发现——哦，原来，游魂也是能见光的。活人的看法，永远是盲人摸象的偏见啊，这个偏见一直在我死后的几天里，还影响着我，让我没能在白天的光照下，去看世界发白透亮的另一面。记忆中的偏见就这样，束缚了我，让记忆散去吧。

小镇南边，扬起阵阵烟尘，修新路的挖土机在狠狠向下刨土。此时，挖土机停住了，小镇上的人都朝那辆车围聚过去，挖土机的手，不知道是碰到了什么，竟然从地下冒出一阵烟。熏到的人，都被呛得眼泪直流，流着流着，鼻涕也哗啦啦止不住了。但人们都不怕，围拢的圈子越来越大，都对着挖开的洞口指指点点，他们七嘴八舌，希望铁手刚刚挖出的这个巨大的谜面，能尽快亮出一个让他们惊奇的谜底。奔跑过去的人越来越多，人人都怕错过最精彩的剧情。不久之后，这里将要覆盖上宽阔的水泥路，这个新发现的惊奇，将成为人们不断念叨的传说，那阵让人流眼泪和鼻涕的烟雾，也将成为各种好事与不幸的源头。

我也想去看，可一转念，我回头向北，来到江水边。此时这里没人，茅草随风高低。日头在降落的最后一刻，往水面洒下闪耀的金黄。

金色被收回。

夜色降临。

背上竹剑去龙塘

乒乒乓乓噼里啪啦……每条街都响着刀剑的砍伐声，每条街都有一个浩大的江湖。这江湖装在电视机里。当蚊虫登场，准备肆虐小镇，也是每条街巷的茶馆把桌椅摆出来的时候，店家要开始夜市了，电视机被抱到店门口处，开始播放录像带。香港传过来的武打片，是最受欢迎的。店家之间也有竞争，谁能播放一部新剧，意味着他店里的顾客要多一些——而要抢到出租店的新片，也难免要给那眼睛往上扬的店老板丢两根好烟。录像带出租店里，几面墙都堆满了录像带，盒子花花绿绿，直达屋顶，只有老板知道哪个片子藏在哪个角落，只有老板知道哪盒录像带里隐藏着哪个世界。

我跟那店老板也很熟——那是我爸还在镇上的时候。当时我爸抱回了一个录像机，摆在我们家的二楼上，时常派遣我到那店老板处拿带子。我爸闷在房间里看着那些录像，也并不阻止我们家的小

153

孩看，在邻居小朋友的羡慕中，我看了很多热门或冷僻的片子。别人家没有录像机，他们得讨好我，我才带着他们到家里，给播放上一集两集。我曾觉得那种优越感能长久保持，但当有一天爸爸出远门再没回来，妈妈和奶奶在一场哭泣中接近崩溃以后，那个录像机再没开过。我不会告诉店老板，我家里还藏着他的三盒录像带，我爸出门前嘱咐我拿去还，我一直没还。我觉得只要没还，我把录像带塞进录像机里，就能看到画面出现，就能返回我和爸爸一起看录像的日子——还了，另一个世界就消失了。要知道，爸爸不在，我没机会再去取回新的带子。每租出一盒带子，店老板会在一个本子上写下：某某，某月某日，某某片（某集—某集），租金某元。还回后，他会在那行字上画一道横线。但店老板从不催我还那三盒带子，也许他忘了。也许，他的本子里，隐藏着一些等待画线却没有被他发现的地方。一行文字在本子上，孤独地等着笔尖的划过，却永远等不到了。

店老板非但从不催我还录像带，有时看到我走过，还叫我："过来，过来，你吃不吃粽子？"我不知道他言下之意。他只好拿起一个录像带的盒子，敲打着店里的桌子，喊道："小马，你下来。小马你下来！"他儿子小马便从隔层爬下来，甩着沾满灰尘和蜘蛛网的头发："干吗？"店老板丢出两块钱："带你弟去吃个粽子，剩下的，给你了。"小马便伸手过来拉我。小马大我四五岁，在镇中学读初三，他带着我到电线杆下买粽子。卖粽子的拨开粽叶，用袋子套住，塞进我手心，小马用力拍了拍我的肩膀："阿龙，你也得学我，以后不要留在这个镇上。在这里，有个屁出息。"我不顾粽子滚烫，咬了一口，满口油光地说："可你，也是在镇上啊！"

小马说："你笨啊？我初三了，很快要考学了，要考到外面去读书了，还会留在这儿？迟早的事，懂吗？迟早的事！"我掐手指算了算："那我还有好几年才能出去了，我才五年级。"小马说："我是说，你得学我，懂吗？不要跟其他小孩一样，没出息。我们要出去看看外面。知道我刚刚在隔层上面看什么吗？不是看录像，我在研究一张地图，我想去香港。懂吗？香港！你看那些香港电影，里面多……哎呀，不去一趟香港，我死不瞑目。我研究过地图了，离我们海南岛不远，隔着一条海峡，游过去，不远。"我说："你吹牛，你能游过海峡？"小马笑了："你看过我们镇的南渡江吧，发大水的时候多宽啊，我能游五个来回，五个，懂吗？我想，我再练练，隔着海峡，我也能游过去。"我把粽子吞完了，开始舔手指上的油。小马又问我了："你呢？如果能出去，你想去哪儿？"我把手指从嘴巴里抽出，沾了口水的手指一阵发凉："哪儿也不想去。"小马长叹一声，他肯定觉得我没出息。

其实，我有想去的地方，但没告诉他。

街上的小伙伴，经常会相约到小镇北边的木桥边上比拼武功。每人在武侠剧上学来功夫后，经过各自修炼，定好在桥头切磋。我不太喜欢练习拳脚功夫，也不喜欢练内功，我喜欢射箭。爸爸还在家里的时候，我在录像带上看过那部《箭侠恩仇》，我喜欢主人公乔三那造型，挽弓拉起，一箭射出，潇洒极了。家里播放这部电视剧的时候，爸爸心不在焉——他好像永远都心不在焉——他在画他的画。爸爸画了很多的画，一楼那个小隔间，是他自己的小房间，不经过他同意，我也不能进去。爸爸还给我画过那位箭侠乔三，我忘了放哪了。但和小伙伴的切磋，可不能比拼射箭，箭一射出，射中就死了，我的拳脚功夫，老是在切磋中落入下风。小伙伴都笑我落后太多，要跟他们一起行走江湖，肯定拖后腿。

有人一拳挥出，说是少林拳；有人一掌挡住，顺势一翻，喊一声"见龙在田"，他是在耍降龙十八掌。也有两人四掌相对，比拼内力，一人把另一人一直顶向前，终于把那人推倒，站着的长舒一口气："也不枉我昨天吃了一份炒粉，长了三十年功力……"这种切磋当然是以武会友、以和为贵，但也常常因为切磋过度，引发争斗，甚至有鼻青脸肿的情况出现。当然，这种情况是不敢回家里说的，既然是一同切磋，算是同属一个"门派"，有矛盾也是内部问题，大家的精力要留着一致对外的。而我由于更多时候只是站着看，他们对要不要收我进这个门派也很犹豫，一直没有明确的说法。当然，我的兴趣并不在动拳脚，我只是爱看他们打闹，那样不孤独。看打闹久了，又有点想安静，我就走到木桥上，看着江水朝下流奔去。

爸爸有一次带我过桥喝喜酒，在桥上停下自行车，问我："你知道水一直流向哪里吗？"我不知道。他告诉我一直流向大海，他还说，在一直流一直流的下游，有一个地方叫"龙塘"，是个打铁镇，那里的人都打铁，每天乒乒乓乓，一批批刀就诞生了。爸爸还说，那里现在只打菜刀、钩刀、大头刀，不是切菜、干农活就是劈柴用的。我没跟爸爸说，但我很想去龙塘镇，找到一个打铁师傅，给我打一把宝剑——我是很喜欢弓箭，但想到要是背着弓箭行走江湖，三下两下箭就射完了，还是一把随身携带的宝剑更可靠。

爸爸在一年多以前离开后，再未回来。那之前，爸爸有时候会出去大半个月，带回一些小镇上没有过的东西。有一回，他带回很多毛料大衣，男式女式都有，很多人都围到我们家里面来，悄悄问着价格，悄悄买。那年天还不凉，很多人已经憋不住，争着把那些大衣穿出来，捂出一阵阵臭汗。他们都很满意，称赞我爸爸带回的衣服，质量比镇上衣服店里卖的好得多。爸爸甚至带回过几个传呼机，家里围聚过来很多年轻人，一边看一边赞叹，却苦于价格的高昂和买了以后怎么交费等问题，没人入手，爸爸后来还得去县城把传呼机出手。爸爸总是带回一些新鲜的东西，我们都习惯了他的消失，也期待着他每次的回来。他带回的这些东西，转化成钱后，交一部分给奶奶和妈妈，因此即使他没有跟别人一样工作固定，奶奶和妈妈也不好说什么。

在家的那些时间，爸爸除了看各种武侠剧，就是窝在一楼那小隔间里面，忙着自己的东西。我曾悄悄进去过，在他的抽屉里，翻出一张张他的画，都是画的一些人。也有例外，有一次，我竟然看到一张白纸上，画着一支手枪的图。那张图很奇怪，不是画手枪的外部，而是画了里面各个零件，精细、精准，像是印出来的。多年后，我才明白，那可能是一把手枪的剖面设计图。我悄悄地把一切东西放回原位，装作从没进去的样子。后来爸爸和妈妈吵了一架，说她搞乱了他的房间。妈妈几乎要把一碗热水泼到爸爸身上，才结束了战争。

奶奶和妈妈对爸爸的消失讳莫如深，那是家里不能踩的地雷，每次说起这件事，她们都得七闪八闪语言绕弯。也有避不开的时候，两个女人就开始恒久而无趣的战争。奶奶埋怨妈妈没管好家，让她儿子出了这种事；妈妈则冷笑奶奶不管好自己儿子，她被骗了婚，嫁给这么个人，现在还得帮他养全家。这样的战争没有赢家，我时常被波及，被妈妈打得嗷嗷叫。我也不恨妈妈，她老憋着也不好，需要有一个出气口。她哪有多少岁啊，白发已经爬满了半个头。更多时候，奶奶和妈妈是合作状态，两人毕竟有家要养。爸爸和几个叔叔早就分家，奶奶跟了爸爸，爸爸现在不回来了，奶奶和妈妈得养我跟我小妹——奶奶和妈妈，当然也要吃的呀。妈妈每天很早起来，把泡了一夜的大米磨成浆，在圆形铝盘里蒸成一张张半透明的米粉，堆叠一起；她还要把蒜头切碎，在香油里榨得焦酥。一切完成后，白天由奶奶推着三轮车在镇上卖。在米粉上撒上焦酥的蒜头渣、芝麻、椰蓉，再涂一点酱油，卷起来，香得能让人把舌头都吞下去。我常常吃，也吃不够，尤其是油炸过的蒜头渣，微苦却奇香，咬到的时候，头皮都一麻一麻的。

奶奶和妈妈没说，但我也隐隐从邻居的口中知道，爸爸在外头犯了事，被抓了，得蹲十年八年的牢。他们还列举了很多证据，比如说，我爸爸带回镇上的那些东西，都是稀罕之物，哪里来的？他真的去进货来的？没有的事，都是他跟团伙一起偷来的。有些小伙伴嘲笑我爸爸是小偷，我没啥意见，我绕道走，不理他们就是。但我也发过火，有一次几个六年级的男生围着我六岁的妹妹，轮流嘲笑我爸爸，妹妹哭得脸都花了。我当时刚放学，从地上捡起一块砖头，冲上去就朝一个人头上砸去，他们哗然而散。那天夜里，被砸头那人的父母围着我们家诅咒。奶奶和妈妈当然不能认输，奋力否认。我冲出去，狠狠地说："就是我砸的，怎么了？"喊着"别说不是你家小孩砸的"的那小孩父母，反有些愣住了，很久才挤出一句："我要去派出所报警。"我不认输，喊："告诉你儿子，下次我见他一次，砸一次。"奶奶和妈妈趁机猛烈诅咒，终于击退强敌。奶奶后来让我在外面不要太逞强，妈妈却没说过，她知道我是在保护妹妹。那天夜里，被子也盖不住的妈妈的哭声，还是让我有所收敛了。但一次挥砖已经足够了，被我砸过的那家伙，虽然比我大，但后来看到我都是绕道走的。我装作要追上去，他就边跑边哭。

家里的录像机没再用上，妈妈把那机器塞进纸箱，藏到了爸爸那小隔间里，用一个大锁头锁上了。我时常还是能看到各种录像的，不仅仅是武侠片，还有各种黑帮片，机枪扫射突突突，火花四溅，过瘾极了。我不是在镇上那些小茶馆看的，是在小马家的店铺里。镇上有录像机的人家就那么些，再加上那些茶馆也没多少，新片拿回来，没多久，就所有人都看过了，就得去省城进货，买回新的录像带。店老板出门的时候，店里有时就交给小马看着，我便和他在店里，爱看什么片看什么片——店里那台试放用的录像机，被我们看得只差没有冒烟起火。断定无人来店里的时候，小马还会故作神秘地从隐蔽的角落里，拿出一些"珍藏版"的录像带，压低声音说："这个最好看，租金最贵，今天给你开开眼。"他的神秘兮兮，让我无比好奇。然后我就看到电视机上出现了赤身裸体男女大战的场面。我不太敢看，时不时要扭头，小马则一直吞咽口水，额头上汗水都冒出来了。那些画面让人想闪开，又诱惑着我的眼睛，连眨眼的频率都变慢了，喉咙焦渴难耐，甚至下身也不舒服了。

这是有着奇特魔力的录像带，怪不得小马说租金最贵。小马会在我忘了眨眼的时候，伸手抓住我下身，笑起来："你小子，也鼓起来了。"我才注意到，下身不舒服的原因，是裤裆鼓起来了。我脸上估计比录像机还烫，小马却不再嘲笑我，他说："我也鼓，懂吗，我们是正常人，正常人都要鼓的，不鼓就完蛋了。"他的话，我半懂不懂。小马又说："告诉你啊，你小，不懂。这世上有两样东西，是让人迷得摆脱不了的，一个是吸白粉，一个就是这事。懂吗？不过，白粉那东西，不能沾的，谁近谁就死。你得学我，知道不，不要抽烟，连烟都不要抽。你知道吗，镇上有些家伙，把白粉撒在烟里面，丢给你，你一抽，那完蛋了。上瘾了，得死才能摆脱。"白粉的事，我识得的，这些年，镇上出了很多吸毒仔，把自己家搞得鸡飞狗跳，不死不罢休，奶奶和妈妈忙着生计，对我其实没有多大要求，唯一的死命令，是远离那些吸毒的。按照小马的理论，白粉不能靠近，剩下的唯一让人着迷的事，就是录像带上裸身男女的战争了。

更多时候，那些录像带都是我在看，小马熟得很，他几乎都看过。他更多地盯着手中的武侠小说，从镇上租书店租来的。他爱看各种武侠小说，能找到的，他都看了。他最痛恨的，是看着看着，

160

中间被撕掉好多页精彩的场面，气得他直拍桌子。我有时也会看他租来的武侠小说，有的看得懂，有的看不懂。有些小说，是拍过武侠片的，对着书看，是一种奇异的感觉——那是另外一个世界，我可以在脑中变成书里的人。小马有一次还神秘兮兮地掏出一册笔记本，递给我，说那是他写的武侠小说，很精彩，还没人看过，可以给我看看。我接过去，还没翻开，他又反悔，抢夺了回去。他里面的故事，我就没看过。小马说得最多的，是立誓要离开小镇。他说等他在繁华的香港立足之后，我可以过去投靠他。在他眼中，香港是世界的中心，他还说，他想去看看那些武侠片怎么拍的，人怎么就会轻功，飞起来了呢？

他写的小说不愿给我看，但他忍不住说过一些情节。他说："有一个女人每天都在一个空巷子里等人。有一天，巷子里响起脚步声，有来客，却并非她等的人。那人带回来她等的那人的死讯。来的当然是一个男人，而随着他的到来，那个边陲小镇聚集了很多三教九流的人，所有人都只为了一件事而来，一场恶战一触即发……"小马说得口沫横飞，我就问："他们都为什么而来？"小马说："我也不知道，我也没想好！"我就觉得他的故事很差。他说："这个故事是写失意的人的。失意，你懂不？很高级的东西，你懂？"我说："不懂。"他只好说："你当然不懂。我打个比方，你就懂了。你老等你爸爸回来，他不回来，你是不是很失望？"我说："是。"他说："那就对了，你爸爸只是暂时不回来，那女人不一样，等来的，是自己男人死讯，你说，失望不？"我说："是很失望。"他说："失望到顶点，就是失意，懂了吗？"我说：

"懂了。"

懂了并不是什么好事。懂了之后，我就常常想：我爸爸还会回来吗？什么时候回呢？在之前，我也会想起爸爸，但不像"懂了"之后那么频繁。小马在练习画素描，他说，他想考高中，以后考大学。但他爸爸不想让他念高中，说学个中师、中专就算了，早点出来赚钱才是，读那么多东西做什么？何况，大学是容易考的吗？小马就开始学素描，唰唰唰拉线条，他说考中师也行，反正先出去再说，不能再在镇上待了，这世界变化太快了，不出去就迟了。先出去再说，不管以什么方式。他还说："你爸爸画画很厉害。"我说："你也知道？"他说："我跟你爸学过几天画的。他有点歪才，没正经学过画画，却画得那么好。我现在跟镇中学的美术老师学画，他也说你爸爸要认真画，比他画得还好。可惜了，你爸。"小马编故事的才能也迸发了，他说若是有别的机会，我爸爸在省城、在更大的城市、在北京上海那样的城市，可能早就成了大画家，卖一幅画，够全家人吃两三年。我笑大城市人又不是傻子，花那么多买幅画做什么？他摸摸我的头："你才傻子，不懂的。"

他总是说我不懂某些事，最后又想办法让我懂。而我懂了以后，并没有变得更开心。有时我会在小马家的店里待到天色变暗。当灯光亮起，我走出那间烟尘四溢的店面，穿过小镇曲曲折折的小巷，回到我们家的那条街。奶奶和妈妈顾不上，只有妹妹发现我回来了，她总会第一个喊起来："哥哥回来了，哥哥回来了。"奶奶和妈妈不理她的话。她开始变成我身上的尾巴，我去哪，她都跟着。我在家妹妹也在家，她就是我的一条尾巴。

小马跟我讲了他的一个计划，他准备把镇上最横的龙虎帮给瓦解掉。龙虎帮是镇中学十来个人组成的小团伙，在镇上横行霸道，时常勒索一些小学生的钱物。他们倒是没来勒索过我，可能是我那一砖头砸了人，他们也有些忌惮。更可能的理由是，他们根本看不上我，我爸爸没在镇上，我是一个没爸的小孩，浑身肯定没一分零钱，哪有什么给他们勒索。镇上中学、小学各种小帮派很多，龙虎帮却是风头最劲的。所谓风头最劲，倒也不是说他们最狠，而是他们的老大，是一位初二的女生，在所有帮派中是特例。那老大长得很好看，但怎么也不像能打架的人，她是怎么把那些膀大腰圆的家伙都收入麾下的，我不得而知。小马说："他们太嚣张了，最近欺负了很多人，我得把这事解决掉。不然等我出去上学了，他们更加祸害了。这事不管不行了。"

　　我说："你准备怎么做？"

　　小马沉思了好一会："我有计划了，但不能告诉你，以免走漏风声。这事很复杂，等我把龙虎帮瓦解了，你就知道了。"他对此事信心十足，他还让我几天内不要找他，他要准备行动的东西。他有一个袋子，专门装着他的"武器"，能帮他瓦解龙虎帮。我有点为他担心，怕他势单力薄，会被龙虎帮的人给废掉。小马成竹在胸，好像一切都会按照他的计划发展，一切都会有一个光明的未来。在那一刻，他就像武侠片里的侠客，他的剑终于要出鞘了，一剑光寒，龙虎帮哇哇逃窜——他决定要做我们镇上第一个侠客。电视上的侠客我们都见得多了，现实里却第一次看到。小马把这事看得很淡然，好像不过是举手之劳。我总觉得他应该要慷慨悲歌一番，在我面前说出一句句让人热血沸腾的话，那些话，都是会给他的形象加分的。他没说那种话，他好像不过是画画累了，顺手把这帮派除掉，歇歇气而已。

我期待着即将发生的一切。

我问过妈妈关于爸爸的事，只有一次。那次后，我便不再问了。我说："妈妈，爸爸做什么的？"妈妈说："你问这个干吗？"我说："问这个怎么了！"妈妈说："什么都做。"什么都做？什么都做是做什么呢？我说："爸爸什么时候回来呢？"妈妈不说话了。我又说："爸爸什么时候回来呢？"妈妈的眼睛红了，接着就在抽泣。我有点吓到了，趁着妈妈扭头抹脸的时候，我悄悄跑了。我没再问，妹妹却多次问过，妈妈只能笑笑，伸出手摸摸她微卷的头发。我跟妹妹讲："以后你别问妈妈了。"妹妹说："为什么？"我说："你再问，我就不带你去玩了。"妹妹说："不行，哥哥你要带着我。"我说："你……只要不问妈妈，我给你刻一把剑，你不是想要一把剑吗？我给你刻一把！"妹妹很高兴："我不问了。"说是这样说，她很快又会把说过的话抛在脑后，仍问妈妈。妈妈还是笑了笑，摸摸她微卷的头发。

爸爸在家时，时常带着我和妹妹出门，妹妹坐在他的肩头，我跑在前头。他爱带我们去小镇北面的江边玩，江岸边是一大片沙地，长满了根部很浅的草，他给我们挖坡马。镇上有人收购坡马，但爸爸从来不卖，他给我们玩。妹妹不敢摸，我则拿着一根细细的红线绑住最凶猛那只的左后腿，把坡马放出去，跑到红线拉直了，我把红线一收，坡马回到手心内，再放出去、再收。我玩腻了，爸爸会把坡马装到家里那个大玻璃罐里，里面是米酒，坡马泡酒，会把带点米白色的酒泡出深褐色。爸爸说："这是好东西，你长大了，陪爸爸喝两口，现在你还不会喝。"其实，爸爸倒那酒的时候，给我尝过，我在矛盾和犹疑中压制着那奇怪气味的诱惑，伸出舌尖沾了两滴。辛辣的怪味让我哇哇狂叫，骂爸爸骗人。奶奶听到声音，责骂爸爸怎么能让小孩子喝酒。爸爸哈哈大笑。每次爸爸带着我和妹妹去江边玩回来，我当晚总会梦到一只坡马爬呀爬，爬到我的肚皮上，那根红线还绑在它的左腿，它的四肢踩得我的肚皮很痒，我想要伸手把它抓住，却浑身动不了。坡马张开嘴巴，我以为它要咬我，更想扭动一下身子，还是动不了。它张开的嘴巴并没有咬向我，而是那根绑在左腿的红线。线断了，一道光闪过，它跑了。它虽然已经被爸爸泡到玻璃酒罐里，可它从我的梦里跑开了。

　　我没想到，小马所谓的击垮龙虎帮的方法，是把龙虎帮的女老大变成了他女朋友。我好多次看到他们手牵手在江边走，感觉很怪。他们胆子还有点小，不敢在目光聚焦的街巷上游弋，只好去江边，去江边的木桥上，那里人少——也是怪，情侣们总是愿意往人少的地方钻。老实讲，我不知道该鄙视小马还是佩服他，他的瓦解龙虎帮的伟大理想是真的，还是他想追那女老大的一个借口？但小马忙着和那女老大谈恋爱，已经没有时间让我在他们家的店里看录像，更没心情跟我解释这个了。我想，感觉奇怪的不仅仅是我，女老大的那群跟班，或许更加奇怪，他们要怎么面对小马呢，小马跟他们的老大那么亲热……但有一点不可否认，就是小马跟女老大谈恋爱的时候，龙虎帮确实没有再在镇上横行，少了核心，他们成了一盘散沙。

事情却很快起了变化。一个星期后，在一场争执中，小马被龙虎帮几个人围攻，打断了右臂，当时女老大喊破了喉咙，那群她的跟班都没有再听她的话。小马绑着绷带，挂在胸口，我去他店里看他时，他爸爸说："阿龙，你别学他，你小马哥笨得要死。以为自己多聪明，你看，手也赔进去了。"小马喊起来："爸，你还笑话我？"他爸爸说："你自找的，你自己承受吧。"小马的爸爸那么开明，小马碰到多严重的事，他都说得很轻很淡，没有跟别的父母一样，动不动就要打要杀。

小马神情沮丧，电视机里一直播放着喜剧片，也没能把他的嘴角拉开一丝笑意。我说："你……"小马说："我完了。"我说："什么完了？"小马说："她离开我了，还有，你看看我这手，要是好不起来，中考怎么考？完蛋了，我要窝死在这镇上了。"我说："你怎么……"小马说："你想问我怎么跑去追她是吧？我本来就是要追她啊，我哪管帮派不帮派的，我就是想追她。阿龙，你说她好看不？"我说："好看。"小马说："你也觉得好看，那值了。那没白追。"我问："你怎么追到的？"小马说："你小小年纪，还要学这个啊？"我说："不是，我就是觉得她那种眼睛朝天上长的人，怎么被你追到了？你真有本事。"小马说："多简单啊。我不是在学画画嘛，我给她画了一幅画，送给她，后来，约她吃宵夜。后来，说

166

我这里有很多别处没有的录像带——别处没有的，你也看过的那种，对，那不穿衣服的录像带。我带她看了两回，她就主动来找我了。她比我好奇多了，我们就试了。"我说："试了？试了什么？"小马说："你不懂这个，唉。她原来那些跟班，看我把他们老大给追到了，理都不理他们，就发怒了，和她也闹掰了，当着她的面打我。还专门挑我右手打，说我不是会画嘛，那就把画画的这只手给折断了，看还能不能画。"

　　小马的手折了，但他也确实把龙虎帮给击垮了。那群人打伤了小马，那女老大威信尽失，龙虎帮顿时瓦解了。只不过那群人在缺少了女老大的情况下，重新推选一人，成立了另外一个帮派，叫"神龙教"，从一本武侠小说得来的名字。我不明白的是，既然那女老大都和自己的跟班闹掰了，为什么还那么坚决地和小马分手呢，分手了她也不可能再回去当老大了。小马说他也不明白，他还说，这事闹不明白才是正常的，男女的事，是最难搞明白的。小马当然也为女老大的离开感到沮丧，但他更大的担忧，还在于他害怕受伤的手好不起来。中考还剩下一个多月了，若是手好不起来，或者好起来了，却因为长时期的休养导致画技生疏，去参加美术类中师考试，肯定是考不上的。他希望尽快离开小镇，越快越好，要是因为这事，得留级耽搁一年，对他来讲，将会无比折磨。我觉得他一直在后悔，因为去追那个女孩而让计划受挫，会不会得不偿失？我问他："你后悔不？"他摇摇头："后悔啥？我试过了，懂吗？有些事要多去试。这事真是让人上瘾的啊。"

我去木桥边的竹丛里砍回了一小节毛竹。我用家里的菜刀，劈了一条长片出来，竹剑才刚开始制作，就有两个手指被割破了，只得暂停。过了几天，手指好得差不多了，我又接着做竹剑。把竹子劈成长条，是很容易的，但在竹节那里刻好剑柄，却不简单。我想把剑柄刻得漂亮一些，想刻上花纹，但我知道，我是做不到那么漂亮的。我想，要是爸爸在的话，以他的本事，肯定是能做好一把竹剑的。当然，要是爸爸在家，妹妹就不会追问妈妈，我也就不会许诺给她做剑了，也就是说，爸爸在家，就不需要一把竹剑了。小马肯定也是能把竹剑做得很好的，他看过那么多武侠片里的剑，懂得那么多武侠小说里的剑，他还跟我爸爸一样会画画，他肯定能做好。我想找他做，但他的手不是被人家打伤了嘛，还挂着绷带，哪还能帮我刻剑。

　　我找了几块破布条，捆绑在剑柄的位置，手握着倒挺舒服，软软的，但并不好看。这是我第一次做一把剑，能做成这样已经很不错了。但是，就目前这个样子，我是不好意思拿给妹妹的。还好妹妹并不着急这事，她从不追着我问竹剑的事，也许，她根本不喜欢剑，我许诺要给她做，她就听着，却根本没记在心里。放学之后，我取出这把剑，跑到街道尽头或者江边，开始练一种剑法。这种剑法，是我从各种武侠片里学来的。我觉得我已经练得很好了，可惜的是，我不懂内功，导致剑法威力太小。武侠片上也没人教内功怎么练，虽然时不时会有人念几句内功口诀，但那些话全听不懂。要是我懂内功的话，我也许可以一剑从江里刺中一条鱼。我问过小马："真的有内功吗？"小马眼角一歪："骗人的，别信。"我不太信小马，他又没练过，怎么能说是骗人的。

虽然没练到内功，但我的剑却很快就派上用场了。

以前龙虎帮、现在神龙教的那几个人，在奶奶的三轮自行车前要了三份米粉卷，却不付钱，撒腿就跑的消息被我听说后，我已经铁定了心，要让我的宝剑出鞘。我没有亲眼看到他们拿着米粉卷就跑，是奶奶回来说的。劳累一天的奶奶在家里唉声叹气，劝我不要学坏，不要像那几个死路头的烂仔一样，竟然来抢东西。我不哼声，把这事记在心里，我已经从武侠片和小马那里学会了，真正的男人、真正的高手，都不是话多的——小马没开始行动就跟我宣扬能把龙虎帮击垮，最后付出了手折的代价，我得悄悄来。我还悄悄去打听那天的场景。其实不用打听，一看到我走过去，目睹了情形的大人，会招招手把我叫过去，绘声绘色地把看到的告诉我。比如说，那天要米粉卷的有两人，却点了三份；比如他们还让我奶奶多放了点芝麻；比如，他们对视一下眼睛后，朝两个不同方向跑，分散我奶奶的注意力；比如说，他们分开逃散后，还停下来做鬼脸，嘲笑我奶奶拿他们没办法；比如说，他们还高喊："下次再来吃，下次点四份……"这些话我都听着，但不出声，那些大人还会摸摸我的头，叹息"如果你爸在就好了"之类的话，有时甚至会在茶馆里点一个包子，塞到我手中。

我不断打磨那把竹剑。这把竹剑原来是没开刃的，我怕切得太锋利了，会割到手；剑尖原来也不尖，有一个圆弧。现在不一样了，我反复用菜刀把竹剑削边，它开刃了，虽是竹子，也像是闪着精钢的光芒。那剑尖，已经被我削得锐不可当，一剑击出，若是薄一点的木板，也会被我刺进去的。由于我对这把剑的精细打磨，它已经越来越短，甚至可以藏在我的挎肩书包里了。竹剑躺在书包里，我常常伸进手去握住，我很有耐心，并不急于出手。我还是时时去看小马，听他讲他的理想。他的手恢复得很快，参加中考问题不大，他觉得他是最优秀的，只要他去考，什么难题都会迎刃而解。他肯定是那个按照既定规划走出小镇，去看看香港、看看整个世界的人。

  我的剑是在电子游戏厅门前出击的。那天，下午放学了，在十字路口那，我看见了奶奶的三轮自行车，她的摊点前围聚着要买米粉卷的人。我本想跟奶奶打个招呼，看到人太多，她的手没歇过，我就往前走。离奶奶的摊点不远处，是电子游戏厅，门口挂着一张厚厚的红色布帘，门口三三两两站着一些小青年。我是在那时看到神龙帮那个人的，他就是抢我奶奶米粉卷的两个人之一，他仰着头，手臂挥舞，说着什么话，话没落地，他把头钻进那红色布帘里，留了下半截身体在布帘外。机会转瞬即逝，我等待已久的时刻到了。我的手伸进书包，包了布条的剑柄握起来很适手。这个时候不能有任何犹豫，我整个身子朝前俯冲，手中的竹剑，往那个露在布帘外面的屁股狠狠扎去。一声惨叫，我不知道竹剑扎得有多深，只感觉那身体一阵猛烈甩动，我摔倒到墙边，手中的竹剑也折断了，我只握着那节剑柄。惨叫声一旦响起，就再也停不下来。周围的人都围过去看，那中剑的家伙，在布帘下滚动。有人跑上来伸脚踢我，我顾不上看他是不是神龙教的人，伸出左手就是一挡。

一阵剧痛传来，我听到了咔嚓一声，是手折了吗？我是跟小马一样了吗？我不知道，我没时间想，趁着场面混乱，我一个翻身，滚了几滚，爬起来，朝北边飞奔而去，把那惨叫声丢在远远的身后，也把奶奶的尖叫声丢在远远的身后。是的，我听到了奶奶的尖叫，我出剑的地方离奶奶的摊点本来就很近，她肯定看到了眼前这场我的复仇。她的尖叫带着哭声，但我也顾不了，我只能飞奔，只能跑，朝北边跑、朝江边跑。那一刻，我觉得自己会了轻功，只要我愿意，就能腾空而起。我跑得比所有人都快，镇上所有的房子和人，在我眼前连贯成一阵模糊的墙，风在耳边哗哗哗吹过。

我躲在砍竹制剑的那竹丛里。我试着活动了一下挡住人家那只脚的左手，一阵剧痛过后，还是能活动。没有折，没有折，虽然手很痛，也肿起来了，但没折。我斜靠在那丛竹子那儿，内心无比充盈，这是爸爸消失以后，我最为酣畅淋漓的时刻。风从江面吹过，摇曳着竹子，发出某种曲调。那是难以说清却无比动人的曲调。我躺着，缓缓地呼出一口气。我一直躺着，天色慢慢变黑。变黑的过程挺长的，我看到江水不断改变着颜色和形状，原来，江水的颜色和形状有这么多。我陆陆续续听到各种找我的声音，奶奶的、妈妈的、妹妹的、邻居的，还有跟爸爸关系不好的叔叔的，甚至有很多我听不出是谁的声音。

都在喊我。

"阿龙，你在哪？"

"阿龙……"

……

我还听到了小马的。小马的声音很平和，轻轻地喊着我的名字，他可能离我已经不到十米了，但还是没发现我。我藏在竹丛深处，外面看来，可能只是一团绿得深黑的颜色。老实讲，他也来找我，我有些感动，我甚至都想走出来看看他了，跟他打个招呼告个别。但我还是忍住了。男人、侠客，是不能轻易暴露的。天黑之后，各种找我的声音还是此起彼伏，却好像离我越来越远了。眼前的江水，闪耀着一种奇特的颜色，这种颜色，夜色压不住，它在缓缓流动，在夜里也能清晰辨认。那是一条流淌的微光之水。我摸到了扔在竹丛边的那截短剑——只剩下剑柄了。我摸着剑柄上的布条，仍旧是软软的，很适手，我不舍得扔。我把剑柄插到我的后颈的衣领那里，剑柄那有个结，刚好卡住，没往我的衣服里面掉。

我站起身来，那把断了的竹剑就被我背在了身后。

竹剑断了的那一刻，我就想好了我要去哪了。

——我要去龙塘。

爸爸说过，龙塘镇满大街的铁匠铺，就在这条江的下游。我不知道龙塘在哪，但爸爸既然那么说，只要我顺着江水往下走，肯定能走到龙塘去。我想带着我的断剑去龙塘，找一个师傅给我打一把真正的铁剑。我要把真正的剑给妹妹——我不能给她一把会折断的竹剑。我甚至还想，我会不会在龙塘遇到爸爸呢？他那么久没回家，会不会正躲在龙塘，打造他那把画了图的手枪呢？一想到爸爸，去龙塘的激情更加强烈了，这激情淹没了饥饿和左手的疼痛。我决定出发了，顺着江水往下。跨出第一步的时候，我又想起了小

172

马，他破解了龙虎帮，我这一剑应该也会把神龙教给灭了吧？我比他要厉害多了，看看，我连手都没有折呢。还有，就是小马一直想着离开小镇，他肯定没想到，我竟然比他离开得更早。毕竟，他是小马，我是阿龙，龙总是要比马快一些的吧？

我背着竹剑，和江水同向，第一次一个人跨出了小镇的地界。

抬木人

一

先要上一个坡。

两年前修了乡村公路，好走多了。回想起水泥路修好之前，爬上这坡路之时，前高后矮，重量全都压在后面那人肩上，两人就都争着走在前，还为此打过架。老二左肩的那块鹅卵石大的伤疤，就是某一次争执的遗物；老大下巴的一小块凸起，又是另一次打斗的战利品。若是碰到雨天，下脚就拔出一小腿黄泥，这木头就没法再抬了。好了，路修了，抬木头可就方便多了。路两旁的墓地却没一点改变，天才蒙蒙亮，无数座坟在暗黑中连绵，好像随时会突然立起甚至扑出。或许是葬埋的死人太多，阴气淤积，总会闻到种种奇味异臭。上了坡，顺着笔直的柏油路往东北拐，继续向前，路两边依然是若隐若现的坟墓，掩映在或稀疏或茂密的林木里。迎面

174

有风吹来时，就要下一个坡，风从脚下升起，把人上托，几乎要腾空——有一回两人还曾因为某阵风而手中一颤，丢下手中的那根木头，其结果是两人互相怪罪对方，在路边的水沟处就扭打起来，一直滚到密林里，惹出满头满身的草灰草刺，才在一座坟墓前住手了。下了坡不远，平顶屋多了起来，瑞溪镇也就到了。很准时，当东边从乳白变成金黄，日头升起，一辆辆农用车聚集到镇子街巷两侧，两人就把木头抬到了镇上。进镇之前，两人先把木头放下，整理衣裤提提神，抹抹汗渍哈哈气。小镇街道拥挤，车人拥堵，稠得像蜂蜜。步子轻盈，两人在人车缝隙里穿插，肩膀上那根刚砍来的木头，从断口处冒散出酸酸的气息。

进入镇子，两人浑身已湿透，可他们很兴奋，木头压在肩上，却感觉在飞。

他们昂头。

飞。

把木头抬到新街的甘蔗市场放下，两人都深深吸了一口气。老大拂拂身上的草灰，就丢下老二，自管晃悠去了。小镇隔天一集，在集日这天卖木头能快些出手，此前都是老大在集日这天卖，老二在非集日卖，后来老大发现集日里热闹好玩，就调换了一下。起初老二不肯，但敌不过老大的拳头，也就换了。两兄弟家在林木茂密的坡下。村人都种田，有本事的，则往外头跑，做生意的做生意，吃公家饭的吃公家饭。两兄弟没本钱做生意更没本事吃公家饭，还不想种田，就每天偷砍坡上一根木头，抬到镇上卖，二十块三十块，到粉汤店吃一顿后，还略有剩余——那粉汤还是加蛋的，汤很浓，混着些许黑焦蒜末的油在汤面上闪光。

老二也不吆喝，就蹲在木头上等买家。来镇上赶集的人都熟知这两兄弟卖木头的地方，需要买的，直接到甘蔗市场找。有的人家急需木头，让他们多偷几根，不行，两人每天只偷一根，要想买十根，那好，分十天来甘蔗市场吧。老大回头瞧了瞧老二，有点不屑，那小子一边裤脚高一边裤脚低，像什么样？不觉丢脸？能有出息？摇摇头，老大也不想折回去指责了，以往说的次数也不少了——话一多，就会争执打架，老大多数会赢，但老二也没服服帖帖过。日头一出，热气就四处流窜，迅速把阴凉剿杀殆尽。镇上人的生意刚开张，精神还足，人人脸上还是带笑的；各村来镇上的人，也在吆喝着卖瓜菜，或者准备到哪家粉汤店吃粉到哪个茶馆喝茶，每人心中都痒痒麻麻。想到吃粉汤，老大嘴角泛酸，精神一振。两兄弟每天把木头卖了，第一件事就是到粉汤店吃粉。唉，怎么会有那么好吃的东西呢，天天吃也不厌，难道汤里放了白粉，吃了会有瘾？

有些时候，风大雨急，也不好去偷木头来卖——即使偷来了，抬到镇上，也没人会在那种天气来买。遭逢坏天气，连续几天没粉汤吃，两兄弟毒瘾发作般烦躁不已，翻箱倒柜，把父亲屋里每个角落都翻挖来看，把他的衣袋都掏空，翻剪裤袋找夹层。若是找到钱，两人就狂奔向小镇；若没找到，父亲会倒大霉，被咒骂是少不了的，还得承受两兄弟的拳脚交加。多年前父亲手脚有力，有过反击，自从有一回被电击后，落下病根，手脚不便，便在和两个儿子的斗争中处于劣势。两兄弟和外人说话时，本是十分木讷的，在父亲面前，则完全占据上风，两人都变成口吐莲花的灵精。面临落败也不怕，还有甩出就能扭转战局的绝招：

"我妈呢？我妈死哪去了？要是妈在，我们会这么惨？要是妈在，我们会连老婆都没一个？"

——这杀伤力十足的话一出，气势汹涌的父亲犹如被针刺的气球，立即漏气萎靡，彻底败退。

老大先钻进了菜市场，这里是最有热闹看的地方。没有热闹，看看杀猪佬案板上颜色鲜亮油光闪闪的肉也是高兴的。哪天木头卖出好价钱，两兄弟也会商量着到猪肉摊割几块钱的猪肝、粉肠之类，拎到粉汤店里，豪气地丢在店家砧板上："切上，加进汤里。"多年以前，粉汤是两块钱一碗，后来涨到三块，再后来，便是四块，只有手头宽裕的人，才去切了肉来，加进粉汤里过瘾。到菜市场里，站在某个杀猪佬的摊子前，看到有要买肉的，便跟着一块喊："来这买，来这买。"末了，杀猪佬会捡起小块零碎的肉，丢出去："拿去。"老大爱跟在西口那歪嘴的杀猪佬摊子前，歪嘴佬人阔气，舍得，丢出的零碎块头也粗壮。

老大叫一声："歪爹。"

歪嘴佬不理他，闷着头，用一把锋利小刀，切着一块肉。

"歪爹……"

歪嘴佬仍是不理。

老大招呼一个走过的圆屁股妇女："来这买！来歪嘴爹这儿买。

这儿的肉好。"

歪嘴佬瞥了老大一眼，没哼声。圆屁股走过去了。歪嘴佬对老大说："你说什么？"老大呵呵笑："帮你拉客嘛！"歪嘴佬也笑了，嘴更歪了，笑一停，他脸上便堆满怒气，提起一把砍骨头的刀："你笑我嘴歪是吧？我他妈砍死你……"话没落地，便扑过去。老大也是脚快，见那油光闪闪的砍刀过来，早闪到市场外拥挤的人群里去了。歪嘴提刀追赶，拥挤的人群阵阵尖叫。老大吓得狂奔。旁边另外几个杀猪佬笑得前仰后合，有人说，也是那卖木头的呆子碰衰，歪嘴佬儿子染毒，把家里闹得里外对翻，歪嘴都快要疯掉了，别人来买肉，叫要猪心割猪头，让砍猪腿切排骨，呆子现在去惹歪嘴，不是踩在狗屎堆上？

讨肉不成，反被追杀，老大极其沮丧，转到十字路口那儿。和往日一样，那里站着很多看墙上贴纸的人。那是镇上一个疯子所为，他满墙满墙地写四行诗，揭露镇上某某干部的贪污腐败。此疯子信息通畅，把罪恶揭露得有板有眼——说得多了，便没人信了，可大家都爱围着瞧热闹。老大哈着脸问面前一个人："今天写了什么？"

那人笑了："你眼不瞎吧？"

"他哪识字？他五个手指都不会数完。"旁边有人说。

"说什么呢？今天，说什么呢？"老大不甘心。

"说什么？上面写着，卖木头的，被卖猪肉的歪嘴拿刀砍……"

一阵大笑。

老大脸有些红："骗我的！怎么会写这个？"

"你不信？不信，你问问别的人，是不是这么写的？"

明知不是，老大也不敢多问了，内心越来越忐忑，那一张张贴在墙上的红纸，强烈地刺激他的眼睛。众人的笑声里，他像是被扒光了，每一处都暴露在带刺的目光下。他唯有暗暗诅咒那个疯子："你揭发什么贪污呢？有本事你也贪去！多管闲事……"老大暗暗立誓，若是哪天和那疯子在街上相迎，他肯定不会让路，不但不让，还要故意撞上去，把那疯子撞成内伤。对自己的一身力气，老大是很自信的，他整天和弟弟抬着木头走路，走出一身牛皮马筋，走出一身金钟罩铁布衫，不把那疯子撞撞，怎么解恨？撞得那疯子浑身散架了才好。那疯子，他见过几回，记得那家伙的嘴角挂着痰水，鼻孔随时吊着两只慢慢蠕动的黄虫，身上的衣服，那还叫衣服？分明是几条零碎的破布。老大想，不报这个仇，我还能在瑞溪的街道上走？

"疯子，走神仔，我和你，算是把怨埋下了，我会解这个恨的。"十字路口转一圈，他已和疯子结下了深仇大恨。

顺着十字路口往西，不远处便是农业银行。农行的院子里，有时会停着一两辆好看的小车。他很喜欢看小车，尤其是那映出他脸的闪亮玻璃，更是引得他心中痒痒。他以前坐过手扶拖拉机，后来那种手扶的车绝迹了，更新换代成了"四轮仔"，他也坐过。可他很瞧不起这些农用车，没钱鬼才会买这种车。有钱人，哇，得开小车。透过玻璃窗，看到小车里的皮椅，他多想坐一坐，但又怕会晕。看起来那么软，不会晕人吗？农业银行院子里的一辆车，他前几天去看过，白色的，真白啊，像什么？像茶店里冲泡上来的炼奶。这白色让人花眼，可他还没凑近，有一个年轻人从楼梯口走出来，阴沉着脸："你要干吗？"老大腿有些软，嘿嘿笑，转身跑了。想起那年轻人的脸，他就不敢再去了，那脸色，是带刀人的脸，能砍伤人，能把骨筋割掉、剁碎。

转得有些无聊，他只能顺着十字路口往南，那有一家网吧。他很喜欢去网吧，他不懂上网，但他喜欢去，在里面转一转，看到哪个小孩正在看那种一男一女赤身裸体的片子，他就站在边上看。他常常是看得口水直咽双眼发直，甚至觉得下体烧热，耳根处瘙痒极了。在这个时候，他觉得身子有了毛病，有些发抖——天又不冷，怎么会抖呢？男女之事，他听村里一个老是爱去逛发廊的红脸哥说过，也是懂得一些的。但他没娶过老婆，也没试过，只听说，真正的感受如何，他又完全不懂了。他很想找个大屁股女人试试，屁股一定要大，不大不行。每想到这事，他心里又燃起对父亲咬牙切齿的恨。别人的父母，都替小孩娶老婆，可，我都三十一了，还没摸过一个大屁股，连小屁股也没摸过。当然，弟弟也没娶，但是，但是老大的都还没有呢，怎么会轮到那老二？他恨死父亲了。母亲是他十几岁时从家里离开的，丢下他们父子三人，再无踪迹。他也恨母亲，但更恨父亲，要不是父亲留不住母亲，母亲怎么会走？要是母亲不走，他们两兄弟后来会过得这么惨？农活不会干，老婆没钱娶，都怪那呆父啊。母亲是越南女人——附近村人，有娶不到老婆的，就要花钱买一个越南女人。越南女人都厉害，嫁来没多久，就把村里的方言都学会了，安心过日子，把越南老家忘了。可也有人的越南老婆养不熟，养很多年也不熟，会跑。母亲跑丢那年，父亲找寻过，到处打听，没找到，没消息，后来就变得呆呆的，一旦发怒了，就把两兄弟绑在树上用长藤抽。也就抽两年，两兄弟的力气就超过了那呆父，反把长藤抽回去。一转眼，他们早已赢了父亲十几年了。旁人都笑话这一家三个呆子，可老大一直没觉得自己呆，呆的是呆父和呆弟，他可没呆。

"开那个片子来看咯！"转了网吧一圈，没人在看裸体片子，老大站在一个满头红毛直直竖立的小孩身边，讨好他。

红毛自管敲着键盘，半天才回一句："你没手？你不会自己去要台机来开？"

"我哪会？嘿嘿嘿……"

"想我开给你看？可以，给两块钱，我开十分钟给你看……"

"先开嘛……"

"先给钱！"

老大犹豫了，口袋里，只有一块一，身上唯一的钱了。他还是掏了："只有一块一，能看几分钟？"

红毛眼睛一斜，用鼻孔出气，大喊一声："网管！"

一个穿中裤的胖子走过来。

"他妨碍我上网，你也不管管？你不管，还叫什么网管？"红毛的手指在键盘上乱飞，头都不回。

中裤胖子脸一黑："妈的，你又来？你在这里转来转去白吹空调我都不想说了，你妨碍人家上网干吗？皮痒？我帮你挠挠？"

对比农行那白色小车的车主阴森森的脸，眼前的中裤胖子则是暴怒的样子，不但像带刀，还带着炸弹。老大嘿嘿笑两声，见胖子没有笑意，他只得掀开那遮挡在门口的沾满灰尘的破布，溜了出去。

"今天很不顺啊……"他极其沮丧。

瑞溪镇的街巷很小，此时农用车已经塞满了街道，人拥堵其间，车没法开，干脆熄了火。天真热，人车的缝隙间，烧着一团团火。老大随着人流，没一个方向。他算了算时间，估计弟弟已经把木头卖出去了，还是去粉汤店吃粉吧。唯有想到粉汤，他的精神才提振了一些。但天真是太热了，刚才网吧里呜呜呜地有空调喷凉气，走出来了，便显得街上更热。其实，也没几点钟啊，怎么日头一出来，就要把一切都晒化的样子？

心里纠结争斗许久，他只能把眼前不顺的原因，归结到呆父头上。"是要动手脚了，要把那呆父解决了，不能拖了……"他捏紧拳头壮胆，"再这样，什么时候才顺心啊……"

二

村子在坡脚下，雨一来，水哗哗汇聚，坑洼处已被填满。七八月的天气就这样，说变就变，当然，也早有预兆的了。前两天热成那样，下午从瑞溪镇走回村子，能感觉到镇子外边的柏油路都被晒化了，十分粘鞋，一路皆踩出鞋印来。村里也有农用车来镇上的，因两人举止异常，被看成怪物，一坐到车上，便被村人嘲笑挖苦，两人忐忑难言，干脆走路回去。实在是太热，两兄弟眼冒金光晕眩不已，躲到路旁墓地的树荫下。老二喊："哥，这好，这里凉。"老大过去，果真有一股凉气在一个矮墓边萦绕不散，犹如一个空调喷气口。老大心有些虚，说："你起来！"老二快快站起，不舍移步。老大一拽，见到老二蹲坐的地方有个小洞，阵阵凉风正是从洞内喷出。这草丛掩映的小洞，是不是和墓穴相通着？老大觉得有些怕，却因为实在是太热，也就蹲在凉风口。小洞喷出的凉风带着一股说不清的味道，两人更晕眩了，眼睛都快要闭上。日头收敛了些，往村里走，两人脚步轻浮，像吃醉了酒，像走在云端，像在风浪大的水面上摇船。老大当时就觉得天要下雨。

一片云都还没来，他却觉得，雨要来了。

雨在深夜来的，风没多大，却也摇得村子周围的树枝断叶飘。天快亮时，老二怯怯地摇醒老大："哥，雨太大，今天……可能砍不了了……"老大翻一个身，拳头在床板上捶落："我管你这个？"老二叹息一声，披件破雨衣，拎着钩刀就出门了。木头得由两个人才能抬到镇上，可砍木头的事，却是轮流来的——今天轮到老二了，他不得不去。雨是大，可要是不砍……要是……不砍……凶狠的老大固然放不过他，浑身皮肉被粉汤香气激起的共鸣更让他心痒难耐。粉汤在翻滚，老二内心发烫，毫不犹豫地扑进豪雨里。

可老二捂着右手臂回来了。

"哥……哥……啊！"

"砍好了？"

"没……我的手，被树枝砸到了。"

老大从床上坐起，看到老二左手指间流出血迹，钩刀就挂在腰间，全身都湿透了。老二说："雨太大了，还有风，才砍两刀，就有树枝砸下来……"老大从老二腰间把钩刀摘下，狠狠地丢到墙角。屋里积了不少水渍，屋顶还在漏，雨水砸得屋顶的瓦片都要跳起。雨水确实太大了。屋外有些白，但距离天亮还要一段时间。小坡上的水朝坡脚奔去，犹如瀑布，能听到屋外水声很大了。确实没法砍树了，砍了，冒雨抬到镇上，也没人买。老大从破旧的蚊帐边扯下一条，把老二的伤处擦了擦，绑紧，一翻身，又睡了。

断断续续，雨下了两天，中间的间隔，更像是老天哭累了的歇气——停歇一会，再接再厉。到了第三天，两人已浑身瘙痒，再也憋不住了，如笼子里的老鼠乱窜。村人也没法干农活，只能在雨停歇时，拎着锄头到田里挖口放水，让庄稼浮出水面透口气。更多的人聚集在村西口的小卖部，打牌的打牌，吃花生下酒的也不少。两兄弟一进来，村人都哄笑了：

"呵呵。几天没吃粉汤了，浑身不舒服吧？"

"是呵，毒瘾发作了吧？也是呢，白粉是白的，粉条也是白的，吃了，都有瘾呢……"

"哎呀，你们俩，最爱吃什么样的粉汤哦？放猪肝不？我最爱加粉肠，加几块钱猪粉肠，再加一个鸡蛋，那汤……哇，好吃……啧啧啧……"

"哎呀，老二，你的右手好了没？还能抬木头？要是抬不了，就可惜了，还怎么来钱吃粉汤啊！"

"真可惜，这样的天，凉凉的，喝热粉汤，那是最好了。"

......

　　两人只能以"呵呵呵"应对，各自穿插在聚集的人群里，探头缩手："雨真大……什么都做不了，真大。要下到什么时候？"看到墙角一团紧缩的身影，两人都是脸色一变。那是他们的父亲，那个木头脑袋，从不开窍的"笃鹅"，他可也在吃着花生呢，面前撒放了一堆花生壳了。两人走过去，都在笃鹅面前抓了一把，也吃起来。笃鹅目光呆滞："你们还没去砍树哦？树大了，赶紧砍。不砍就被别人砍了。"老大冷冷一笑，朝老二使个眼色，老二立即上去，掏翻父亲的裤袋，裤袋翻完，便扯他上衣口袋。除了抖出两块花生壳、几粒稻谷碎和一些凝结成块的黑土，再无别的。

　　"钱藏哪了？"老二把花生壳喷在父亲脸上。

　　"我哪有钱……"笃鹅唯唯诺诺，"我都七十的人了，活干不动，哪来的钱？没过两天，就得饿死了。我不像你们，年轻，有力，可以砍树去卖！"

　　"你以为我不清楚？县里已经第二个月给你发钱了，你以为我不知道？我问了，全县七十岁以上的，都发钱，别以为我傻，我能傻过你？"老大捏碎一个花生壳。

　　"快饿死了！放心，我要死，自己找个地方死，不麻烦你们两个收尸。我挖个洞，钻进去，不要你们埋……"父亲剥花生壳的手在抖。

　　说什么挖洞呢？老大的手也跟着抖，没来由地想起那天天热时，吹出带着怪味的凉风的小洞穴。要是当时伸手拨开草丛，会从里面看到什么呢？会钻出一只老鼠还是一堆蚯蚓？会看到蚂蚁成群

185

还是一块白骨？或者，是一个骷髅在张嘴，歪斜着朝他笑，哗啦啦往洞口外呼着潮湿的水汽？……说什么挖洞呢？老大浑身发颤，烦躁瞬间被点燃。他最恨父亲，也有一个缘由，是父亲无论说什么，都好像能点到他心里的隐秘，让他不得不抓狂失控。他也恨自己的失控。

小卖部里的村人哄笑："哈哈，政府都给你发工资了，放心吧，你死了，两个儿子不收，政府也会给你买棺材的，就别担心啦。"

"也是哦，政府还给发钱了，时间一到就发钱，这是什么朝代哦？不交公粮了，还给发钱了？颠倒了！还发钱，颠倒了！哎……难不成要改朝换代？""改朝换代"是一个万能的词，每当村人有什么解释不清的疑问，都会抛出这个——这是一个能对任何疑问做出合理解答的词。

"你们两兄弟啊……你们老父，现在可是国家干部啦，领养老钱了。你们别砍树啦，找他要一点，就够你们吃粉汤啦。天下雨呢，吃粉汤，正好啊。你们不吃，身上不痒？"

村人都笑。

老大还在被那个喷风的小洞穴折磨，额头冒出汗来，村人说笑般的话，其实也是他的心事来的。他想翻抢父亲的养老金，已经有好一段时间了，也曾到老房子里把父亲那散发着死老鼠臭的房间掀开过，除了一些零碎的五毛一毛，也没发现几块钱。两兄弟也曾计划蹲点，村委会的人一把钱发到呆父手中，便立即去抢，可由于每天抬木到镇上，又要在镇上度过大部分的白天时间，狡猾的发钱人是什么时候把钱送到呆父手中的，他们一直不清楚；呆父把钱藏在哪个角落，更是一个谜。这几天下雨，两人连父亲的灶台都翻了，还是毫无线索。

"我妈呢？你把我妈藏哪去了？快说……"老大把手上的花生壳照着呆父的脸撒过去。老大的脸已变形、发青，他不问钱了，开始点呆父的死穴，攻击他最易受伤的部位。父亲果然被电击一般，发抖不止，嘴唇张张合合，一粒剥开的花生仁，伸不进嘴里去，在离嘴角两寸的地方徘徊、游移、去留不定。

"哈哈……你妈，跑回越南多少年啦，你还问？要找她，去越南找咯！还要出国哦！出国……"旁边有人笑。老大一扭头，吐出一口痰："我问我阿父，你讲屁孔啊讲？干你屌事？"村人见他脸越变越怪，像被抽干了身上的水分一般，嶙峋怪异，也不敢再接话。

这两兄弟脑子都不太灵光，村里人都悄悄说，他们那越南母亲的脑子就不灵光，以前连喂猪的潲水都不会煮，拔草时也常有把瓜豆苗从土中拎起的事情发生……再加上父亲本身就是个木讷呆滞的人，两个木讷之人生的两个小孩，能灵光到哪去？越南女失踪后，这一家三个呆呆笨笨的父子自然是村人的笑料。有个小青年曾在老大发怒时笑话他，被老大一砖头砸破脑袋，在县医院里躺了半个月，出院后也变得闷闷的，不灵光了，之后就再也少有人敢在他们的气头上煽风点火。

小卖部里全安静了，所有的目光在汇聚。

"你他妈回去拿啊！"老大抬起一只腿，狠狠踹在老二脸上。

老二呜呜呜的，也不愿动。

"你拿不拿？"老大抬腿又要踢。

老二顿时失控，嘴里哼着什么，跑出小卖部，跑进渐渐密集起来的雨水中。小卖部里鸦雀无声，能听到老二腿脚拖泥带水的声音。

所有人都在期待着，想看看老二会拿来什么。

"我妈去哪了？说……去哪了？还有，你把钱藏哪了？"老大还在向父亲逼问。

父亲嘴唇在动，没声音。

"来了，来了……"

"老二来了。"

"他拿着什么？"

"快闪……那是钩刀。砍树的钩刀。"

拥挤在门口的村民赶紧闪躲，有的没法往后面缩，干脆跳出小卖部，站在雨水中。老二右手还绑着布带，左手紧握着钩刀，脸上笼罩着一股说不清的神色——或许是因为雨水打湿，头发凌乱，脸上透露一股狰狞。他左手握着刀，走近老大和父亲。

小卖部里全乱了，村人喊叫起来："拿刀来干吗？你们两个死路头的，难道要砍你父亲？"

"你们，吃膏多了？"

……

有些人要上去劝说，惧于老二手中那把滴水的钩刀，没敢去拉。

正在村人喧闹之时，老大忽然伸出手，把父亲从墙角拎起，双手一掰，把父亲的手反在后背，夹紧。父亲的整个前胸就门户大开。

这，就是让老二拿来钩刀的真意吗？村人都感到一股寒意。

"说……把你的钱拿出来！说，钱藏在哪？"老大声嘶力竭。

老二握刀的左手在发抖，右手也在绑带里跳动。

父亲哪还能说话？他浑身都软了，两个呆儿子平时固然是对他拳打脚踢，却还没到拿刀来砍的程度，刀还没逼近，他已经嗅到了阴森和寒冷，吓得瘫软。有的年轻人看不下去，要拢过来解围，老二把手中的刀挥舞两圈，聚拢的人又得散开。指责之声不绝于耳，原先各自躲在家里的村人，全都往小卖部包围过来，房间塞不下那么多人了，多双眼睛从窗外投射进来，带着湿漉漉的雨水。一股寒气不知从何处冒出，在流窜。

老大手上越掐越紧，从牙缝挤出："还不捅？"

老二把刀伸到一半，村人的尖叫里，他手一软，收回了。

"去你妈的，赶紧，捅了，县里每个月发的钱，就发给我们啦。我们不抬木头，也有粉汤吃啦。"老大眼珠充血，"下个月，县里给的钱，都属于我们啦。"

老二逼迫自己幻想起汤碗内的白色粉条，想起在白色粉汤之间出没的葱花和小肠，幻想那种在唇齿之间氤氲不散的异香。当他眼前只有这么一碗粉汤的时候，手上便灌满了熊熊之力。老大的催迫之声，更是让他心神大乱，他把钩刀挥出，钩刀的尾尖斜斜划过，走了一弯弧。

刀没有砍在父亲前胸——看着刀过来，倒是老大双手一颤，松开了，早就瘫软的父亲滑到地面，钩刀贴着父亲的头发顶上挥过。村人没想到这两个呆子，真的会为了那份县里下发的养老金而挥刀

189

弑父，有些人都吓哭了。老大伸手又要去提起父亲。老二第一刀砍空，气早泄了，哪还敢伸刀向前？有个年轻人手快，不知从哪取来一根扁担，往老二握刀的左手腕狠狠敲下，刀落地了。老二两只手都伤了。那根扁担没有停留，径直往老大的脸上打过去，正中他左脸。老大捂住脸，蹲在地上喊疼。

小卖部的店主是个老头，他吐了口水，冷冷道："说你们傻，你们还真傻？把你老父砍死了，县里还会给他发钱？这是养老的钱，人都没了，还有钱发？要想拿钱，就得把人留着。"

老大忍着疼站起来，喃喃道："这样哦？那好，留他一条命。留着领钱。留着……"

瘫软在地的父亲半晌没爬起。

老大看了好一会，又问："我妈呢？我妈在哪？"

老二哭出声来，不知该拿左手捂右手，还是用右手捂左手。

老大捡起钩刀，插在腰间，把老二扶起："回去找钱。我知道还有一个地方没找过，老鬼肯定藏在那！"说出那个没找过的地方，他脑子里却闪过那个呜呜冒风的洞穴，洞穴边的草伸长、摆动、张牙舞爪，把他卷起，往洞内缩回，暗黑无边。

三

雨停了。每次大雨过后，是两兄弟觉得最难受的时候。那些树也是有嘴巴的，和村里的酒鬼一样，爱喝不停，每次雨后，吸水过量的树木要重得多。皮厚肉韧，老二的手也随着雨停而变好，抬木头没任何问题了，但砍木头还得由老大来。

砍木头不是容易干的活，相比抬木头，程序要繁杂。比如说，要挑一些本就有些往旁边歪斜的树木，那样的话，可以预计树往哪边倒。劈枝斩叶，也是有窍门的，怎么说呢，逆着枝叶的方向劈，会省力一些——而且，过于枝叶繁茂的树，最好别砍，清理太耗费气力。老大甚至在砍树前养成了一些习惯，要在将砍的那棵树边上撒一泡尿，蹲下来，蛤蟆一般围着要砍的树跳两圈——不能多也不能少，就两圈——老大认定了的，不这么做，就会被树刮伤。有一次他实在没尿意，圈也没跳完，树就没往原先估计的方向倒，他的左小腿被一条斜枝刮掉一层皮……把树砍倒，坐在光好的树干上，歇一会，天色便有些隐隐泛白了。再过一会，老二便会过来，一起抬起木头，走出坟茔起伏的密林，走上小路，爬上坡地，在阳光洒下时，走进瑞溪镇……

——那便是一天天的生活了。这样的日子从何时开始的，又将在何时结束？

老大刚从村里的小卖部回来。夜里的小卖部，更多人是在看电视剧，看里面轰隆隆的爆炸或者腻歪歪的家长里短，大家都在说笑，没人在意几天前在小卖部里那场惊心动魄的戏。当然，店主也还是数落了老大，说："你怎么能想到砍死自己父亲？就为了那一个月的百来块钱？要砍，到外面去砍，在店里，不是让我衰？唉，什么世道，要改朝换代了吗？……"老大只是呵呵呵赔笑，什么事都没发生一样。回到屋里躺着，他想了很多关于抬木头的事。

好多天了，又要重新抬着木头走进镇子了——那不是木头，是长在两人肩膀上的翅膀，能凌风飞起，在晨光中，把两人带进嘈杂凌乱又混着万般气息的瑞溪镇。

两兄弟昂着头。

飞。

四

睡到后半夜，急促的喊叫声把老大吵醒。

老大从暗黑里坐起，看到是老二。暗黑里其实也是能看见的，夜色是另一种明亮，甚至是另一种刺眼。

老二的脸充满了惊骇，充满了前所未有的失措，是脊梁骨被抽掉的变形，他说："哥……"再也说不下去，吓倒在地，双手在抓挠自己的头发，像要把自己提起来。

老大愣了好久。

老二抬起脸，眼珠激凸："哥……"

"木头砍好了？"

"砍……不了。我去了，可……"

"今天轮到你了！"老大提脚要踢。

老二往后一缩，话仍旧是发抖的："有人……吊在树上，昨天你说要砍的那棵……我就……回来了……"

老大从墙角抽出钩刀，别在腰间："去砍另一棵！你一会过去，抬。"

"哥……我看那人，像是……"老二的脸再次失控，他眼前不断浮现起跨进树林的情形：迷蒙之中，昨天留下记号的那棵树上，随着凉风摇摆的，是一个黑色身影，四肢下垂，摆动的枝叶不断地拍打在黑影身上，发出沉闷的声响……老二忘了是怎么跑回家的，忘了他一只鞋子丢在了哪儿，也忘了丢鞋的那只脚是在哪儿被锋利的石子割破的，伤口已被沙子和凝固的血塞成一团黑块。

"看清楚是谁？"老大问。

老二汗水直冒，想说出他看到的，嘴巴却被堵死一般，只能挤出"呜呜呜"。他越急，话越塞死，干脆双手朝前一圈，做一个环抱状，接着，他右手握拳往前捅——连续捅了三回。

做完这个动作，老二虚脱了，泄气的皮球般瘫软在地，嘴巴终于决堤：

"爸！"

老大望着地面上不断抽搐的弟弟，脑子炸成了粉尘。他担心多日的事情，终于还是发生了。

自那日在村中小卖部的事后，村人嘴角的话时时随风飘来，有说他们祖坟埋歪的，有说他们兄弟是这个村子三百多年来的最大逆子的，更有一些年纪更大的老者，言语闪烁间，暗示说他们兄弟根本不是越南女和笃鹅老爹所生。"还记得吗？那年越南女进村时，肚子不是已经凸起？""有吗？""你不记得了？再仔细想想！""是哦……有那么点印象！"……他扭头要问，闲聊的老者貌似转移了话题，谁家的白猪生了黑崽，谁家的花鸡竟带着小鸭子。村人的疏远让他的脑袋一天比一天痛，这痛以前也有——在想起越南母亲的时候——可从未如此频繁和深切。更可怕的，是同族的人已经对他们两兄弟报以冷眼了，关于以后清明扫墓、年节祭祖的事让不让他们这两个"外姓人"参加，也是一个值得考虑的问题。这也没什么，让他最内心发毛的，是笃鹅父亲已经完全变了个人，有时三天不进一粒米，有时裤子也不穿，绕着村子外的那片林子转圈。或是出于愧疚，他曾去看过父亲，还递过碗热水、送过半只西瓜和三块方糖，所有的这些，父亲都没动过。这两天，老大的头越来越痛，一旦睡着，他总会梦见两兄弟终于还是合伙把父亲劈了，漫天红色溅了一遍又一遍，像倾盆的雨。

　　——而在这个早上，父亲自缢的消息还是由弟弟的口说了出来。

　　那近来时时涌起的洞穴，又再次出现；不但出现，那奇异的味道也在喷射，不仅是喷射，甚至奔涌如发水的河。那种味道，带着刚砍倒的木头的腥酸，带着夏日虫蚊的腐臭，带着一碗热气腾腾的粉汤的扑鼻香，带着父亲身上长久弥漫的臊，也带着早已在记忆中模糊了的母亲的气息。隐隐约约中，他似乎还听到一股不断缠绕的旋律——母亲的声音。可歌里唱着什么呢？是母亲在唱着她越南老家的歌吗？她在被跨国拐卖的路途中，遭遇过什么？她后来又去了什么地方？她回到了她歌声里魂牵梦萦的老家了吗？……这些无解的问题一个接着一个迎面奔袭，种种纠缠让他浑身发抖，可他却又深陷、沉迷，腐烂其中。

　　屋外天色已经泛白，往日此时，两人已经抬着木头准备走出林子了。他熟知每一步，熟悉每次走出坟茔起伏的林子时，心中涌起的那股充满奔头的激情——镇上香味扑鼻的粉汤等着他，网吧里肉黄色的电脑屏幕等着他，赶集的大屁股女人等着他……镇上嘈杂的人声，让他可以暂时忘掉失踪未归的母亲，忘掉所有对他不怀好意的笑。

他迈开步子，跨出门——可，要去哪？

晨色里，乌云在快速移动，很显然，又一场大雨已经赶在半路。腰间的钩刀却在跨过门槛的瞬间变得沉重，重得像是一棵树，重得远远超过一棵树，重得像是抬了几年的所有木头的叠加，重得能把他压成粉末。没东西绊脚，他却腿脚一歪，摔倒在地。

无边的悲痛堵住眼鼻，他想，若是早些拎着锄头去挖挖那个吐风的洞穴，一切会不会不一样？

没能多想，他刹那觉得窒息了：

"妈妈！"

夜雪堆积如山

车停在这个无名小镇了。天色愈加深黑，一场雪已然赶到半途——但这并非司机停车的真正原因。司机踩停刹车的时候，倒也望了望天色，无边无际的黑涌来，像极了和这边疆远隔千万里之外不断涌上沙滩的海潮。司机往右一偏头，对戴着耳机摇头晃脑的温少蔚说："不走了，今晚在这里歇歇！"

温少蔚摘下耳机："什么？"

"不走了。"

温少蔚看看天色："杜师傅，你……精力真旺盛，你又想了？"

"雪要来了，下个镇子还远。"杜师傅也知道温少蔚不信他随口抛出的理由，反正方向盘在自己手上，他要停，这小温也没法子。这种长途的奔驰，不适时停下来，在这荒无边际的路上以同一种姿势向前，人会在单一、枯燥当中疯掉。路两旁都是戈壁滩，朝哪个方向看，都是一个模样。车窗外的场景很适合拍武侠片，随便放匹马，都是策马啸西风，都是天地苍茫。当这样的场景时时见到，并持续了有十年之久的时候，温少蔚只觉得内心空荡荡，对眼前的景物熟视无睹。

这些年老是从京城往边疆跑，公司里所有的司机都和温少蔚一起出来过，这杜师傅并不是一起同行最多的。大卡车运的是公司的一些大型变压器，温少蔚带着各种资料和表格，把这些机器运给全国各地——他觉得自己就是个镖师。需要这种大型变压器的地方，往往比较偏僻，他也因此钻到了各种别人听都没听到过的地方，尤其是新疆，那是他的主战场，一年之内，他至少有四个月都在戈壁滩上狂奔。早先还有新鲜感，拿个相机四处拍，现在别说携带不便的单反，连手机上的照片也没存几张，偶尔翻看手机相册，净是大半年前拍下的荒无人烟的空镜头。

镇上只有一家"福华旅店"，温少蔚要了两间相邻的房间，推开门就是一股浓重的霉味。行李安置好之后，温少蔚就先洗刷了。头发没干，就先翻看随身带着的一本书。电子书和手机已经很方便，他也在包里塞着一部下载得满满的电子书，可是没有一本可以翻页的纸书，他心里就不踏实。倒也不一定是为了看，只是不太想改变习惯而已。这些年，远离老家海南岛，身上残余的痕迹已经越来越少，发现一个都跟宝贝一般藏着，哪舍得改掉。书没翻两页，不隔音的墙壁，又传来了司机那压不住的寻欢声。

这么多年在外跑，温少蔚已经习惯了公司里这些司机的脾性，他们不解决一下，这辆车是没法开往下一站的——司机坚持在此过夜的真正原因，就是因为早憋坏了。司机好像是故意发出声音来刺激温少蔚，担心他听不到，不时伸出巨大肥厚的手掌，拍打着墙壁，提醒温少蔚要注意力集中，要声声入耳。温少蔚恨得咬牙切齿。还好，这时，手机铃声响起，把他从复杂的情绪当中挽救出来。

是母亲的电话。

"妈！"

"怎么好多次打不通？"

"路上有时没信号。"

"又在路上？"

"又在路上。"

……两人沉默了好一会，母亲还是忍不住发出了叹息，她本想压住，却没压住。叹息声一出来，她就有些后悔，为了转移注意力，她说："祖屋那事，又吵起来了……"

"还吵？这事有两年多了吧，不都说好怎么建了吗？还吵什么？"

"族里的人，就那样嘛……"

"妈，他们要吵，让他们吵，你别多嘴伤神。该出的钱，我来出，别的你不用管，不要想太多……"家里一旦有点什么事，他唯一能做的，就是先把应该出钱的部分承担下来——这，几乎算是远离海南岛的他，唯一能为父母做的了。这种做法直接、磊落，把所有的嘘寒问暖，全部折算成转到父母卡里的一个数字。温少蔚怕激起心中的波澜，赶紧说："近期要能请假，我回去一趟。"

"好好好，我把那几只鸡养肥点……"

温少蔚知道不能多说了，立即挂断。通了电话，这书也没法看了，他只能躺在床上，看看外头的天色。已经黑压压一片了，这场夜雪在快马加鞭，愈加临近了。他没露天站在外头，可空气里的压抑和沉重，已然渗进肌肤上的毛孔里。他没见过这种天色，如果夜雪降下，明天确实不好走了。他并不为这天气担心，他心里想得更多的，是母亲在电话里提到的祖屋翻修的事。这些年，族里的人都在外迁，祖屋的唯一作用，是逢年过节才去祭拜一下祖先。三年多前的那场超大台风，把这间老屋吹得东倒西歪后，翻建的提议在族人里一次次被提及，但总是耽搁下来。族人分枝散叶，生活早就千差万别，想法也不同。在要不要翻修上，意见很统一：修。但怎么翻修，在哪翻修，则各有心思。有人认为在原址上简单翻建一下就好，毕竟大家多在外谋生，手头都紧，修得再好也没用，还不是给苍蝇老鼠蟑螂住？又有人认为，祖屋不修好一些，不把祖先伺候得舒服点，不得影响了子孙们的发展吗？肯定要重新选址，往大里修，修得阔气些，得和村里修得最好那家人比一比……吵来吵去，也没分出一二三来。

温少蔚上过大学，又长期在外省工作，算是有见识的人，前年春节在家，族里人问他的意见。他问："我的话算数不？"族人反而不说话了。温少蔚就表明了自己的态度："你们先商量好吧，按人丁该出的钱，我一分不少就是了。"可那么久了，祖屋的修建还是没一个眉目。温少蔚的母亲心事又多，听信了外人的口舌，认为她儿子在外漂泊无定，谁敢说跟祖屋的破败没一丁点关系？她一度把温少蔚回海南岛工作的希望，寄托在祖屋的尽快修建之上。后来，她又放宽了要求，不管回不回海南，至少他得有个地方安定下来，不要整天奔跑在荒郊野外，风餐露宿——旅途漫长的大卡车，对于闻不得汽油味、上车就头晕的她来说，是想想都是绝望的画面。

很多话他没法跟母亲讲。

啪啪啪！门被敲响，司机自带回音的嗓门儿响起："开门……开门！吃饭去……"他毫无饥饿感，还是把门打开了。一股风重重推来，雪花将至的气息充溢在风中。没来得及回话，司机一把抓过他的肩膀："肚子饿！吃饭去，我们点好的。"他只得苦笑："杜师傅，你又耗了多少精力了，需要这么补？"司机笑笑："是，得补补。唉，你这人，没趣……跟公司的人出来，就数你最没趣，人家谁像你这样，老憋着，搞坏身体了。不能太亏待自己啊……"

下楼到了前台，司机问前台小姐："附近有什么好吃的？"

那姑娘头都不抬，看着手机屏幕，手指在上面划来划去，声音冷冷："出门左拐五十米，就一家馆子，开就开，不开也没别的店了。"司机大步走出福华旅店，温少蔚跟上，司机压低声音："别看她那个鬼样冷冰冰的，刚才在房间里，叫得什么似的……"温少蔚惊奇："刚才跟你……的，是她？"司机不再说话，运动后的饥饿，让他想快速抵达饭馆。风是间隔性的，一会猛地扑来，带着尖锐的刺；一会又全然停歇，混合在黏稠的压迫里。饭馆也没有名字，直愣愣地挂着 LED 灯组成的昏黄大字——"饭馆"。门半闭着，有灯光射出来，司机闪身就进去了。

里头不大，稀稀拉拉坐着几个人，各自面前都摆着菜肉，但好像都不是为了吃，仅仅摆个样子而已，似在静静地等着什么——他们是在等着即将降落的这场雪吗？温少蔚翻看手机，查看实时天气，显示有雪将至、注意出行等提示。这个年代，最了解人想要什么的，早已不是人了，是这无所不能的手机，它掌握着一个机主所有的心事和秘密。靠门边就有一张桌子，司机坐下来，温少蔚也拉开椅子坐下，桌子好久没擦过了，每动一下就有灰尘被激起。老板娘和所有夫妻店里的老板娘一样，即使就站在眼前，即使瞪大眼睛去细看，温少蔚也没法形容她长得怎么样。

老板娘说："新到我们镇的过路客吧？"

司机点点头。

"我们地方小，没菜单，厨房有啥你们就吃啥了。"

司机说："好吃就行，得搞份汤，这天要变，喝喝汤，暖一暖。"

"好！"老板娘转身就下厨了。

油烟味在小饭馆里环绕，温少蔚有种恍惚的错觉，瞬间穿越了。眼前并非一个二十一世纪的边地小饭馆，而是十八世纪之前的任何一个朝代的任何一个边城小店——比如说，眼前不就是武侠小说中最有可能会出现的场景吗？这些稀稀拉拉的江湖客，是不是都藏着刀剑，只等待一个荒诞理由，就立即拔刀拼命？靠窗边那个瞪着酒杯的大胡子，谁说他前世不就是那手握重刀的虬髯客？挨着中间的那三位瘦子，很有可能就是曾让半个江湖头疼的漠北三剑……

漫长单调的长途奔波，使得温少蔚本能地具有一种能力，看到任何一个画面，他都能瞬间转换成另一种想象。这样的想象，充斥着他孤独的长旅，使得他的每一次出行，其实是无数次的重叠之旅。重叠的感受出现多了，哪个更接近真实，就变得难以分辨——大卡车每一次带着变压器奔往空旷，也把他带向久远的时光深处。

叮咚——手机短信的声音。

根本没看，他就知道是谁的消息。微信风行以后，只有一个人，还和他用短信保持联系。这种坚持，有着某种无比庄重的仪式感。他妻子的短信："你海淘的德国汤锅已到，品质很好。今天，小宝贝踢腿了三次。一切很好。"这是每日例行的报平安的短信。这条短信一来，老板娘什么时候把菜端上，菜到底是什么，他都看不到了。他大学在湖南长沙读的，毕业前公司直接到他们班上招聘，一纸简历把他带到了北京，也带到了全国各地的荒野。妻子是湖南人，却并非大学同学，而是一个朋友介绍的网友，后来他正好出差路过长沙，和她见了一面，两人火速升温，那年年底，她就跟着他回海南过年。春节后两人就在长沙登记结婚了。婚后，他的生活依旧没变，不出差时在北京的总公司，出差时不知道在哪个角落；而她仍住在长沙的娘家。这种生活竟然转眼也有四五年了，朋友甚至他的父母都不看好，觉得长期下去会有很大问题。这几年里，他曾数次寻找长假去长沙造人，也失望了数次，最后就不抱任何希望了。当几个月前妻子在短信里说："有了。"他看到奔腾的大卡车窗外，是无边的戈壁，天地空荡无一人，眼泪顿时就下来了。司机吓得赶紧刹车，哄婴儿似的哄他半个小时，他还是什么也没说。司机把车熄火，站到路边撒尿。两个大男人靠着跑得发烫的车轮胎，眼前没有大漠孤烟直，只有长河落日圆。

和妻子待一块的时间少，给妻子网购东西寄回去，成了为数不多的表达心意的方式。指头在手机页面划过，商品让人眼花缭乱，各种厨具，成了他最热衷购买的东西。自妻子怀上之后，购物车里又增加了奶粉、尿不湿等。把妻子怀上的消息告诉海南岛上的母亲时，母亲在兴奋之后，发出长长的叹息。他知道母亲叹息背后的含义，他也多次想过生活的另一种可能，但每到了最后衡量得失利弊之时，他都得把自己从这纠缠难解中迅速撤出。他甚至会想，是不是自己早已习惯了这种漂泊无定的日子，所有的稳定，对他来讲，其实是埋藏在生活深处的巨雷。他租的房在北京公司总部附近，可他长年在路上，租的房子老是空着，妻子则在长沙，这不能不让他感到某种荒谬。他就像被注入管道的水，只能沿着被限定好的曲曲折折的管腔转向，往前奔去。

司机竟然叫了瓶啤酒，给温少蔚也倒了一杯，这是从未有过的事。公司的司机，绝不允许有喝酒的行为。这点酒是不能算酒的，对司机来讲，也算是难得的破戒了。司机说："你看这天气，明天怕是走不了，在这地方待几天也说不定，喝两杯没事。你不会回公司告密吧？"温少蔚笑了："我哪有那癖好……你尽兴，不耽误事就是。"司机竖起拇指："够意思！"司机夹了块肉放到温少蔚碗里，又夹了一块塞到自己口中。以半杯啤酒把肉送走，司机长长舒了一口气："小温，你是读书人，不像我这种老粗，除了会开车，别的都不会。你说啊，人怎么那么奇怪呢，老爱做自己后悔的事？"温少蔚饮了一小口，冰凉的液体一进入喉咙，就带凉了他："你……做了什么后悔的事？"司机说："也不是后悔……就是，说不清，比如，比如，刚刚，旅馆前台那姑娘到我房间来，走了后，我总是想扇自己巴掌，唉……你说，一拉上裤头心就全变了。这事不也就那样嘛，我怎么偏偏忍不住呢……我不像你们读书人，自律，管得住自己。每次回北京，见到我老婆，也是不好受嘞……"温少蔚苦笑："你回北京还能见到老婆，我哪见得着……"司机说："你的事，我也听说了，也是，长期这样……"话没说完，司机又干了半杯。

没关严实的门，被外头的风吹得又关又开——风又急了一些。

怎么结束吃饭，怎么回到旅馆房间的，温少蔚后来一直没想起来。他的注意力一直在手机上，准确地说，是在一个微信群上。他几乎退出了所有的微信群，却保留了一个"茶局"群。里面汇集了八个高中时的朋友，除了他之外，其他七人都在大学毕业后回到了海南岛。这个群里时常组织各种饭局、茶局，温少蔚当然是没法参加的。这个群已经成立快三年了，三年里，有些话题从没改变。比如，嘲笑 A 工作的公司差不多要倒闭了，现在已经叫所有男员工剃光头，每天高喊"加油，努力"以获取精神力量了；比如说，B 说他又买新房了，又有哪个富婆邀请他出游了，他是伴游摄影师；还比如说，C 热衷健身，把胸部练得比女人还大，可这好身材却无处展示，他母亲生病，他只得辞掉工作，回到村里照顾，现在跟人合伙做酥饼给县城的一些糕点店送，把一身肌肉浪费在面粉和水之中……关于温少蔚的话题，则永远都是他什么时候彻底回海南岛。微信群里的这几个人，说起每件事都尖酸刻薄，无所不用其极。有说群里众筹给他买机票的，有说给他找工作的，有笑他整天押送变压器与核燃料，人都被辐射得阳痿不举了……这帮当年的少年，已变得越来越适应这个社会，变得和所有朝中年奔去的人一样，唯有彼此之间的话语，一直都带着不变的、温暖的刺。温少蔚并没有因为他们的话而介意，他甚至觉得，这个群没有把他这个参加不了茶局、酒局的人踢出去，是因为这屏幕、电波之外的远方海岛上，有着一股看不到的真情在涌动。

他也并非永远没法参加。有一次，群里有人提议，如果温少蔚能回去，就买一头羊来招待他，有人自告奋勇出酒，有人说自己开车去机场接他，有人说他来安排宵夜和茶水……他们认定温少蔚没法回来，不断把筹码升高。由于他们的鼓动，温少蔚开始查机票信息，得知四天后机票便宜，他说："你们得说话算话，我四天后回去。"他把航班信息截图发到了群里。沉默一阵后，群里每个人都表态，所有许诺都会兑现。他真的跟公司请了假，飞了回去，到老家去看看已经听不到别人说话的祖父、长吁短叹的父母。从家里离开时，祖父带着他去了那间破败的祖屋拜了拜，什么也没说——族人意见不统一，争执还在继续，这祖屋还得破败下去。

当然，他回来最主要的事，是要赴局的。那只嫩羊的肉在水中翻滚，他一滴酒没喝，身边那七个朋友全都倒下了。倒下后，他们的话各种喷射：A的光头已经冒出一层黑，最近又得再剃一遍了，公司的境况仍没有好转，他还得每天早上跟同事一起高喊口号，给自己注入麻醉剂。B已经游了好几个东南亚国家了，可有一次他正在外地游玩时，听说他一个住在城中村里的舅舅，在一场席卷而来的拆迁中，被倒塌的房子压成肉饼。C的肌肉已经退化成了赘肉，他借来的钱全花在母亲身上后，母亲越发卧床不起了……那一刻，温少蔚有一股庆幸之感，自己终日在路上，或许也是在某种程度上，对此类鸡零狗碎的一种逃离。

今晚茶局群的话题，是关于温少蔚的。此前温少蔚把自己老婆怀孕的消息告诉他们后，他们开始了各种劝慰与威胁，认为如果温少蔚不能在小孩生下来之前回到妻子身边安定下来，一定会给今后埋下争执和隐患。温少蔚不知道怎么回话，只能手指滑动，看着一行一行文字、一条一条语音，把自己悬空起来，像晾在竹竿上的腊肉。司机发现了他的异样，在回各自房间之前，用力拍了他的肩膀，还想说些什么的，没说出来。

靠在床头的枕头上，温少蔚把音乐播放器的声音开到最大，也没能把内心涌起的情绪压下去。他把耳机戴上又摘下，戴上又摘下，戴上又摘下……终于，任由播放器滑在床垫上，若有若无的声音从耳机流淌而出，声音虽小，却溢满了整个房间。他呆呆出神，忽然听到，隔壁司机的房间里，传来了奇怪的声音，他听了好久，才确信是司机在哭。那哭是不连贯的，一声巨大的喝叫后，是漫长的无声，接着又是喝叫……温少蔚把播放器关了，隔壁的声音没有变大，也没有停止的意思。他听了足足有十分钟，那怪异的声音频率加快了，他赶忙起身，到隔壁敲门。

门响后，哭声停止了。过一会，门开了，司机一只手的五根手指塞在嘴巴里，显然是要硬生生把自己的哭声截断。温少蔚说："师傅……怎么……怎么了？"司机把嘴巴里的手抽出，马上一声喝叫连着一声喝叫，他又赶紧把手塞进去堵住。温少蔚很尴尬，说又不知道要说什么，要扭头走也不是。三分钟后，司机下定决心，抽出手的同时，给自己狠狠扇了一巴掌，总算把情绪稳定住了。他说："我不是人啊，不是人……我……老婆……刚接到家里电话，我老婆都那样了……我还这样……我……"他举手又是一扇。温少蔚伸手要拦，司机却往后一退，奋力把门一关，话也斩钉截铁："没事了，睡吧！今晚可以睡个懒觉了。下雪了，明天不用着急走了。"

雪果然来了。

房间的玻璃窗隔开两个世界，外头的雪花悄然无声。

十来年了，他第一次在旅途当中遇到大雪。在他记忆里，好像每次出差，都是夏天，都伴随着昏黄的落日，连雨天都很少。这一次遭遇大雪，倒是很难得。他心中想着，要怎么跟公司还有客户解释，半途遇雪，恐怕送达的时间暂时不详。

这么大的雪，竟然是没一点声音的！这么大的雪，就静悄悄地覆盖这座小镇，并堆积成连绵之山。温少蔚躺下。这个晚上适合入眠，适合睡到自然醒，可他能够睡着吗？他伸手拔掉房间座机的电话线。这是他的强迫性习惯，住旅馆里，不拔掉电话线，就老是会觉得座机会在半夜响起。把手缩回时，他看到了座机上贴着一张纸，纸上是前台的号码。他的手停住了，不知道要不要把电话线重新插上，让那前台姑娘，在这风雪之夜，来陪他一个小时……

海岛奇事录

断墙春夜

春天需要等，需要迎，需要撒开光亮、散播气味、爆出声响，让它的到来充满仪式感。大年三十的午夜，家家户户都会在凌晨钟声响起之后，燃放烟花、鞭炮，把春天接回院子，迎到眼前，握在手上。每到那时，轰鸣的鞭炮声便压住电视机上春晚的欢叫，也压住玩牌人的喧闹。临近午夜，我把早就备好的烟花抱出院子，四岁的小侄女姗姗跟出来，她以为我现在就要燃放。姗姗说："叔叔，叔叔，这烟花飞得高不高？"我说："等会儿点了，你看看高不高。"这盒烟花被我堆放在一堵半米高的断墙上。姗姗说："叔叔，为什么要放墙上啊？"我想起每年父亲都要交代我要把烟花搁在断墙上，却没想过为什么，只好说："放高一些，烟花就飞得高。"姗姗又问："叔叔，这是谁家的断墙？我们家的吗？"我有点愣，伸手摸摸她的脸，不远处的海风吹上岸来，吹过椰树和木麻黄，吹过她细嫩的脸。这堵墙是颓败的，墙内是一个院子，荒草茂盛，即便在这寒冷之夜，也爆发着猛烈的生机。

　　姗姗拉拉身上衣服，头缩进衣领里去，哆嗦着，跳回我们家的院子里，跑去围着看电视。电视上有歌舞，她也随着跳。一位歌手在唱一首家国团圆之歌，高亢的歌声、可以被预知的旋律、整齐划一的舞蹈，都说明这是一首压轴之歌。父亲闷着头，坐在院子里抽烟，烟头一闪一闪的，脸色却越来越深。村人都这样，长期劳作，不是出海就是下田，脸成了褐色，可以吸走各种光。每年的迎春，都是父亲去点的烟花和鞭炮——无论他是在谁家喝酒，或是在小卖部玩扑克牌，都会提前半个小时回来，一边抽烟，一边迎春。我拉过一张椅子坐下，虽然是海南岛上，可正值春天来临前的冬夜，村子又靠近海边，风凉刺骨，父亲喷出来的烟气，很快就渗入黑夜。我说："爸，刚才姗姗问我那堵墙是不是我们家的，我搞不太清……"父亲打了一个哈欠："这事啊，我知道一些，可我小时候，也没见过那家人。想知道清楚一点，去问你爷爷。"他嘴巴朝大厅里扁了扁，爷爷正在沙发上昏睡，一顶帽子遮住他的脸。迎春也是爷爷定要参加的事，不做完这件事，他没法安心地睡到他那张床上。

　　我走到沙发边上，拍拍爷爷的肩膀："爷爷，起来了，要迎春了。"

　　帽子被揭开，爷爷的脸露出来，我有点恍惚——几乎跟父亲的脸一模一样，只不过黑褐色更深了，一年年迎春又一年年走向深冬，我在一刹那，看到了父亲的未来，也看到了我的未来。爷爷把帽子戴好——帽子几乎成了他的标签，可能只有睡觉的时候，才拿下来。爷爷说："快到时间了？"我说："快到了。"爷爷说："摆好了？"我说："摆好了。"爷爷又说："摆在断墙上？"我说："摆在断墙上。"爷爷点点头，再次扶了扶他的帽子，迎接春天，得郑重其事，不能马虎眼。我说："爷爷，姗姗问我们家院子外那堵墙是谁家的，爸爸说你最清楚。"我儿时便已荒废的断墙，曾是我和伙伴们无数次玩耍的园地，我们在那里抓过蚂蚁、捏过毛毛虫，也烤过地瓜和老鼠肉，可我从未想过、问过这个院子的所属。它自我记事起就已经荒废，它还要继续荒废下去。爷爷的脸色变得很难看，他站起来，走到我们的院子里，也拉着一张椅子坐下，他的坐姿是笔直的。父亲和爷爷的风格则不太一样，父亲瘫软着身体，把头缩进层层的烟气里。

爷爷扭头看父亲："我以前没跟你讲过？"

父亲说："你讲过，我记得呢，不过，你来讲，清楚些。"

我也坐下来，爷孙三代坐在一起。一二三，一、二、三，春来了，春走了，春又来了。

爷爷说："断墙这家人，往前数三代，跟我们同宗的。跟我同辈的是两兄弟，我得叫堂兄的。可惜，到了他们这一辈，后面就再没人了。"

"绝后了？"我问。

"可能吧！谁知道呢！那哥哥是厉害的人物，早些年，读过几本旧书的，也写得一手好诗词，你还记得我们村庙的对联吗？就是

210

他当年的手笔，你还记得吗？"

"……记不太清楚了……"

"唉……全忘了，你们！全忘了，没人记得。他后来当了兵，那是兵荒马乱的年代，日本人来海南岛的时候，他带着兵，跟日本人干得你死我活的。日本人最初贪图海南岛上的矿产，入岛后，烧杀抢掠，那叫一个悲惨啊。据说他当年随身带着一张纸条，上面写着一句话，勉励自己奋力杀敌。那句话是什么，我们不清楚，有些日本人倒先知道了，对他的悬赏很高。他多次陷入危险，却都化解了。当时日本兵一来扫荡，那是一个村一个村连锅端啊，有些村子挖了大坑，把人全都赶进去，活埋。还有更残忍的，日本兵列好队，带刺刀的枪齐齐竖起，把那些几岁的小孩往空中一抛，掉落下来，被那些刺刀刺穿……"爷爷有点讲不下去，他扶了扶帽子，让自己镇定下来。

"我们海南多少女人被日本兵抓去，那叫一个惨，死的惨，活下来的，也惨。那哥哥带着他的兵，给日本人添了很多麻烦。他懂兵法的，常被偷袭的日本兵对他恨到骨头里，一直想把他剐了。他躲过了很多次追杀，却还是被抓住了。说起来，我们自己人不争气，丢脸，有人出卖了他。出卖他的，还是我们村里的人。为了一点点利益，把他给卖了。那年他腿上有伤，悄悄回到我们村里养伤，村人敬他是英雄，都把这事藏着。但有人去找到日本兵告密，带来了人，把村子包围了……"

"告密的是谁？"我急切地问。

"你记得我们村西边也有一间破房子吗？现在长满了杂草，就

211

是汉奸的房子，也坏了多年了。村子被包围之前，村里人把那营长转移到船上，躲到别处去了。日本兵放出风声，说若是多少天找不到他，就会在海边沙滩上，挖一个大沙坑，把全村人全埋进去。他见不得全村人因他而死，划着船就回来了。在村外的沙滩那儿，日本人当着全村人的面，把他杀了。当时我不过十岁，可我永远记得那场面。日本人让全村人看着，以长刀刺入他的肚子，用力一划，肠子、鲜血，流了一地。有些日本兵还上前，把海边带着盐分的沙子就往他的肚子里面塞。那惨叫声……我现在想起……都还在耳边。他是英雄，也忍不住要惨叫啊。日本人是要给我们下马威。他死之后，日本人也不给他留全尸，让那汉奸划船离岸好几里外，把尸体抛入水中，喂了鱼虾。日本人从我们村里走后，汉奸也跟着走了。村人曾划船去海里找寻，大海茫茫，尸骨没找到。"

父亲伸手把烟头往地上一丢，脚底踩上，碾了几碾。

"他死后，他弟弟开始了复仇。他最恨的，是那个汉奸。他弟弟就在这个院子里，磨着他的刀，他把刀磨得亮光闪闪。他时常出去找，都是失望而归。他老在院子里闷着头磨刀，我就给他打过水，水滴到已经磨得亮光闪闪的刀背上，打滑、闪开了。那把刀太锋利了，随便刺中一个人，肯定会像切豆腐一样。他不止磨一把刀，还磨了一把短的匕首。他用布把磨好的刀和匕首包好，随时都带在身上。哥哥死后，他家只剩他一个，有人给他介绍女的，他只是摇摇头，说没到时候。日本人投降，从海南岛撤退以后，那个汉奸也跟着消失了，他的仇更没法报了。好几年里，他闷闷不乐，村里人怎么劝，他也放不下这件事。那汉奸躲起来了，怎么找啊？他不管，他整天把刀背在身上，出去打听。后来，他不知道从哪里打听来的消息，说那汉奸早已随一些船，逃往泰国去了。

　　"知道这个消息之后，他倒不怎么急了。他脸上放松了下来，我记得，他还笑了。打听到这个消息的时候，已经是深冬了，他回到了村子里。村人好心，知道他这些年一心奔波，身无分文，都各自拿来一些吃的送他，让他过一个好年。我给他送过两条鱼，他煮出白色的鱼汤，香得很。那是他哥哥死了之后，他在村里待得最长的一段时间。他不慌不忙，村人也松了口气，说他总算要重新活过来了，要不然他家可就绝了后了。他在春节前，拿着一些哥哥的遗物，立了一座没有尸骨的坟。村人自发买来鞭炮，在坟墓前轰炸。海边吹过来的风很大，把人都刮倒了。那年的迎春夜，也像今晚，很冷的，海风大，哪挡得住。我跟他喝着鱼汤，灌了几碗米酒，他拉着我的手，说他要出远门去了，以后能不能回来，不好说。要是回来，说明他大仇得报；要是不回来，那就是他还在找着那个仇人，或者他反被仇人杀了。我不知道怎么跟他讲话，就只听他说，他拍拍我的肩膀，说，以后过年了，迎春了，他家里空荡荡的，也帮他迎一迎。

　　"那年春节后，他就离开了。几十年了，再没回来，他是去泰国追杀仇人去了。那么多年了，也不知道他找到仇人没有。可能永远找不到；可能找到了，他反被杀了……谁知道呢？他走了之后，家里空了，之前的好些年里，村人还帮着去打扫、维修，心想他可能某一天会回来，仍旧会有一间房子等着他。后来，就顾不上了，我们村靠着海边，台风多，有一年横扫而过，那房子倒塌了。这么些年下来，只剩下这一截断墙了。院子里长满了草，我起先去锄掉一些，后来也就算了，人哪硬得过草啊？草铺天盖地而来，比墙还高了。我老想起他跟我喝着米酒和鱼汤的事。从那时候起，咱们家迎春，都少不了帮他也迎一迎。以前困难，在他院子里点支线香也就是了，现在日子好了，又是轰炸鞭炮，又是燃放烟花。他在别的国家，到底活了多久呢？这些年，我们村、附近村也有不少华侨从东南亚回来，去打听，没人听说过他。现在啊，每到迎春，我都得等着，就是记得当日的事。我让你爸每次迎春之时，都把鞭炮挂在那堵断墙上，是想，我们家迎春了，他们家也得迎春的啊——就一起迎了。他一心想着报仇，去国离乡，也许这一脉算是绝了后了。但我们得记得，有我们家迎春的一天，他们家的院墙内，也会有鞭炮，也会有烟花……"

我终于知道，为什么每次迎春，父亲都要提前半个小时准备；而爷爷，总要一个晚上都等着——原来，他们都有着自己的承诺。我还以为，烟花摆在断墙上，是为了打得更高，原来并非如此。

此时，爷爷、父亲和我，三张面孔，都在等待着最后时刻的到来。渔村里总是有些人忍不住在零点钟声敲响之前，就燃起鞭炮，对于他们来讲，迎春是需要抢的，谁快一步，谁就能把春天抢先请到自家庭院，让全年吉祥如意。渔村里，鞭炮声噼里啪啦，一些烟花闪在夜空之中。电视里，正倒计时，一片盛世的欢腾和嘶喊，五颜六色溢满了电视机荧屏。

姗姗跑出来："叔叔，是不是要点烟花了？"

爷爷笑了："你怕不怕啊？要捂住耳朵！"

"我才不怕，我才不要捂住。"

爷爷笑了，左手摸摸她的头，右手朝我父亲伸出："打火机给我，今晚迎春，我来点。"

父亲一愣，递出打火机。爷爷整整衣衫，扶了扶帽子，直着腰板走出我们的院子，父亲、我、侄女跟在他身后，四代人，准备一起迎春。家里其他人，或围在电视机面前，或仍旧打着牌、聊着天。爷爷走向夜色中的断墙，一点火星从打火机上亮起，海风正面吹来，熄了。右掌张开，挡住风，左手拇指再打，火光亮起，爷爷慢慢地把打火机移向那盒烟花。爷爷转身往回走，他身后，烟花划破长空，在半空炸开，星星点点散开、洒落。

小侄女尖叫起来了。

爷爷返回大厅内，坐在沙发上，看着家里人打牌。

电视机上的呼喊声和全村适时响起的鞭炮声交融在一起。

父亲站起身，没回院子，他穿过小巷，往村里的小卖部去了，他和那些难得回来的在外做生意的村里人有很多话要说——他甚至会小赌一把。小侄女叫喊几声，又跑到电视机面前，随着歌舞扭动身子。只有我看着烟花一次次窜空而起——看到的也不是烟花，是当年那在院子里打磨得光亮的刀子，一次次划破夜空。此起彼伏的声音、光亮、烟气，溢满整个渔村，又被海风一点点吹散。等到全村迎春的节奏停歇下来，已经是半个小时之后了。

大厅的沙发上，爷爷坐着就睡着了，帽子仍戴在他的头上。

——他戴着帽子，庄严地睡在我们刚刚迎来的春天里。

认亲记

"他说，他是来认亲的。"

——菊霞听了一会，说出了这句话。菊霞本是越南女人，嫁到这个渔村已经快三十年了，早就学会了村里的方言，可能因为太多年没说越南话了，她听得有些吃力，但总算是把这位越南来客的来意听清楚了。上午陈树安还在县里开着一个会，接到家里电话，就匆匆赶回渔村。电话里说有人找上门来了，寻他的父亲陈大英——来人拿着一张纸，写着他们家的地址。从会场赶回村里，才发现，来的是一个越南男人，感觉年纪比陈树安大一些。村里渔民常年出海，有时也会因为台风、洋流等情况，在越南的海岸边登岸，有时在海上和越南渔民相逢，也会交谈两句，因而也有些人懂得些简单的越南话，但真要和这越南来客交流就傻眼了。比画了一个小时，有人想起菊霞不是越南女人吗，便去找她。她已去镇上赶集，村里有青年骑车风一般把她载回来，她总算翻译出了这个男人的来意。

菊霞还说："他说，他爸是陈大英，他是来认祖寻亲的。"

陈树安一听，脑子就炸了：越南，寻亲，父亲的另一个儿子……他可从来没听过父亲提起过相关的事。父亲是老渔民，从海南岛西部的渔村出发，广袤的大海都是他寻食的地方，他是去过越南的。国家的界线很清晰，但茫茫大海上，有时并没有那么界限分明，人情有时也没有那么界限分明，很多年里，渔民海上相逢，倒是有很多互相交换物品的事情发生——海上生活，面对的共同敌人，其实是那一片永远深不可测的大海。多年的海上生涯，父亲和村里不少渔民，都在越南的海边停靠过，但要说他在那里有留下自己的另一个兄弟，这事……有点蹊跷。七年前的冬天，父亲在一场海风的侵袭下，摔了一跤，住院治疗，最后还是过世了。他死前很多天里，提到过很多不放心的事，甚至要求给他烧去一条纸糊的渔船，唯有留下异国骨肉这事，一句没提。可陈树安再细看眼前这个男人时，心里一阵苦笑，这人恐怕还真是自己兄弟。

这个男人很黑，那张脸干瘦干瘦，长得跟父亲很像——陈树安记忆中的陈大英，以年轻一些的面貌，出现在眼前。不仅仅跟父亲，跟自己也很像，自己在县里文化部门当干部，闲日子过惯了，没这么黑这么瘦，可自己的脸有百分之六七十跟这个男人是重叠的。陈树安只能伸出手，跟眼前这位兄弟握了握。菊霞又叽里呱啦问了几句，那男人叽里呱啦地回了几句，菊霞转过头对村里人说："他说他随母姓，姓阮，但他知道父亲在中国姓陈。他说，他母亲两年前过世了，过世之前给他留了话，也留了一张纸条，写着我们渔村的地址，让他来找他父亲，帮母亲完成心愿。他一直犹豫要不要来，就拖拉了两年，这半年来他老梦见母亲对着他哭，觉得可能是母亲在怪罪他，他才千方百计找了过来。"菊霞又跟阮兄弟说了几句，他掏出一个钱包，打开后，从里面取出一个透明袋子，又从袋子里取出一张发黄、发皱的纸条，纸条被递给陈树安。

"广东省海南行政公署某某县某某公社某某村"，很显然，这是海南建省之前，还隶属于广东省管辖时候的地址，半个巴掌大的纸，皱巴巴，字也皱巴巴——庆幸的是，几十年过去，世事变迁，

217

这个村名还在。在陈树安残存的记忆里，这确实像父亲掌舵的手写出来的字。陈树安苦笑，不知道以前沉默、话少，永远只对着一艘船、一片海有兴趣的父亲，怎么忽然就在生命中多出了一个分叉。对陈树安来讲，多出这么一位外国兄弟，倒也没什么不好，可是，可是，关键是父亲临死前并没有提过这事，自己如何能代替他做主？父亲到底想不想让这位儿子认祖归宗啊？还有一个最大的问题是，母亲还在，得怎么跟她商量这事？可不商量也不行了。自家院子里，围满了渔村里的人，都是来看热闹的，八十多岁的母亲也在一旁等着呢——她手足无措，等着儿子陈树安的决断。

陈树安走到母亲面前："妈，我看，像真的……"母亲故作镇定："我看也像，你说若不是真的，人家跨国跨海过来找什么找？老陈，藏得够深啊！"陈树安说："妈，其实，现在也很方便，是不是兄弟，去医院，拿他的 DNA 和我的 DNA 一比对，就清楚了……"母亲挥挥手："比对啥 A 啊比对，还用比对？他那张脸，跟你爸、跟你，瞎子都瞧出来了。你爸啊，走了也不提一嘴……"陈树安苦笑："我猜我爸也不一定知道有过这么一个儿子。妈，我看我这位兄弟，年纪比我还大，估计有他的时候，您还没跟我爸结婚呢，也别怪他了。"母亲摇摇头："我这么老的人了，哪怪这个，就是没听他提过，有些突然……他是越南人，外国来的，我们不能丢了自家脸，不能丢了中国人的脸。"母亲说着说着，就镇定起来了，她招招手，问："菊霞，你问问他，他这次来寻亲，是想做什么？是不是有什么困难，需我们家帮一帮？"

菊霞又跟阮兄弟说起了越南话，多年未讲越南话的菊霞，在刚开始的卡壳过去之后，讲得越来越顺溜了。菊霞问清楚后，说："阮兄弟说了，他没有什么困难，就是他母亲临死前交代他的事，让他来认认祖宗，认完了，他就回去……"母亲一听，豪气了："既然都找来了，哪能空手走……大家看看，他那张脸，是我们陈家的人，错不了。那么远跨海找来，我们拒绝了，也太没人情了。老陈当年没交代什么话，可我帮他做主了，这个越南的儿子，我们认了。菊霞，你跟他说说，既然要认祖归宗，就得按我们这边的规矩来，什么规矩，我也搞不懂，得请师傅来问一问，看怎么走这个章程。"菊霞像是娘家来人了，兴高采烈地跟阮兄弟翻译。

阮兄弟很激动，对着"母亲"就要跪下。

她把他扶住："现在不兴这个，不兴这个。"

当天，菊霞就一直陪着阮兄弟和陈树安的母亲，当他们的翻译。陈树安的母亲，自然是把老陈的一些往事说给阮兄弟听，并打听一些他和他母亲的事情。陈树安没闲下来，按照母亲的指示，他到周边村子打听懂规矩的师傅，看怎么安排阮兄弟在祖屋认祖归宗的仪式。祖屋不仅仅是自家的，还涉及同族里的其他人，合理合情的仪式就十分有必要，否则认了个外国兄弟，把自家兄弟得罪了，那就得不偿失。尤其因为是渔村，规矩特别多，渔民们长期在海上颠沛流离、生死一线，敬天敬地敬水敬风敬一切可见之物，海边的各种祭拜仪式十分烦琐，任何一个小细节不到位，都会被视为不祥之兆。

陈树安和一位德高望重的师傅商量到夜里十点，才赶回渔村。

他本来要立刻回家跟母亲、族里父老还有阮兄弟反馈情况，却在远远看到自家院门里灯光闪烁的时候，有些退缩了。风不断从不远处的大海吹来，能听到海潮的起伏。陈树安扭头往村子北边走去，他要去坤爷家。坤爷是村里的老渔民了，跟他差不多大的人都一个个过世了，剩下的也早就话也讲不清了。坤爷当年长期跟陈树安的父亲陈大英在一条船上，陈大英当船长的时候，坤爷是最好的水手，他们一同在海上风雨同舟几十年。坤爷脾气倔，属于那种铁锤打上去乒乓响的那种，坤爷的儿孙们都在外经营生意，想把他也接到县城里住，他死活不去，就剩他一个人住在这间老院里，海风把院子里的一切都吹咸了。

"我就知道你要来问我，等着你呢。"坤爷倒好了茶，陈树安坐在他对面。院子里搭着油毛毡，风吹来，油毛毡摇摇晃晃，幸好海边风虽大，但这渔村在海南岛西南部，从来都是从东往西吹的台风，很少正面打到渔村里。坤爷的手，仍然跟铁一样，几乎能把茶杯捏碎。陈树安笑了："坤爷知道我要来，我也就不拐弯抹角了，您跟我爸当年一起在海上，知不知道今天这事？"坤爷点点头："今天若不是你家兄弟来，我几乎都忘了这些事了，毕竟，那么多年了。今天从你家回来，我想了很久，这事，恐怕是真的。他应该是你的兄弟。"

"我也觉得是真的。我想问的是，当年，我爸怎么就跟那边一个女人生了小孩？"陈树安也喝了坤爷倒的一杯茶，是茶梗煮出来的，干涩干涩的。

坤爷说："你还是年轻啊，有些事情没那么清楚。建国以后，

220

我们国家跟越南打仗以前，有很多年我们之间的关系是很好的。你们现在不一定清楚，当年连我们渔村的人，也知道胡志明什么的。国家关系没那么紧张，渔民之间就更放松了，大家都是在海上生活，哪有那么多争来斗去。当年我们出船远了，离越南就很近，有时需要补给点水啊粮啊什么的，就靠着他们的岸边停下来。碰到一些较真的兵，我们塞点鱼虾蟹贝什么的，人情上过得去，也就过去了。有时有风浪，没处躲，也会到他们的港口里躲风，活命要紧嘛……"

"你们去越南，是常事？"

"常事，常事。有好些年，美国跟越南也在打仗，你知道吗？"

"知道。"

"是啊，这仗打得，惨烈啊。越南损失惨重，美国也不好过啊。当然，最惨的还是越南，那些男人，一茬一茬的，全死了。那么多男人死在战场上，大半个国家都空了，剩下的那些女人，实在是难过啊。什么活都得女的干，你说辛苦不？辛苦啊。我们当年靠岸的时候，有些小鱼小虾，就给那些女人送啊。她们的男人以前也出海，人打光以后，她们连鱼虾也少见了。晚上，我们的船就靠着他们的岸边不远，一来要上岸过夜，手续麻烦；二来，我们都得盯着自己船。船锚一抛，我们的船就靠在一起过夜，那也是难得的安逸呢！在海上，往哪边看去，眼都是蓝花花的，都傻了，在能看到陆地的地方，才能睡个安稳觉啊。每当这个时候，到了夜稍微深一些了，我们就发现水里有动静了。爬起来一看，是一艘艘小木船，从岸边出发，朝我们的渔船过来。起先，我们都很紧张，准备收起船

221

锚，冒黑走人，也有人把刀拿出，准备应战。后来也就习惯了，来的，都是些女人，她们划着小木船，来我们的船上，并不是要抢东西的。也有的女人，没有小木船，划着一个大点的竹筐，那竹筐用沥青涂封过，不漏水，女的就坐在竹筐里。她们到了我们船下，就比画着，让我们抛下绳子，把她们拉上船。你肯定也猜到了，她们是来找男人的。是的，她们有的结过婚，男人战死了；有的没结过婚，也找不到男人结了。她们也是没办法啊，她们每个人，夜里忍得多痛苦啊。白天还好，可以干活，忘了那事，夜里那么长，海边风一吹，整个身体都起风起浪了啊。她们都想要生个孩子什么的，男人不够用啊，所以，她们就在我们靠近她们渔村的时候，划着小船、划着沥青封涂过的竹筐过来了。我们这些年轻小伙子，哪见过这阵势啊，都吓傻了，但你也知道的，我们也年轻，一身力气没处使，很快地，就各自带着一个人，到船上不同角落快活去了。那些女人也不奢求什么，临回去我们要送点什么，她们也不要。有时硬要塞她们手里，她们就满脸的泪。不瞒你说，我们的心不是铁打的，看着也是心痛啊。那些船上，哎呀……说起来都不像真的，可，这是真事呢。你爸当时也年轻，不少人爱找他嘞。有些女人憋久了，在船上放开之后，还舍不得下船啊；有些细心的女人，就会让我们的渔民写个地址，说打不定以后有什么机会，去找过来呢。当时我们也不在意，有的人没留下地址；有留下的，也往往是个假地址，谁还留下个真地址，给自己惹麻烦啊？估计留了真地址的，就你爸了，所以现在寻过来了……你说，这么几十年，隔着海，隔着一个国家，那女人想着你爸，辛苦着啊……"

坤爷估计也是憋久了，一口气把陈树安想了解的，全说了出来。陈树安边听边摇头，他在县里管文化，偶尔写写一些关于渔村的小散文，不是大作品，可他自认对渔村挺了解的，而此时他才发现，即使是自己的父亲，也藏着一个他从未听闻的过去。坤爷给两个人的茶杯都倒满了："今天你兄弟找来了，我挺羡慕啊。当年我要是填了个真地址，会不会也有我的小孩找来呢？当年和我睡过的几个女人，会不会也给我生了小孩呢？这事啊……真不能细想，一想起来，心里就发痛。当年啊，在船上，后半夜了，那些女人满脸都是泪，吹着海风，又各自划着小船、划着竹筐回去了，我们都在船上点起汽灯，让她们划船的水路亮一些。"坤爷倒到杯里就被海风吹凉的茶水，更像是酒水，一喝就要醉人，可陈树安只能一饮而尽。

　　话讲完，坤爷也陷入了沉默，陈树安赶紧跟他道别。

　　陈树安想立即回到自己家里，拿出珍藏最久的米酒，拿出珍藏最久的海货，准备在选定的良辰吉日办完阮兄弟的认祖归宗仪式后，好好跟他喝一场。当然，在今晚，陈树安会把在坤爷这里听来的旧事告诉母亲。他知道母亲会理解的，作为渔村的女人，她常年担心着自己男人在海上的安危，她能理解另一个女人，在数十年的孤独中想着一个深夜海风中连脸都没看清楚的一个外国男人的滋味。陈树安还想抱着自己的异国兄弟大哭一场，那传自父亲的骨血，靠着当年夜风里、渔船上父亲手写的一张皱巴巴的纸，寻找了过来。数十年间，这张纸如何被一个女人珍藏、保存和翻出，陈树安很想跟自己的兄弟问清楚。

寻找琼崖海棠

小车在水泥路上七拐八拐，一会儿钻进密林之中，一会则看到眼前有阳光透射。这一带离一座休眠火山不远，据说那火山说不定哪天心情不好，还会喷一喷。很多很多年前，它喷过，遮天蔽日的火山灰，肥沃了这片土地，各种草长得凶猛至极。可惜随着火山灰一起的，是冷却后的岩浆，变成了坚硬的火山岩，导致没法种庄稼，一锄头下去，锄头缺了一个口，握锄头的手也撕裂了虎口。若不是有水泥路，各种藤蔓更要把所有的空间占领，小车开在路上，像在钻迷宫。我是要去龙泉镇，听名字像一个出宝剑的地方，可惜这是后来改的名字，它原名十字路镇——顾名思义，一横一竖两条道，一个十字统治了这个镇子。手机导航也不知道灵不灵，我迷迷糊糊的，是要到十字路镇寻找一种海棠油。

家里一位老人，得了某种皮肤病，医院看了好多遍，没任何效果，还越来越严重，右边的整个大腿都起泡了，发起痒来简直恨不得把腿抓烂——可不能抓，一抓，起泡的面积就扩散，也会溃烂，流血流脓。用过不少偏方，效果都不理想。据说最有奇效的，是把灰蛇蜕下的皮烧成灰，以火山地区的一种海棠树上结出的海棠籽榨成的油相拌，涂抹在患处，次日便有奇效。那皮肤病，民间便叫"灰蛇子"。蛇蜕下的皮好找，有人专门收这个，海棠油却几乎不见了踪影，据说这些年，连结这种籽的琼崖海棠树都很少见了。有朋友说火山口附近的庙里烧的灯油便是海棠油，帮我从庙里倒了一些，介绍那偏方的人却摇摇头，说颜色不对、太浅了，气味也有偏差。打听到只有十字路镇才有正宗的海棠油，一想到家里老人那起泡、发红的大腿，我脚下的油门都不得不用力踩。

十字路镇果然小，房子都很陈旧，人都在门口蹲着，像是很多地方的十年前、二十年前，在所有地方都被鞭子追赶和逼迫的时候，这个镇停滞在了某一个时刻。水泥和人，阻止了绿色植被的进攻，这个镇子被包裹在密不透风里。我把车子停下，在一家米糕店买了两块米糕，热气腾腾，烫得舌头卷。

我问店家："听说镇上有卖那海棠油的？"

"身上痒了？"

"是的。"我很高兴，一提海棠油就有人问"身上痒了"，说明这偏方在这里是无人不知，那应该是真有效果。

"往前开，十字路口往左三四十米左右，你问问人，也不知道开门没有。那家人……怪得很。要没开门，你倒是可以去问一个大陆来的四川人，他家也有，新榨的海棠油，比本地那家要贵……"

据说药用，海棠油越老越好，我自然不会去找新油。小镇很小，在十字路口左拐之后，我随便找个地方把车停下，开始找那家店。都是一样的房子，都是一样的门口，都是一样的门前有阳光照射，而房子的后边，都是茂密的植物在追杀。整个镇上的人，永远都在跟植物们争夺着生活的地盘。有些房子门前有老人在懒洋洋地坐着，有的房子面前有小孩子们在玩跳房子，嘴巴里哼着自编的儿歌。我走到那坐在靠背椅上懒懒看着街道的老妇人面前："阿婆，有家卖海棠油的，在哪啊？"

阿婆神色有些怪，用手往左边一指："门关一半开一半的那家。"

"谢谢阿婆。"

夏日闷热，被包裹得密不透风的镇子，散扬着各种植物的腥酸味，人像泡在有屏障的玻璃缸里，在车上打着空调还好，一下车，后背的汗就被逼出来。走到街边连排屋子的走廊前，总算是有了点风。到了那半掩着门的店面前，有一股凉风从门里灌出，比小车上的空调还凉快。这家店没挂牌子，没写店名，房里也很幽暗，看不出是家什么店。我伸手在那掩着的门上敲了敲，没人应声。我只好把门推开，走了进去。从门外的烈日耀眼走进了深黑里面，眼睛好一会没反应过来。

眼睛一旦适应过来，我便倒吸一口冷气。左手边堆放着几口大缸，右边则堆放着一些木板，还有各式各样的棺材。是的，棺材，各种大小、材质、造型不一的棺材，层层叠叠。这是一家棺材铺。我想到了门外那阿婆的怪异神色，也想到了这门内有些凶猛的凉意。但没看到人，我只看到几口大缸和棺材。我转头，把门打开得更大一些，让多一点光进来。"别打开，掩上那边门。"一个声音传来，吓我一跳——我是真的一跳，我一蹦，跳到了门外。定定神之后，我再迈步进去，把全部打开的两扇门，掩上了一扇："老板，你在哪呢？"

"这里呢！"

循声看去，只见棺材，还是没发现人在哪儿。可能那人想给我一个提示，自一口棺材顶上翻了一个身，从阴影处滚了出来。他原

226

来一直躺在棺材上，堆叠的棺材阴影重重，遮住了他，一团团黑色，覆盖在他身上。黑影坐起身来，我才看到，那是一个中年男人，眼睛眯成线，没什么特别的；鼻子不挺，没什么特别的；耳朵不大也不小，不垂也不尖，没什么特别的……这只是一个人一多就不显眼、人一多就像一滴水掉入河流的中年人。

"你要买什么棺材？"

"我……不买棺材！"

"来棺材铺不买棺材，你找鬼啊？"

"我想买点海棠油。"

"又来了……有人皮肤发病了？"

"是。"

"那是得用点海棠油。"

他整理整理衣角，从棺材上下来了。我这才注意到，棺材上面还覆盖着一张木板，木板上是一张草席。他说："天热啊，困，我午觉惯了，也没什么生意……哪有那么多死人啊，得睡睡觉，提提神。这天，不补补觉，没力气……"

"是，是，是！"

眼睛适应了房内的黑暗之后，所有的摆设愈加清晰了。可能是房里的凉气让我感觉更敏锐了，我问店主："有地方小便不？"店主笑了："没卫生间，你到后院，想撒哪里撒哪里。"我穿过被大缸和棺材拥挤后留下的狭窄过道，进去后院。后院门也开着，有光照进来，而那些绿色的植物，好像要从后院的墙外翻过，侵入院内。院内也杂草丛生，也摆放着一些棺材。我找了靠西面那堵墙，留下

227

了一个潮湿的印迹。那些要翻墙过来的植物，被一些风吹着，轻轻摇摆，在跟我打招呼。这些植物散发出来的浓烈气息，在这闷热的午后，更显澎湃了，它们以我看不见的方式，逼迫到我面前。

房间内，店主已经揭开一口大缸的盖子，某种奇怪的气味往外扩散，把植物的气息全都赶到了院墙外面。我到缸前一看，满满的一大缸，里头全是黑褐色的液体。店家拿起挂在缸口的一个勺子，打了半勺，倒进一个空矿泉水瓶里。那个小矿泉水瓶，装了有六分之一的高度。那液体极其黏稠，往下滴落也是很费力气的样子。这就是海棠油了。看阵势，店家的这几口大缸，全都装着海棠油。店主把矿泉水瓶的盖子拧上，交到我手里："五块钱。"

"老板，这油，太少了，怕是不够。"

"够了，那么多年了，从没听过擦了这么多没擦好的。要是擦了这些油还没好，那怎么擦也没用了。"

"不是……老板，你看，我从别的县过来，不容易，多卖一点给我，以免要是不够，还得专门来一趟。"

"没有了，就这么多……"

"老板，这样好不，你再打一勺，我多给你点钱，给我打二十块钱好吗？"

"跟你讲多少遍你才清楚？就打这么多。你觉得我这几口大缸都是海棠油，很多是吧？我这些，都是老油了。治这病，越老的油越有效，你去问问，镇上那四川人，打这么一点新油，收你不下一百块。我这纯粹是好心，为了治病，也就象征性收一点，但你也不能觉得便宜就想多买一点，我这油留着，下一个有病的人寻来，也得给人家用。你要治病，别人也要治病，不能全卖给你了吧？告诉你，上次省里来了一个当官的，我也只卖他这么多。你要就要，不要我倒回去。"他越说越生气，我赶紧把矿泉水瓶抢过来，递给他五块钱。

老板长叹一口气："当年镇上加工海棠油的地方多，后来有些地方为了种荔枝树，砍了不少海棠树，现在是越来越少了，也几乎没人加工这东西了。我这店里的，都是当年留下来的老货，都有十多二十年了，你看看这油的颜色，没些年份，能这样啊？镇上那四川人，找来的一些也不知道是不是海棠籽，也加工，卖得那么贵，可品质哪比得上这个啊。"

"老板，说实话啊，要是这油效果真的好，您卖这么便宜，确实是……您可以卖贵一些的，不愁卖。"

"你不懂的啦，你们眼中只有钱。你说，像你这样的，从别的县过来，路长路远，要不是生病没法子了，谁这样跑？我再缺钱，能赚病人的钱？我本来也不是靠卖这海棠油过日子的……"他指着满屋子的棺材，"我卖的是棺材，卖的是做棺材的手艺，海棠油，我只是顺便卖卖而已。我哪靠这东西，其实，若不是因为这油能治病帮人，我一滴也不卖，全留着用。"

"感谢了，感谢了！"

"这海棠油最大的用处，不是治病，是干吗的，你知道吗？"

"请老板教教。"

"海棠油，是用来涂擦棺材的。"

"啊……"

"不是我夸口，现在，整个海南岛，也只能在我这里能买到涂抹了海棠油的棺材了。我这儿的木板，涂上海棠油之后，不易腐烂、密封性好，人睡在里面，舒服。现在你买别处的棺材，在缝隙那给你擦点透明的油漆算好的啦，哪有用海棠油这么涂的？当年海棠油的加工产业败落后，我知道以后这东西会成为稀罕物，就买了这么些收着。我也想清楚了，哪天家里这些油用完了，我就退休了不干了。我俩儿子都读大学了，他们以后都要在城市生活，他们不会接我的班，我也不想他们冉来打棺材。我把这些油擦完，也就够了。不是我吹牛，你们啊，你们这些年轻人，命不一定比我们好，以后你们死了，装的棺材哪里会用海棠油给你们涂木板？往火里一送，一把灰给你塞进小盒子里……"

　　他的表情不知道是骄傲还是伤感。

　　我当时最大的冲动，是想立即跟他定做一口上好棺材，等多年以后，一趟进去，就能闻到海棠花香。他也不说了，一个翻身，又躺在那张草席上，往阴影里一缩身，又看不到他了。一瞬间，眼前的光忽然就收了似的，我只好走出门外。一股闷热的巨浪在门外列阵凝聚，等着我的进入。我每跨一个步子，都觉得空气中那些酸辣的植物气息是黏稠的，要把活在其中的我给腐蚀掉，要把我变成那气息的一部分。

　　那老阿婆仍懒洋洋地靠坐在椅子上，闭着眼睛，似睡非睡。

　　那群小孩子仍旧在跳房子，永不疲倦。

　　小车两三个弯，十字路镇又被热带植被淹没了。这些植被犹如绿色的海洋，它们用凶猛的气息，填满所有的缝隙。我想在路边寻找一棵海棠树，却发现这种寻找是徒劳的，不仅仅是因为各种植被太茂密了，更因为我根本不知道这种学名叫作琼崖海棠的树长什么样。我当然可以打开手机搜索、了解一下这个树种，但我并没有停下来的欲望。我把小车开得像一艘船，在绿色海洋中荡漾。那装了海棠油的矿泉水瓶，就像一棵疯狂的海棠树，在我的车内疯狂地盛开了海棠花。

海上告别

台风要来了。

无论是电台的天气预报，还是相关部门的一次次电话通知，都显示这一次风还不小。对于常年在海上生活的疍家人，能从海面上波纹的变化、天上云层的堆叠，看出这场风非同一般。无论如何，这一趟，得到岸上躲一躲。疍家人适应了衣食住行都在海上，但当海中有风暴时，还是岸上更安全些。这个渔港聚集着无数疍家人的渔船，渔船下面是网箱，养着鱼虾蟹贝等。船舱被装修成了房间，摆放着日常起居之物，甚至还摆放了电视、电冰箱——电线从船顶上接入。相邻的船连在一起，像是浮在海面上的城市，像是火烧赤壁时曹操的船队。在很多年里，他们的船并不是连在一起的。他们的船行在海上，生命时光都在海浪的摇摇晃晃中过去了。他们在船上出生、长大、结婚和老去。现在，很多人在岸边有了房子，遇风就上去躲一躲，有些读书的人，走得就更远了，住到大城市的高楼里面去了。

但也还是有人，更习惯船上的生活——他就是。

她，应该也是吧？

他把自家的船收拾好，各种家具收拾到机船上，往岸上运，不能把这些值钱之物丢给大风。连成排的大船，只能仍旧连着，大风过后是什么样的景象，没人知道。自从十几年前，相邻的三亚市修建了一座高一百零八米的海上观音以后，从海南岛南部造访的台风，基本上都绕道而行了，他们过了很多年安稳的日子。有人传说观音显灵，柳枝一甩，就把台风吓跑了。多年的船上安逸，让这一次的紧急上岸，显得有些狼狈。各家人匆匆往自家机船上搬东西的时候，都显得有些慌乱。

成年之后，他有了自己的船，和父母的连着，收拾完父母船上的东西，把他们安顿到岸上住下，他才开始收拾自己的。他便是在这时看到了她。他知道，她船上可收的东西不多，她一切从简。十余年前她的父母在一场意外中丧生之后，十来岁的她在众人的帮扶下长成了今天的模样。她自家的船上，空荡荡的，只装着她一个人，所有的日用品，都能少则少、能简则简，她像是渔港的一个出家人。但也是收拾了一些包裹的，她一个人搬上搬下。

他开动机动船，过去帮忙："也要上去？"

"躲风嘛！"语气冷冷。

"我帮你。"

"没多少东西。"

他爬进爬出，帮她把包裹搬上船。此时天色有些发暗，乌云压顶，风还没有大起来，但还是让人看着天色，脸也跟着黑沉起来。

包裹把机船一点点压低。

她说："风过后，我不再上船了。"

"不上船？"

"对，在岸上了。"

"在镇上？"

"不。去省城了。朋友在省城有门路，让我也去看看。你看，我就这几个包，很方便，拎起衣服就可以走了……"

他心里有些堵，或许，她那么多年在船上能简则简，可能并不是她需要少，而是她一直想着，随时要走的时候，拎着包立刻就能走。这么些年，她父母亲的一些亲戚一直很帮她，她也默默地在船上活着，把这片海当成眼睛和内心的边界。近些年来，渔港上做起了旅游的生意，很多人在自家船上招待一些游客，海鲜的生意越来越好，她在一个叔叔家的海鲜店干活，忙完之后，就回到自己那条空荡荡的船上，没人知道她在干什么。现在，她要出去了。

"我也是临时想起，就决定出去。"

"临时？"

"是，没这风来，没收拾这东西，也没想起要出去。其实，也想过很多回了。很多回我躺在船上，想着，岸上，那些看不到水的地方，是什么样的。那时候也就是想想，过一天是一天。这些年，连台风都不从我们这里过，我们没收拾东西的机会，我从没想起还可以出去。"

"外面挺大的，我出去过。各种颜色亮瞎眼，不像海上，只有蓝。"

"你出去过？"

"有去也有回呗。"

"风过后，我就走。我这船也交给我叔了，我在他那儿多年了，一直照顾我，这船给他的海鲜店吧，他拉去跟他的船连着，能多一个包间。"

"船也不要了？"

"不要了。船空着，会老想着。船在水里一摇一摆，躺了那么多年了，晚上有月光照在水面上，那水浮着一层白。还是给叔叔吧，旧东西了，不值几个钱。"

"你是说，因为这场风，你得离开了？"

"可能吧。谁说不是呢。"

"要是最后风没来，拐一下，绕走了，你还会走吗？"

"……应该也要走……因为这场风，让我知道，我要走了。风提醒了我。那么多年，我很听别人的话，现在，我想听听风的话，听听我自己的话。"

她的包裹不多，仅她叔叔家的机船就装完了，他的船根本没用上。他硬是把两个包，装到自己的机船上。她想抢去，没抢到，她摇摇头。

"那走吧。"她驾着叔叔的机船，在前面，划开水纹。他驾着自己的机船，跟在后面。他试图完全压住她划开的水，试图用一艘机船，去重复另一艘机船驶过的路。水路不像沙滩，可以留下清晰的印迹，水路的印痕，转瞬即逝。

乌云愈加厚重。他想过无数种来给她帮忙的场景，却从没想到过她即将离开，而且那么决绝，不留后路。很多转变，是忽然之间就到来的，就像是这场台风，让在这个避风港里安逸了十多年的人，全都手忙脚乱了起来。这一次，三亚的海上观音，还会像往年一样，保佑着这里，把台风吓走吗？

机船到岸，也就几分钟的事。她在机船上，没有扭头，风把她的长发吹得飘起来。他跟在后面，希望时间停驻，希望这段水路一直延伸，没有尽头。

她并没有看到，他在她身后，已经伸出手，练习了无数种告别的姿势。

没一种让他觉得满意。

台 风

一

　　老王明显感觉到了镇上闪闪躲躲的目光。

　　他是木讷的人，这些年也越活越像一根木头，朽败了。这根木头察觉到了异样——其实，又何止别人会用那样的目光看他，他洗完澡，梳着那几根稀疏的头发，也对着镜中人那张渐渐变色的脸感到诧异。起先是红润褪去，接着土灰色泛起，最近，颜色越加深了，黄中泛紫。也不局限于脸部了，浑身都这样，只不过，其他部位被衣裤和鞋子遮盖，他又常把双手缩回衣袖里，旁人能看到变了颜色的，只有他的脖子和脸。镇上人有时也问几句"身体怎么样啦"之类的话，可他耳背严重，能看到别人嘴唇的颤抖，却听不到多少声音。

　　他三弟跟他提过几次，得去医院看看，不能拖着。女儿婚后不久，生下的小孩不到半岁，正是火烧眉毛的阶段，也许久没回镇上看他了，没发现他换了人种似的，肤色都变了。女儿从叔叔口中听到了消息，打电话催老王赶紧到省城去，她好带去医院检查。他并不知道，女儿从三叔的描述中，再到网上一查，已悄悄和三叔谈论好他住院的诸多事宜了；他也并不知道，弟弟和女儿其实对他的开刀不抱多少希望，但，总得做吧。

其实，镇上离省城不远——这本就是隶属于省城的一个镇。女儿婚后不久，和女婿一咬牙，交了首付供了套二手房。他去住过几回，起先还好，超过三四天，饱受失眠之苦的女婿的目光已经不太温顺，逐客令没下，和女儿说话的声音倒是粗多了。幸亏老王耳朵不灵，倒也能装聋作哑。但他最多也就住个一周，就返回镇上，他怀念那个生活了快七十年的小镇。

女儿的声音几乎要把他的手机喇叭震出来，斩钉截铁，不容推脱，立即，马上。他出门前，整理了身上的衣服，穿戴齐整、洁净。锁好房门，他回望了一下这间老旧的瓦房。这原是镇上陶瓷厂的一间厂房，他作为厂里的一名老工人，一辈子活在这个陶瓷厂旧址的范围内。多年前，陶瓷厂有过辉煌的年月，那时他还年轻，厂里人头攒动，在这浩浩江水岸边，所有的气息都是催人奋进的。进入上世纪九十年代后，厂里日益经营不善，终于在某一任厂长手上宣布倒闭，工人凄凉四散。厂是倒了，却肥了厂长，他成了镇上首富，后来从经营家庭作坊开始，发展成了一个大服装厂，在省城的房子据说不下十套，而他起家的钱，就是陶瓷厂倒闭后流入他口袋的国有资产。工人各回各家，唯有老王，家中兄弟多，没房可挤，硬着头皮仍住着老厂的那间宿舍，成为破败陶瓷厂的守墓人。大老板要征用老厂那块地的传言一直没绝过，到了那时要去哪住，老王没敢去细想，但那天既然还没到来，这淹没在一片残垣断壁中的房子，就仍是他的家。怎么不是他的家呢，那些年里，他和妻子在这里养大了女儿，又和女儿在这里一起送走了妻子……一想到妻子，他脑子轰然一阵空白，那年遭受电击的感觉又回来了。

他到茶馆坐下，店家上了一杯绿茶，多加了三勺白砂糖。这劣质绿茶梗加白糖泡出的又苦又甜的味道，成了他体内的一种瘾，每天不来两回，他心神不宁。茶馆里人声嘈杂，耳背的他不受骚扰。茶水是滚烫的，从喉咙流淌到胃，他缓缓舒出一口气：

"走！"

二

更多的时候，老王觉得自己耳背严重，其实是生活对他的补偿，他可以把大部分杂音都隔绝掉了。回想起来，前半辈子几乎都是争吵声，吵了几十年，吵吵吵——好了，听不到了，清净。他的耳背是在某年的一次电击之后发现的，一场台风吹倒了废弃陶瓷厂的一根电线杆，他从那片浓绿的地瓜叶里跨步过去，却踩到了其中一个线头。巨大的电流把他瞬间击昏，庆幸的是他摔倒后，身体的重量反而把他扯离了电线。他的头开始掉发，显露出光亮疤痕。他的行动也迟缓起来，一直到发现小镇越来越清净，他才察觉到消失的电流带走了他的大部分听力。

老王的弟弟、女儿、女婿和医生在商量着他的病情时，他都听不到，也不愿去听，好像那是与己无关的事。他也曾半说半比画着问女儿他得了什么病，女儿喊："用普通话才能说，我不知道该怎么跟你讲……你听得懂吗？叫作……"女儿用普通话甩出几个拗口的名词，他一个也没听懂。

女儿只告诉他，在医院住着，医生要观察，让他配合。他唯一感到奇怪的是，以往情感淡薄的三个弟弟，会每人三四天，轮流在医院里守着他。那三个弟弟都生活得很拮据，但至少每人都有儿女，有事了，可以互相照应。他养着一个别人送来的女儿，没人说什么，可他常常能感觉到种种目光里的多重含义。三位弟弟的轮流守候，让他不得不多想了一些事。

他每天就在病床上等待护士来给他换药水，瞪着眼睛看病房里的电视，那些无声的画面不断闪过，像他的前半生。到了第十天，女儿来告诉他，医生说，经过前些天的打针，缓和过来了，可以手术了。他也就沉默着被推进了手术室，出来的时候，他的腰间已经别着一个透明塑料袋，塑料袋上的一根管子插入他的体内。他没法表达那种感觉，一根管子从医生切开的口子那里，侵入了他的身体，他随时都有把细管子扯掉的冲动。但医生、护士、女儿和三个弟弟都在警告他，别打那根管子的主意。

他知道，自己得学会和这根管子相处。

这根管子几乎吸引了他所有的注意力。在他的注意力之外，他的三个弟弟和女儿，已经在时不时的眼角余光扫射中，商量着他的后事。他年纪大，身体底子又不好，医生并不建议化疗。所有人开始为他倒计时，唯有他，对那根侵入身体的管子，充满难以说出的尴尬和愤怒。

他的三个弟弟开始为他寻找墓地，并商量着如何轮流看护，以及哥哥过世后，祖产里的那些部分如何分。女儿并没有跟三位叔叔争什么，她是女的，已经外嫁，更何况，她在血缘上并不属于这个家族，不愿去掺和这些纠葛和小利。她当然也知道，三位叔叔在此时愿意轮流担负他们作为兄弟的责任，并非完全为了那点说出来都难堪的祖产，而是出于地方习俗——把病重的人好好送走，才能让活着的人心安。

耳背的老王，和大多数杂音隔绝了，可仍有很多声音在他耳边响起，比如说，死者的声音。这是近一年来的常事了。这种情况甚至出现在人群中，喧闹的茶馆里，他并没有听到邻桌或者对面那人的声音，却听到某种飘然若无的空旷之声，像对他说的，又像是无意地飘过。他记得这声音属于某个人。有时是前街卖猪肉的李大头，其大嗓门往往能在市场的喧嚣之中，粗暴地传到另外一头，可这李大头，在去村里收活猪时，被一辆运沙的大卡车碾死了。有时那声音是老电影院斜对面茶馆的八字胡，他死在一场和儿子的争执后，一根绳子环住脖子，吊在自家房内。李大头的嗓门仍大，八字胡也还阴阳怪气，老王每次想听清楚，却总是会被旁人打断，或是拍他肩膀，或是对着他的耳朵喊话。

他没法跟别人讲这些——尤其是听到他死去老婆的声音，更没法讲。老婆的死，是老王不愿回想的事。一场急病让她躺在医院里，他愣是筹不到手术的钱，十几岁的女儿，哭着求他想法子，他便去求几个兄弟。个个穷困的兄弟，也拿不出，女儿眼泪汪汪四处跪求，却只拎回几百元。父女两人绝望而凄凉，眼睁睁看着病床上那女人由于医院停药而断气。这事之后，女儿瞬间长大。老王没法安慰女儿，只能把这当成自己的失败，失败到看着女人死去而无计可施。耳背的他，听到的老婆的声音，一半是叹息，一半是劝他多吃、多睡。这些劝慰之语成了他最深的秘密。除了清明，他并不会专门穿过小镇南边，去往江岸的那片林子里看妻子的坟墓，可有时从镇上踱步，却总会在忽然抬头间发现，迈开的脚步，总是指向妻子安眠的地方。那里江风浩荡，林风湿润，热带植被遮挡住了所有隆起的土堆。

插入体内的那根细管，不断地从老王体内往那透明塑料袋运出紫黄色的体液——血？胆汁？或者……老王也说不清这到底是什么。女儿跟他讲，他体内有些地方堵住了，若是没有这根管子把体液排出，就没别的法子了，总之，他还得在医院待着，待到所谓的病情稳定，他才能回到镇上。医院里的嘈杂与他无关，他担心的是，女儿要如何付得起他每天卧在病床上的医药费。

他听到医院重症病房里，有时会传来轰鸣之声——那是病重不治者灵魂告别身体的声音。他从没想到，原来人离开，竟会发出这么惊天动地的声响。他更没想到，这声音那么大，可别人却听不到，以前年轻的自己，也听不到。一般来说，那轰鸣声持续五分钟后，撕心裂肺的哭声会把医院的夜撕碎。

他已经耳背到、老到、或者说病到，只能听到人死去的声音了。

三

从病房里滚动的电视屏幕上，老王知道，台风即将到来。

这是七月中旬，天空还没有多少台风到来前的预兆。老王六十九岁了，见过的台风太多，不觉得这一场又有什么不同，更何况，这是在省城——城市不但没有夜晚，连台风也被驯服得像风扇里吹出来的，能折腾出什么来？每天，二弟、三弟或者四弟，会到医院旁边打饭送到病房里面来，老王就在床上吃。那个和身体相连的透明塑料袋，悬挂在床头的铁架上。老王羞于见人，对他来讲，这个装着他体内流出来的怪异液体的袋子，是一个多余的器官，他有着"畸形"的身体。手术后住院的十几天里，他从未离开病房，只是偶尔在提着装有体液的塑料袋上厕所时，他会在病房阳台稍微站一会儿。

"听说这次台风很大，叫什么威尔逊……"二弟不敢确认，翻看了手中的一张都市报，"哦，叫威马逊，听说有十多级……"

老王问："什么逊？"

"我说台风，这次的台风，很大，明晚就来了……"二弟凑近老王耳边，声嘶力竭地喊。老王的二弟也是六十好几的人了，身体虽说还算健康，但在镇上，实在没什么来钱的门路，这些年也过得窘困。此次守着这位患了绝症的大哥，虽说住院花的都是侄女的钱，可是……可是，得抛下手里的活才能来守着，他可是一歇下就没收入的啊，他越守越发愁。老王的女儿和三位叔叔开会，强调了一点：不能跟老王提"癌"的事，就说是血管有点毛病，一提"壶腹癌"，估计老王得被吓死。老王的三个弟弟都呵呵苦笑，这事能瞒得住？

"这台风，来得早。我得回我那屋子看看。"老王朝二弟说。

"就你那破房子，被风卷了也就卷了。出院后，你搬去我们那儿住，不用自己住。"老二又得喊。

"房子破，可我住惯了，不去和你们挤……不行，风要来，得回去看看，东西没收拾，风大，屋里都是水。"

老二喊："你住院呢，回什么回，我打个电话，叫我儿子去你那看看，帮你收拾……"电话打完，老王还是坚持要回。老二冷冷道："你以为我们不想你出院？你住这，所有人都受罪。我现在就打电话叫你女儿来办出院手续。"

听老二提到女儿，老王就沉默了。

傍晚时候，老王决定在台风到来前，走出病房看看。他自己拎着那半袋体液，慢慢移步，怕动作大一点，就把插在体内的那节管子搞松了。老二慢慢跟在他身后，他移步，老二也移步。穿过医院走廊时，有护士来问情况，老二回答说："下楼走几分钟。"来往医院的病人家属，也都以奇怪的眼神，望着他身上的管子和塑料袋。这是省城一个区医院，院子极小，又停满了小车、电动车，实在没有踱步的地方。

一阵阵的乌云，在城市顶上汇聚，千军万马已经赶到半路，烟尘已经扬起，只等战鼓敲响。前来打探的风已经呼呼作响，几棵椰子树的叶子，在风中练习剑法。

"风大，你还是回房去，别……"老二的话，老王好像没听到，他往医院大门走去，老二只能跟过去。老二闷着一肚子气，台风要来，他家里也全无准备，可他已经被这个哥哥捆死了。

老王左手指着医院对面一个人满为患的所在，问："那是什么地方？"

老二喊："茶馆。"医院里大堆病患家属，都围聚在这茶馆里——里面飘着的，就不仅是热茶和点心的香气，也有欢喜、悲伤、出生和死亡。

"茶馆啊……"老王想起自己独居镇上的日子，就是一壶一壶的热茶，消遣了他单调寂寞的时光。而真正心无旁骛地喝一杯茶的日子，今后还能有吗？

"茶馆啊……"

一夜的风都只是前戏，第二天白天也是前戏。傍晚时分，漫长的前戏终于完结，大幕拉开。这场"威马逊"台风是老王活了六十九岁以来经历过的最大一次风暴，即使在城市高楼的掩护下，即使在医院的房间里，也能感觉到那种摧枯拉朽。病房往阳台的门都锁死，安在阳台外面的厕所也不能用了，病号需要如厕，也只能到病房外的过道尽头去。千万只鼓在敲响，千万匹马在奔腾，千万座大喇叭在播放同一阵呼啸，街面上的广告牌被吹掉，树枝嗷嗷被折断，砸到街边的铁卷门。有些老旧的房子，外墙的马赛克瓷砖，被风的手硬生生扯下来。雨不像倾盆——没有那么大的盆——是整个南海升上天空，再轰然而下。雨水的重力，能砸凹小汽车的顶。

大部分的小区，也都断了电，陷入漆黑。

从漆黑里浮现在老王眼前的，当然是过世好些年的妻子和幼小时的女儿。妻子是爽朗之人，可惜，跟了他，命不好。两人结婚后，一直没法子生，到处寻医问药，前前后后忙了十来年，各种法子都用尽，也没能改变现实，终于认命。在家族里，老王可就再抬不起头了。妻子郁郁寡欢，老王比妻子更闷闷不乐。有一年，妻子从她一个堂妹那抱回一个刚满月的小女孩。妻子的堂妹之前生了一男一女，这第三胎又是个女的，可堂妹夫是老师，这女儿要是再养，工作得丢了。这小女孩就成了老王的掌心宝。

老王起先并不认为自己能接受一个抱来的女孩儿，可没多久，他和妻子紧绷的脸，就都融化在小女孩的笑声中了。那些年，镇上陶瓷厂还在，老王还是陶瓷厂两百来位工人中的一位，工资虽不高，但比起周边村子里的农民，算是好过多了。为了多干几年活，多领几年钱，老王还把年龄往小里改，而且一改就是七岁。女儿小时，日子是甜的，家中不宽裕，可两人把所有能给的，都给了这个女儿。这女儿也懂事，唯一的缺点，就是会长大——若永远那么小，该多好……现在，女儿也嫁人了，还生了个男孩……太快，什么都太快。

女儿读书很用功，镇上的教育条件不好，但她还算是学得不错，可惜……可惜她读初中时，妻子患病过世了，也花光了家里所有积蓄。老王勉强供着，女儿勉强读完了高中，就到省城打工了，并没有念大学。陶瓷厂破产后，厂长发家，家产上千万，而两百来位工人全都下岗。下岗几年后，到了退休年龄了，国家政策也一直在调整，其他人都有退休工资领，唯独老王没有。女儿去查才知道，老王当年为了多干几年活，把年龄改小七岁，按照档案年龄，还未到退休年龄，故而没法领。从陶瓷厂破产到六十七岁的那些年里，老王就是在镇上做些杂活，女儿打工后，给他支持一些，他活得不像个人。六十七岁了，按照旧档案，他满六十了，可以领退休工资了，算是熬过来了，却没两年就患了病。

台风……足够大的台风……此时医院里伤者人满为患，这些即使在台风夜也不得不路过街头的人，在医院里展示着各种诡异的伤口和奇葩的受伤理由。

老王在风雨声里，感到宁静。

眼前顿时一黑，伴随而来的是各种尖叫声。医院竟然断电了，病人都不再说话，静悄悄地等待，不知道会等到什么。有些人点亮手机屏幕，从各个病房里划过破碎的微光。有护士在过道点上一些蜡烛，医院发电是在二十分钟后，而发电机电量太小，供不了所有病房，只有手术间和 ICU 病房亮了。

阵阵的嘶吼在进入下半夜后就减轻了，从天空中倒灌下来的大海也疲惫不堪，气息微弱。天终于亮了，二弟出去买早餐，绕了几条街道才回到病房来，浑身已经全部湿透，他拎着冒着热气的面汤，说："街上的树都倒了，雨水淹到腰。走了很多地方都没开门，能买到东西吃，算运气好。"见老王没回应，二弟为自己涉水跨越无数的断枝残叶买回来的早餐不受重视而生闷气，他用尽全力喊道："你还记得医院对面那栋楼吗？开茶馆那家，那栋楼，被风吹歪了，靠在旁边一栋楼上。"

老王仍无回应。

医院也陷入了某种无序之中，之后的几天内，电一直没来，只有重病房和手术室才有断断续续的电。一场超大台风，让医院也陷入了瘫痪，加上伤者人满为患，医生在前来查病房的时候，为了给医院争取床位，跟老王的二弟说，老王暂时病情稳定，不会有大的起伏，倒不如出院，在家静养，也可以省些花费。

二弟觉得高兴，立即给侄女打了电话，可信号瘫痪了——老二望着手机里微弱的电量发愁。水也成了问题，各个病房都开始限量供应，听说很多居民小区，已经停水停电，有条件的人，已经想办法驾车逃离省会，前往乡下避灾。

女儿在台风后第三天，才到了医院，和二叔商量后，办理老王的出院手续。

二弟带着老王，租了一辆的士，七拐八拐，将近两个小时，才绕过满城垃圾，离开了平时二十分钟即可离开的市区。

老王在车窗边，看着重创后的城市，奄奄一息，犹如自己。

四

三天后，老王的女儿就接到二叔的电话，劈头盖脸一阵轰炸。她只是默默地听，偶尔应付一下二叔："我就知道会这样。"二叔嗓子哑了之后，也不想再说了，她听到了二叔发出的某种奇怪的哭声。她掩盖自己的疲倦："都这样了，再住院吧。"在挂掉手机后，她回忆了半个时辰，才从被二叔喊得嗡嗡回响的耳朵里，拣回一些零碎的词语，拼凑出了二叔愤怒的理由。回家之后，老王所居住的陶瓷厂老瓦房，竟然躲过一劫，没被连墙推倒，可屋顶还是被风掀开了一些瓦片。二弟让老王搬来和自己住，老王却坚持要去修屋顶的瓦。二弟吵不过他，只好说，我们给你修。他就去和老三老四商量，谁知道刚商量好，才发现老王已经架起云梯，在屋顶上移动着瓦片。三兄弟用怒吼把大哥喊下来，他还不愿。第二天晚上，老王的脸上再次出现了胆汁般的紫色——他在爬云梯搬瓦片的时候，把插入体内的管子搞松动了。二弟几乎是一脚把门踢得快要从门框掉出，喊："你女儿花那么多钱给你动手术，你爬一次梯子，全毁了。你怎么不替别人想想……"

女儿打电话到医院咨询，给老王动刀的医生说："建议还是去省医院吧，我们这里能力有限，再插管子，估计也难长久……"她骂了一句"操你妈"。这医生早就知道把管子插到体内，稍微行动就会前功尽弃，可还是极力把老王留下来手术——若非台风扫荡了省城，徒生无数伤者，老王仍旧会留在区医院里，每天交着高额的医药费。

老王被送到了省医院，再次休养了一周，碰巧有壶腹癌专家从北方前来会诊，女儿极力联系，专家愿意出手，给老王体内放了一个支架。支架分金属和塑料两种，金属支架用得久，但价格贵，不算手术费就接近两万；塑料支架三个月作废，但要便宜不少，只需三千多。会诊的专家对老王做了全面检查后，问老王的女儿："他还不知道自己病情吧？"她摇摇头。专家说："那就别告诉了，好好过后面的日子。放塑料支架吧，金属的，没必要。"

她瞬间松懈下来，眼泪在脸上冲锋陷阵。专家的话，等于宣告了，老王只剩下不到三个月的日子了。她之所以会泪水泛滥，除了觉得心痛之外，还因为她发现了自己内心竟有了轻松和宽慰——这本不该出现的感觉出现了。他把她从小养大，给了她能给的，也给了不能给的，她并不比那些待在亲生父母身边的孩子得到的更少。在她的手机里，亲生父亲的称呼一直是"姨父"，亲生母亲一直是"姨妈"，可她并不能欺骗自己，她的血液，来自"姨父"和"姨妈"。那种真实感，甚至在还未相见之前，内心已经笃定。但那又如何呢，带大她的，是老王和病逝的"妈妈"。可此时，她竟然在专家宣告了父亲生命的倒计时后，觉得轻松，她为这种"无情"而耻辱，泪涌难抑。

老王在支架手术后，待在省医院养了一周，就昂着头回到镇上去了。他觉得自己应该好了吧，身上不需要再挂着那个让他羞耻的透明袋子了。

五

老王的女儿和几个叔叔商量后，找来族里一位懂阴阳堪舆的伯父，让他在此前选好的墓地里，进行安墓的仪式。这一切都瞒着老王。他进入了生命的倒计时，他的几个弟弟和族人，不得不提前做好准备。她回到镇上，和几个叔叔一同去了选好的墓地，看到一个挖开很浅的坑，几块石头安插到坑里，像要开建的宅基地。她并不能帮上什么，女孩，又不是亲生，她只能旁观——有一些仪式，是旁观也不能的。

当纸钱、香烛和鞭炮轰鸣弥漫的烟气互相混杂时，老王正在镇上陶瓷厂门口的茶馆里和一杯加糖的红茶斗得你死我活。在以往，老王只点绿茶——所谓的绿茶，其实是摘除了茶叶后的茶梗，透明的玻璃杯里，根根刺口。老王习惯了这种苦绿茶加糖的味道，对那大锅煮好的红茶没兴趣。以往并非没点过红茶，却老是喝不完一杯，这一次，他下定决心，要让一杯红茶见底。

女儿从墓地回来，走在这个杂乱无章的小镇中，走回她幼小的岁月。破旧的陶瓷厂旧址，不断地陷入更加破旧中去，厂门面前种满了地瓜，地瓜叶漫无边际、长势惊人，竟有要把那间老瓦房淹没的野心。她远远就看到父亲在茶馆中的自我沉醉，她想向前走去。在母亲去世之前，她只要走向坐在茶馆中的父亲，他总会给她点上一个热乎乎的雪白大包子。父亲自己喝茶不舍得点吃的，可从未怠慢过她。母亲死后，她竟再没有同父亲一起喝茶的记忆了，包子的滋味，又有多久没尝过了呢？

她快步走过陶瓷厂门口，走过父亲和红茶的苦斗。

老王是镇上的闲人。除了待在茶馆里，他会在腰间别着一个眼镜盒，手中拿着一份报纸，在镇上乱走闲逛。小镇小，一个不小心就会滑出小镇的边界。在乡间公路上行走，耳背的他，又不得不被那些常人听不到的声音所迷惑。他死去的老婆，以各种声音召唤着他前去探访，很多回他是在无意识中走到老婆的坟墓不远处才猛然惊觉。他站在林子边缘，踌躇许久，去看也不是，转身离开也不是，在那转圈。有一回他终于忍不住了，进入林子，走到老婆的墓跟前，花草太高太密，已掩盖了坟墓。他在那静静地蹲了好久，走出林子后，立即给女儿打电话，喊道："要是病好不起来，把我跟你妈埋一块。"

"胡说什么！喝你的茶去。"女儿在手机那头喊。

"埋一块……"

"……听不清楚……"女儿用尽了所有力气，喊。

女儿都挂了，老王又才挤出一句："这事总得按我说的来……"

六

有些许洁癖的老王，在家的时候，除了翻阅报纸，就是整理自己身上的衣服。整理完衣服，他便会盯着老衣柜上的镜子看，他不看别的，而是看那胆汁的颜色，会不会重新在自己脸上出现。他很少与别人说话，别人难以得知他的内心，可只有他自己清楚，他有多恐惧。这恐惧来自生命链条的戛然而止——无后的痛苦从没在他内心减退。老王没有看到镜子里紫灰色的泛起，却看到镜子里那人双眼布满惊恐。那插管子的疤痕、动手术放支架的疤痕，泛起从内而外的隐痛，皮肤则满是蚂蚁爬过的痒。伸手要挠，痛和痒却忽然又转移。

老王有时会紧紧盯着某样东西，比如镇上卖芝麻油的摊子，比如街边的粉汤店……他怀疑自己盯紧只是为了死亡到来时记忆不至于消散——他用刀子般的目光，对抗渐渐加剧的遗忘。

在老王的无所事事中，有一件事在镇上引起了轰动。入秋后，镇上陶瓷厂的最后那任厂长投江自尽了。这个厂长当年搞垮了镇上的厂子，自己却肥得流油，关于他和省城某某官员关系好的风声一直存在。有人说他不是投江，只是一个意外，说他当时在考察一个项目，想设立抽沙场，他划小船在江上时，意外翻船，不深的水竟是把他溺死了。更有传言说，不是自杀，不是意外溺亡，而是谋杀——这几年在国内反腐高压下，省内和他关系好的那高官也进入了纪委的视线，厂长的溺亡，是对那高官的调查引起的，是有人要斩断这根腐败的线索。

老王也和当年的老工人凑在一起，听他们的议论，陶瓷厂风光的时日在老工人的嘴边复活。那些年里，每个人身上都有使不完的力气，老王身体还不错，所有的生活都有奔头，可……没了……没了，犹如一场疯狂的台风后，所有东西都毁了。在老王印象中，厂子垮掉后，小镇上所有的活物都变得慵懒、腐败，围绕着小镇周边生长的热带植物，也发出潮湿的刺鼻腥臭。

"连他都死了……"老王试图想起厂长什么模样，记忆却全是糊糊。两年多前，女儿帮自己办理退休工资事宜时，也曾找过这个厂长的，当时他曾给盖过什么章并愿意一同去相关部门理顺关系，他甚至在自己家里，给老王倒过一杯热茶。领到第一笔退休金时，老王对那厂长充满了感激——对其当年搞垮厂子的仇恨也烟消云散。

各色人等，拥堵在厂长建在镇上的那栋最高的七层楼前。

老王闷闷地对自己说："他也死了！"

老王的生活愈加规律：早晨五点半就醒了，但并不立即起身，他躺到六点，才起来洗漱。他六点二十出门，到茶馆靠门的位置坐下，买一份早报。接近十一点，他才从茶馆起身，到菜市场买回肉和菜，回到陶瓷厂的旧房煮中午饭。午饭之后，他睡一觉，下午三点左右，再次出门，绕着镇子走一圈。此时，他或许会再次到茶馆里坐下，或许到关二爷庙门前围观——此时镇上大部分人都聚在这里，热议着下一期彩票是什么数字打头。夜里，他会打开电视机，看一下电视剧，他爱看武侠片和抗日片，刀光剑影和枪炮轰鸣，让他心事柔软。他会在此时想起，多年前，老婆还在，在给女儿洗完澡之后，一家三口围聚在电视机前的场景。那时，老婆常常会抚摸着女儿微卷的头发，好像想捋直——女儿的头发一长了就自然卷。老婆那时常常笑着说："读书要用功，以后啊考上大学，工作了，领工资了，爸妈就享福了……"女儿经常在她双手的抚摸中睡着。两夫妻也不说话，只是沉默无声，在电视机耀出的光中度过前半夜。女儿读书后，为了让女儿清静写作业，看电视的时间少了些，老婆便在灯下给人修改裤脚……如今的老王常常是看着电视，就被一阵钻进窗口的风惊动。他看着这阵无端的风："你来了！"

过一会，他说："走了？"

塑料支架倒是出乎意料地撑了不止三个月，老王也没在这三个月内逐步衰亡。他活过了塑料支架的寿命。支架渐渐失效后，体内的堵塞再次出现，紫灰色又在加重。女儿回来和几个叔叔商量，准备再把他送往医院手术。老王冷冷地说："治不好了，还去医院干嘛？再去割几刀？"女儿喊道："想死还不容易？你不去手术，活不过这个春节。"老王沉默了，他其实想问："是不是癌？"可终究没问出来。

女儿也转移注意力，不断滑动着手机屏幕，查看她儿子的相片，一个处于上升期的生命，一切都是美好的。她眼前迷蒙一片，看不清手机上的画面。

老王最终还是答应了去手术。再次回到医院，再次吊了一周盐水之后，开始手术，换了一个新的塑料支架。养了一些天，身体上多了一个新刀疤，他又回到镇上。其时离春节已经不远，卖年货的摊子摆满大小巷子。

七

春节之前，依照地方旧俗，女儿和女婿回来送礼。女儿买了新衣服、一罐油。老王和女儿说着地方上的话，女婿听不懂，只能陪笑了。老王说："怎么不把小孩抱回来？"女儿说："不方便，颠颠簸簸，还转车。"

年货铺满小镇，还往小镇外面溢出。这是她无比熟悉的地方，她有时很想洗掉自己在这里染上的痕迹。这些年里，她总是憋着一股气般，想活得比那些从小一起玩的姐妹更好。她高中毕业后便出来打工，后来自考了省内师范大学的本科，工作也不断地换，最初是售货员，现在到一家旅游杂志去当主笔，她好像还真的过得不错。自己和老公总算靠两人的努力，在省城买了房，虽然二手，但也给了她一些微弱的安全感。

她内心的气一直憋着——直到她生下儿子，她亲生母亲答应来帮她带小孩后，她才悄悄落了一场泪。月子里的汤，都是亲生母亲熬出来的。亲生母亲明确跟她表示了当年把她送出去的愧疚，并说来给她带小孩，是想偿还那些年里的亏欠。时光和生命的轨迹，能轻易就补偿吗？她很清楚当年因为计划生育，把她外送是迫不得已，但她仍旧满肚子怨气——她毕竟因为那一送，体验到了太多的悲伤。

血缘比任何东西都要真实。和亲生母亲第一次见面起，她心里的天平一直在偏移，她有时甚至会觉得这种偏移是对养大自己却病逝的"母亲"和老王的背叛，可她没法阻止血缘带来的情感爆发。她和亲生父母家，走得越来越近。

女儿、女婿在茶馆里点上糕点，让老王一定要吃完。老王没什么胃口，可也吃了。当父亲、当岳父，不就是这一刻最有尊严吗？他看看周围茶馆里的熟人，甚至想对他们说：看看你儿子，吸毒！看看你儿子，不就是个踩三轮的？而我女儿，靠她自己，住进城里了。这忽然冒涌而出的豪情，让老王精神一振。

女儿递给他红包的时候，说："你女婿给的。"

"给这干吗？"

"给就拿着。"

送女儿女婿去车站时，他有一瞬间，觉得这日子，还是值得活一活的。

大年初二，全镇人涌上街头。这是一位境主的诞辰，又逢大庆，有钱的人都捐了款，在这日举行游神的仪式。游神队伍抬着神像，走过镇上的每条街道。鞭炮声隐隐约约，在老王耳中闪烁，烟味无可阻挡地在他鼻子里冲锋陷阵。有钱的人正在拼命表现，捐款数字都要把别人压下去，好在神的面前炫耀。在以往，陶瓷厂的前厂长是一个风头很旺的人，不但往往捐款最多，自然也是组织仪式的"公头"。可他的意外之死，让他家门紧闭——虽说瘦死骆驼比马强，但有很多双眼睛盯着捐款光荣榜，他的家人怕被追债，也就没有再捐一分，甚至没有出现游行的队伍里。

当大队伍经过被拆得只剩下两块石墩的原厂门前，老王走出房门，站在门前绿油油的地瓜叶中，朝队伍投去一瞥。他眼神有些恍惚，好像看到的不是在游行，而是当年厂子成立时的热闹场面。那是多少年前了？上世纪八十年代初，厂子初设，厂门落成，作为其中一名工人的他，觉得未来日子很有奔头，那时他和老婆虽然也在为未能生育的事而到处奔走，但都还算年富力壮，对后半生还没彻底死心。

三十五六岁的老王，站在新落成的厂门前，站在八十年代的门槛上，心中涌动热望，没有想他的后半生会变成另外一个模样。作为一个工人，那是多么值得骄傲的年代。厂门落成当晚，一向不喝酒的他，竟然喝下了半碗米酒，并在老婆面前拍着胸脯，信誓旦旦地说着什么。说的到底是啥，他后来追问起来，她不愿说，脸总是红红的。这几乎也成了永远的一个谜。那之后，老婆会时常说："你别喝酒了，一喝就乱讲话，丢人。"

过年的拜祖，老王极为少见地参加了。或许是怨恨祖先对自己的不公，老王不愿在重大节日拜祖已经很多年了。偶尔参加，也不随着族人一起，而是等到族人散尽后，他才慢吞吞地前往，把满腹心事撒在烟气中。而今年，老王不仅参加了，还买了一只很肥的鸡，甚至在族人的份子钱之外，单独买了一挂鞭炮。不仅拜祖的仪式一个不落，他还兴趣很浓地和族里的人，谈起了当年修建祖屋的旧事。二弟的小儿子，说到他女朋友，露出一脸尴尬。二弟说："你们什么时候把婚事办了？"老王听不清侄儿的话，只隐约听到他的一些埋怨，大约是家中房子破旧，不宜当婚房之类。二弟也很尴尬。这位侄儿读书不多，但这两年和人合伙，在省城开了一家手机配件批发店，不能说赚到了钱，但养活自己已经不是问题。家里就这么一个境况，说起婚事，总是让人百感交集。

老王只能当作没听到。老王想起女儿出嫁时，为了避免他为难，举办仪式时，她自己出了所有的花费。最初让老王陷入尴尬的，是女儿的婚事要放在哪举办的问题——其时，女儿和她的亲生父母已经越走越近，放在亲生父母那边举办，也是合情合理的。女儿也陷入左右为难，若是选择不对，以后婚姻中遇到什么不顺，或许都会被旁人视为出嫁时娘家都没选对造成的。最后，是女儿的亲生母亲帮她做了决定——在老王家举行。女儿告诉老王这个决定时斩钉截铁："我还姓王呢！"

这句话让老王浑身颤抖，他为此在抽屉里取出老婆一张模糊的旧照，痛哭了一个下午。无疑，女儿的选择给了他极大的安慰，让他觉得二十多年的付出总算没有白费。血缘没法改变，可女儿确实跟着他的姓，她是他确证无疑的女儿。婚礼那天，女儿女婿敬茶敬烟，他脑子一片空白。女儿的亲生母亲也来到老王家，把女儿送出去，送到前来接亲的轿车上，送到噼啪作响鞭炮声里……

游行队伍给小镇的路遗留下鞭炮轰炸后的红纸屑，风吹过，漫天飘红。傍晚，游神的人群全都散去后，老王才迈开步子，顺着游行路线，把红纸屑踩踏一遍，鞋底都染上一层红。此刻，他再次想起女儿还小时，遇到这样的节日，定然是人群中欢笑拍手的一个；更早以前，老婆会对着游行的队伍，一脸虔诚——她不能不虔诚，没有生育的她，所有的希望，都在神那里。她拜尽了镇上大大小小的神，也走进镇上那座破败的教堂，拜了那自西方来的大神。

老王又想到和女儿强调过，他死后，要把他和老婆埋一起，可最后能达成吗？女儿和三位弟弟都不愿承认，可他还是知晓他们已经给他选好了墓地，他还打听到了那地方。有一次他想去看看自己的"墓"，可在还差两百米就到的时候，他落荒而逃。女儿和三位弟弟虽然没有把那个"癌"字说出来，可他又不是白痴，哪有不明白的。住院的病房里，时常有人进来塞传单，那些传单上写着种种治癌神药的广告，哪里发现了什么虫，哪里挖出什么草，已经被制成癌症克星等。老王每看到，都悄悄收起来，揉成团，丢进垃圾桶，以免女儿和弟弟看到后，还担心自己看到了会多想。

老王不愿去捅破，一是因为希望即使是肥皂泡，只要不去捅，

258

只要还没破，总还是色彩鲜亮的；二是因为，一旦捅破，他在他们面前，就是一个可怜的等死者了——他还残存着某些没散尽的自尊。

八

身体再次出现问题，又已经到了七八月的台风季。

这一次不是肤色的紫黄，而是时不时伴有的发烧和疼痛，他先是忍，忍不住了，就去问镇上门诊可否打止痛针。门诊的人早听说了他的病情，委婉地拒绝了，说没能力给他止痛。痛到忍不住，老王给女儿打了电话。女儿沉默了好久，说："知道了。"

电话挂断后，她就立即给二叔打了电话："我爸已经出现了晚期的症状了，开始发烧发痛了……"老二想了好久："……那，怎么办？"她说："叔，我听说堂弟的女朋友，已经怀孕了，前两天他还在微信里张罗着，说要准备拍婚纱照什么的，日子挑好了吗？"

老二说："没。"

她说："还是要尽快挑，我爸开始出现经常性发烧了，晚期的症状已经出现……一旦出现这个，就很快了，哪天都说不准。你们还是尽快找日子，越近的越好。挑太远的，我怕我爸撑不过去。"

"我跟你弟说说，这两天就挑。"

老二把老三、老四和儿子都叫来，在一场即将到来的风雨之前，板着面孔举行了家庭会议。会议很顺利，那小子以往虽挺爱说反话，此时却雷厉风行："结。"决定之后，屋外已经下起了暴雨，没什么风，但雨很大，把整个小镇笼罩其中。经历过去年那场摧枯拉朽的超强台风"威马逊"之后，大家都对眼前这场雨不屑一顾。

剩下的，就是和女方商量之后，送礼、索来八字，拿着八字去找先生挑日。因为形势紧迫，和先生说清利害后，让尽量往近里面选。先生最后选了当月月底，距离选日那天，二十几天左右。婚期一旦定下，全家人就投入了紧急的准备当中，而如何保证疼痛一日日加重的老王能够撑过结婚，也变得很重要。老王的女儿，决定给二叔最后、最大的支持，也维护老王最后时刻的尊严。

她回到镇上，叫了一辆小车开到老陶瓷厂瓦房的门口，等在这场持续了三天还没停的雨水中。雨水敲打着小车的车顶，噼啪作响。瓦房不远处的江水已经上涨，颜色浑黄。她进去叫老王再上省医院。

老王无比平静，淡淡地说："又要上医院？"

"是。"

"又要换支架？"

"不清楚，医生检查了才知道。"

"你得告诉我，是不是癌？"

"什么？"

"是不是癌？总得告诉我，不能让我死了也不明不白。是不是癌？"

"是。"她沉静得自己都害怕。

老王还是如再次遇到电击。他在心中自我猜疑、求证了多回。

可当确证无疑的消息传入耳中，仍旧让他震惊。本来以为会看淡，终于还是没能顶住"真相"席卷一切的巨大威力。当年被电击的瞬间，浑身所陷入的撕裂，再次在身体上复活。他极力控制，可发抖的幅度越来越大。屋外的雨，也被他的发抖引发，轰隆隆倒下。老王的嘴唇抖着："既然是癌，还去医院干吗？这钱，不花了。"

"不花不行。"

"支架换了几回，你欠人多少钱？我这人命衰，当初就不该抱你当我女儿，害了你前辈子；我再去医院，就害了你后辈子。你什么时候才能把钱还完？"

"钱的事，不归你考虑。你跟我上医院。"

老王不说，拎起一件挂在木柜玻璃前的大衣披上——女儿带进来的湿漉漉的风，让他觉得冷。她说："去不去医院，现在已经不是你自己的事了。你侄儿要结婚。你要放弃，也得等到他婚后，而不是现在。你在镇上活了七十年了，知道口舌的厉害。撑不过你侄儿的婚事，你死了也会被别人说几十年。"

老王沉默。

她流着泪："你得去医院。到底现在到了什么程度，医生观察后才清楚。除了堂弟的婚事，我还想你多撑一些时间——还有一个多月，你就七十岁了，再怎么样，你也得把这个生日撑过去。"

听到"生日"，听到"七十"，老王的身体又抖动了。他喝过镇上不少老人的寿酒，都欢喜热闹得很，而自己的七十大寿，却要"撑"才能"撑"过去。

老王把大衣的纽扣一粒一粒扣好。这是一件老旧的中山装，当年厂里冬天穿的工装，上面不少断线的地方，老婆都曾补过。老王把往事全都穿到身上，自己也安定多了。他说："今天，我就不去医院了。你先回，我看这场雨，明天就停了。什么时候雨停了，你来，我跟你去。明天要没停，后天停，你就后天来。去年台风，我在医院过的，眼前这场雨，我就在屋里待着，哪都不去。"

她知道再怎么说也没用了，走进雨中，浑身湿漉漉上了门口的车……

老王期待着雨水变大，可雨势却在不断减弱，到了傍晚，只剩下淅淅沥沥的绒毛雨了。老王一直在房内等待，希望风能大起来，大得像去年那场台风，他多想见证一下去年台风夜，这间屋子的瓦片被风揭开、刮走的情形。雨小之后，电很快就来了，小镇上稀疏的灯光逐渐在外头亮起。老王没有去拉灯，没有让黄灯泡把房间侵染，他坐在黑压压里。

老王决定走出房门，小镇的灯光又大多熄灭了，后半夜把小镇浸泡在蓝黑的墨水中。屋外地上都是水，老王走在悄无人声的街巷上，走在属于自己的王国里。在此时，别人听不到而独有他能听到的死者的声音，喧嚣沸腾。这些声音涌来，他们的面孔也交替出现，终于在他面前，行走成往日热闹的集市，行走成一个盛大的节日。逝者成群结队，老王却很着急，他想在"人群"中寻找的"人"，却形迹可疑——得细细辨认，才能从嘈杂的声音里把她筛选出来。可她没有现身，他只有不断跟着那声音往前。

他极速行走在小镇的街巷上，像深夜一闪而过的盗贼。

很快地，他走出了小镇的边缘；很快地，他穿过木林；很快地，眼前无路了……眼前，就是那条从小镇边上流淌而过的大江——这条海南岛上最大的一条水，在注入大海的地方，也流出了一个叫"海口"的地方。后半夜的江边，风大得可疑，好像这两三天里只下雨不刮风，是因为所有的风都汇集到此时、此地，等着老王来吹。

　　风不能在屋里等，得追。老王这么想的时候，去年那场超大的台风就出现了。

　　台风迎面而来。

海里岸上

岸　上

　　午后三点半，老苏搬着条凳到家门口不远处的木麻黄林中，开始他一天中最惬意的时刻。木麻黄林里吹过来的海风，裹着浓重的腥臭味。这种味道好像能腐蚀一切，海边人家的门窗，若非擦拭上厚厚油漆，就会在其摧枯拉朽之下，锈迹斑斑。有的人锁上房门离开半年，回家时，阳台、窗口的防盗网就会在"手掌"的揉捏下，碎成满地锈渣。唯一能抵御海风侵蚀的，只剩下海边生长的植物，尤其是木麻黄。木麻黄在海风的梳理之下，针叶根根分明，好像是浮动在空中的有形光线。老苏的工具不复杂，不过是木工用的小斧头、凿子等，加工对象是一块木麻黄树的老根。两年前的那场超大台风，让靠海的地方满眼狼藉，风过后他走在折枝断干的木麻黄林里，内心滴血。一棵被风连根拔起的木麻黄树绊倒了他，爬起后，

264

他望着那团盘根与错节，心有所动。几天后，他借来锯子、斧头，把老树根截断，找来两个后生，抬到院子里放着。老树根在院子里放了快两年，他还没动手，在此期间，他买了木工工具，在很多小玩意儿上练手。真正对老树根动刀，是在大半个月前——他觉得，可以开始了。

他把交错的根须全都除去，剩下光滑的木块。他学会了用铅笔、量角器、尺子等，还开始画图——那是一艘船的造型。他想把那艘记忆中的船，以缩小的方式，用一整块树根雕刻出来。他并不急于完成，每天在这片树林里的时光，是独属于自己的。阳光仍然猛烈，海面吹过来的风是有重量的，但从此时到傍晚，风会越来越凉快。他刻几刀，就停下来，抽一根烟。收拾回家之时，地上丢了半包烟的烟头。他其实很少坐到暮色起，而是在接近五点时收拾整齐，到镇上的茶馆里喝杯下午茶。镇子和渔村挨着，是海南岛上最著名的一个渔港，多少年来，一代代"做海"的人，从这里扬帆航向广袤的南中国海。穿过村头往北就是港口，但他步子很急，不敢多看那个他离开、回来无数遍的海港。他已经很久没有机会到海上去了。

茶馆里人声鼎沸。说话的人为了压住杂音，只能把声音喊得更高——人人都在嘶喊，却连对面的话都听不清。老苏还是听到了一些，大概是关于这座小镇的。小镇近些年已经完全变样了，早先那个落魄、凋敝甚至可以说被某种悲伤笼罩的港口，显示出某种迸发、昂扬的新面貌，高楼快速建起，还修建了海洋工艺品一条街，引来不少游客。街角那家店，据说生意最好，老板早已是千万身家了。但有人觉得发展的速度还不够快，还得提提速——提速最好的办法，是得到上级部门的重视。

其实，镇里在出方案时，问过老苏意见的。他在会场听着，只是听，一言不发，被问急了，就说："我不出海多年了，脑子又坏，这些东西，哪懂？"后来证明，他的沉默让他保留了一些脸面——和他年纪差不多的老渔民阿黄，中气十足地提了几十条建议，条条言出有据，没一条被采纳。最终的方案，是北京一个文化公司的三个90后设计师拍着脑袋做出来的，眼尖的人，可以看出《海贼王》和《加勒比海盗》的气息。但不管怎样，这镇子算是焕然一新了。各级领导在镇上的行程，通过电视、报纸、网络等媒体的报道，把镇子推到了全国人民面前，给小镇带来了很多陌生的面孔。

领导考察之后，镇里尊重阿黄，给他写了一封信，感谢他为小镇的发展建言献策。阿黄把那封信甩在老苏面前，脸变成了彩光灯，各种颜色交替闪耀。老苏说："阿黄，消消气，你也活这么久了，气还这么大？该提的建议你也提了，人家感谢信也给你写了，你还气什么？吃茶，吃茶……"

"我们这些人，就该死在咸水里，不该留下来见这个！"阿黄再拍桌子。

"吃茶，吃茶！"

阿黄不作声了。

老苏年轻时出海，和阿黄从未同船过，但他听过阿黄的勇猛之事。阿黄的水性好到在海里就正常、上岸就发晕，他曾说过，把他四肢捆绑丢到海里，他仅靠耳朵根、舌尖划水，也能安然无恙回到渔村。但阿黄却是同一辈人里最先走下渔船的，五十五岁一过，就浑身不适，海风一吹便骨头痛——据说是他泡在水中的时间过长，寒气侵入了骨头深处。这事也让阿黄在同辈人面前抬不起头："凭什么那些家伙比我在船上多待十几年？"他还变得神经敏感，一看到别人低头说话，就觉得是在暗中嘲笑他，脾性愈加暴躁。一暴躁，身上一些关节就发痛，又得压抑着，压出一肚子闷气。他是一名自恨没有死在海中的好水手。

阿黄去木麻黄林里看过老苏的雕刻。他前前后后细细看了十多分钟，越看眼睛越发红："你在刻那艘船啊？你在刻那艘船啊……"老苏取出一根烟点着："你能看出是哪条船？渔船不都长一样嘛！"阿黄摆摆手："哪里一样，不一样，我知道的，你刻的，就是那条船。当年要不是我运气好，生了一场病，没赶上出海，我也随着这船，死在南海了……我该死在海里的……我觉得我是偷生的人，这些年都是偷偷活下来的。晚上睡着，骨头缝里，海风直接穿过去，把人都打散了……"

老苏拍拍阿黄的肩膀："这真不是给你刻的，我哪知道你心里想着啥，我给自己刻的。闲得慌，手不动一动，人就傻了。"

阿黄也拍拍老苏的肩膀："你还会刻这好东西，我也有一件宝贝，藏着没给任何人看，来来来，你跟着我，带你去看看！"

"不去，不去。你能有什么好东西。"

海 里

"出海的人，永远不能喝酒，否则你总会在醉后淹死在水里。"——数十年前，老苏的父亲在老苏上船之前，已经无数次这么警告过他。老苏当然是懂得水性的，他三岁的时候，已经能独自在海面划游，在大人们的笑声中玩潜入水中又浮起的游戏。这不算啥，哪个渔家孩子不这样呢？但近海划游与登上渔船出征远海，是两回事。出海，是男人的事，岸上是属于女人的。风浪和噩运，被男人的身躯挡住，女人们则要面对难熬的等待和寂寞的无眠。

出远海之前，老苏所有关于海的记忆，都跟黄昏和月夜有关。

黄昏是酸楚的。通讯不发达的很多年里，等待是唯一的联系方式。女人们每到黄昏，就会在岸边的木麻黄树和椰子树下遥望大海，希望铺满黄金的水面上，出现一个黑点。黑点逐渐变大，变成她们的男人以及船舱里的鱼虾。这样的等待，有等到的欢喜，也有颗粒无收的失望——有时是绝望，出海的男人和那艘船，永远留在某一次风浪里了。月夜则是欢腾的。当月夜下有人，说明渔船已安然回来，女人们悬着的一颗心，暂时回归原位。渔获从船上被卸下，在月光下，鱼虾蟹闪耀着奇特的光泽。有些竟然是透明的，月光穿过鱼虾的身体，散发着晶莹的光。这是小孩子的节日。

老苏十三岁第一次上船。父亲是在出海的那天早上，才告诉他这个消息的——若提前告诉，怕他过于兴奋，睡不好，影响在船上的状态。船离开岸边的时候，老苏陷在兴奋里，不去看岸上老人和女人的挥手。船驶向碧蓝深处，兴奋很快化为乌有。四望全是一样的，只有水天，只有单调到花眼的碧蓝色，航向掌握在父亲手里、心中。船行半天之后，老苏已经把该吐的都吐出来了。船员上前帮他捏肩捏背，被父亲喝止了："才刚开始，后面两个月都要在水上，怎么受得了？让他吐！"

父亲不理在船上打滚的他，只顾观看太阳，对照着手中的罗盘，有时会从怀里掏出一个被布裹得严严实实的小包，打开那本纸张灰黄的小册子。那么多年了，识字不多的父亲，已经能把册子上的文字背下来了，可海上航行，马虎不得，还是得拿出来印证一下记忆。小册子上，写着这片海域所有的秘密。老苏翻滚到肚子疼，翻滚到口腔泛酸、泛苦，翻滚到无力呻吟。父亲还是不理他，也不让船员过去。

傍晚时，海面平静，有人给父亲换手，父亲把罗盘交到那人手中。父亲下到船舱里，用毛巾沾染了一点淡水，递给他。他接过毛巾时，手是发抖的，可他眼中的恨意并不消减。父亲淡淡地说："要出海，这一关得熬过去，谁也帮不了你。海风吹了一天了，你用毛巾擦擦脸、擦擦裤裆。风咸，不擦要烂掉。"握着父亲递过来的湿毛巾，他发抖的手抬都抬不起来了。父亲伸手扶住他的后背，用力在他肩膀一捏，又抢过毛巾，盖在他脸上。毛巾掀开，好像揭开了一层厚厚的海盐面具，脸上一阵凉意。父亲把毛巾塞进他裤裆，他挣扎而起，呕吐到一动就肚皮刺痛，也不管了，推开父亲的手，自己擦着裆部——淡水少，不能洗澡，这是唯一要优待的部位。

这一趟出海，父亲没给他安排捕捞的活计，只任他在船上不停地呕吐，只任他学会在海上的第一件事——习惯晕船。

岸　上

老苏生了两男一女，女儿是老二，嫁到别的县去了。老三读完大学，没有回海南岛，留在上学的那个城市，成了市民，虽然时不时会在电话里说想念家里的海鲜什么的，但他每年回来的次数是越来越少，他的小孩已在那个城市读幼儿园了，老苏也只见过一回，语言也不通——终究和自己、和这片海没什么关系了。距离最近的是大儿子，就在镇上经营着一间铺面，卖的是砗磲贝加工成的工艺品，还和海水相关，但他已经不出海了，只是从人家手中进货、卖出而已。海上的生活太辛苦，老苏自然不愿儿孙们再继续走自己的路，可……想到祖先多少代人以海为田，儿子这辈却远离了，老苏还是涌起一阵阵怅然。父亲从祖父那里接过《更路经》和罗盘，后来传给自己，自己要递出时，眼前空荡，没人接手。

大儿子在镇上建了四层楼，叫他来一起住，热闹些，他说："住不惯。"倒也不是住不惯，只是老家若是没人看着，几个月后回来，家里的一切估计全都锈为粉末了——只有人的目光，能保护家中一切物品抵御海风的侵蚀。

这一天，大儿子到木麻黄林里找他，在旁边静静地看着，等着他把一天的雕刻任务完成。望着那一地烟头和被挖下来的碎屑，大儿子默默地帮着父亲搬椅子、锯子、斧子。

老苏问："有事？"

"不就是想回来跟你喝两杯嘛！爸，你不愿到镇上跟我们住，我不放心你。"大儿子笑了。

"别绕弯弯。"

大儿子不再嬉笑："爸，你也知道的。还是那事，正式通知已经下达了，砗磲不让卖了，我的钱全押在里面，若是这些货出不了手，我下半辈子全丢进去，也还不了人家的钱……"

"当初我就跟你说过，这东西不能卖，你偏不听，怪谁……"

"谁料到会这样？当时镇上的店铺都卖，也不是我一家。何况当时镇上也是鼓励卖的，一艘艘船远赴南沙、西沙，把砗磲捞回来，有厂子加工，我们不卖，别人也要卖啊，发财的人多了去了。前两年上头领导来，镇上不也还卖着？若不是你当年挡着，我早点进去，早赚到大钱了。我进去太晚，你看，才搞了一年多，又说不让捞、不让卖了，这不搞死人嘛。"

"砗磲是海底的灵物，你们捞上来卖，这是什么？出海的人，不干这种事的，你们……我早讲了，这事不能持久的。"

"爸，这时再说这个，没用了嘛，我就是想把损失减到最小。"

砗磲加工产业在镇上发展了四五年，大批人以此为生，镇里也曾出了相关规定鼓励砗磲加工产业的发展。可最近，省内出台了《珊瑚礁和砗磲保护规定》，要求两个月后，禁止对南海砗磲的开采、加工，这使得兴盛了四五年的小镇，陷入一片哀号。禁卖时间快要到了，那些囤货多的，忙着要把货出手，买家手头捏着钱，就是不愿说个爽快话，砗磲价格一路下跌。老苏的大儿子看着堆在

271

库房里的货，倒数着禁卖的时间，急出了通红的双眼和满口腔的溃疡。

"你想怎么办？我又不认识什么老板，哪有本事帮你把东西卖出去。"

"爸，其他的事，你别管。有个记者朋友，姓宋，他听说你是老船长，通过朋友找到我，想来采访采访你。我知道，妈过世后，你现在越来越不愿见人——连我们这些子孙都不想见了——你也不愿谈那些船上的事，但我不是没办法嘛。宋记者说了，他认识一些想收碎礁的老板，你就配合他做一下采访，他认识的人多，后面他给我介绍点生意……"

"就是说说话？"

"就是说说话！"

宋记者在三天后来到渔村。大儿子安排他跟老苏相见后，就急匆匆返回镇上去了，有人打电话给他，说要去看货。宋记者三十多岁，矮墩墩的，几个相机挂在脖子上，简直要把他压趴下。腰间的包里装满各种镜头，显得更矮了。他说："您忙自己的，我先拍拍照。"老苏只好在木麻黄林里，雕刻着自己的那艘船。在老苏的雕刻下，船的造型已经显现，他正在专注的，是那些细节，他要刻出船身上的纹理和气息，他还想刻出海水在渔船上留下的斑驳感。宋记者把相机镜头靠近木船，拍下了木屑飘落的画面，也拍下老苏对着木船的凝视。宋记者对构图有着极端的敏感，他甚至觉得，是老苏的目光而不是刻刀把这艘小船雕刻成型。宋记者拍摄新闻图片，

272

也拍摄一些永远上不了报纸的图片，他觉得，老苏是一个能让他不断摁下快门的拍摄对象。

老苏一根烟接着一根烟，脸藏在烟雾后面，宋记者拍了不少他嘴角叼着烟头的照片。忙了有半个小时，宋记者说："老苏，可以拍拍你的罗盘和那本书吗？"老苏把烟头丢到脚下，鞋底一划："你是我儿子带来的，我就直说了，罗盘你随便拍，那本书不行。你们采访有纪律，我们渔民也有纪律。不是我们小气，确实是上面来过一些领导，告诉我们，没有采访介绍信的，不能给看。我们的渔民在南海活动千百年了，这些书是我们在海上活动的证据，不能乱传。"宋记者说："我理解的，这是我的记者证，你看看，这次下来得急了一些，也没想到会需要介绍信……"老苏说："那，不好意思了！"宋记者着急了："你看……老苏，我答应了，给苏伯介绍些生意的，我这次来，并非我个人的事，是省里的日报，要做一期关于南海主权的专题报道。你也知道，有的国家近来跟我们在南海闹得厉害，我们拍你这本书，是要在报纸上登出，是宣誓主权的正能量行为，不会拿来乱搞的。"

老苏就沉默了好一阵说："我信你。但得答应我，不能全拍。封面封底你可以拍，其他的，就不行了。"宋记者慌忙点头说："好。"老苏站起身，朝院子里面走，宋记者跟在后面。院子很大，侧边小点的房子是祖屋，里面供奉着牌位。老苏时间多，又是闲不住的人，这间祖屋被他打扫得一尘不染。祖屋高处是神龛和牌位，下面是八仙桌。老苏并没有直接去取他的罗盘和经书，而是取了几根线香，燃点起来，插在八仙桌上的香炉里。老苏拜了几拜，念念有词，这才走到八仙桌前，从腰间取下钥匙，插进八仙桌侧面的一个柜锁里。拉开柜子，抱出一个木盒子，老苏说："出去看。"

木盒子摆放在院子里的条凳上，呈黑褐色，已经看不出原先是什么木头了，外面刷了一层光亮亮的天那水，用来防潮。木盒并没有锁，把盖子揭开，里头还垫着一层布。布掀开，就看到了一本纸张脆黄的册子、一个古旧的罗盘。老苏正要把册子和罗盘取出，宋记者说："等等，我这样拍一张。"罗盘有一个盖子，打开后，一个圆盘被"甲寅艮丑癸子壬亥乾戌辛酉庚申坤未丁午丙己巽辰乙卯"瓜分为二十四块，黑褐色的罗盘上，字刷着白色的油漆，指针随着罗盘在老苏手心的抖动，不断变化着方向。册子则是以毛笔字抄就、手工订成的一本书，这本书装订得不平整，书脊以一根早看不出原来颜色的线穿透、捆紧。纸张脆黄，甚至有点黑褐色——任何老旧的东西，好像都不得不被黑褐色掩盖。书的页边也有些翘起，封面上三个字歪歪扭扭——更路经。

宋记者拿着相机的手有些抖："这东西，怎么用？"老苏指着罗盘："罗盘上这二十四个字，代表各个方位，每个字之间的经纬度是十五度，转一圈是三百六十度，是整个地球，行船都要靠这个指引航向……哎，不说这个，现在没人用了，现在都用卫星导航了。这本《更路经》，得结合罗盘来用，上面记载着南海上的各个礁盘、暗沙和岛屿，记载着它们之间的距离和方向。我们以前出海，都要依照上面的记载，算好船的速度和方向，海上茫茫，得绕开礁盘和暗流；风浪来了，得依照这本经书上的记载，找到最近的小岛来躲避……总之，若没有这两样东西，出了远海，即使全程风平浪静，也会迷失方向，没法返航……唉……不说了，不说了，你拍，你拍。"老苏随手一翻，展开《更路经》的一页内文。他话一多，就忘了刚刚跟宋记者强调过的只能拍封面封底的话，宋记者赶紧摁下快门。

老苏展开的这一页，用毛笔写着：

> 自大潭过东海，用乾巽驶到十二更时，驶半转回乾巽巳亥，约有十五更
>
> ……
>
> 自三峙下石塘，用艮坤寅申，三更半收
>
> 自三峙下二圈，用癸丁丑未，平二更半
>
> 自三峙下三圈，用壬丙巳亥，平四更收
>
> 自猫注去干豆……

这一行行犹如天书般难解的文字，让宋记者头昏脑涨，他收起相机，掏出纸笔，说："老苏，你讲些在海上的遭遇吧。听说你经历过各种惊险，跟我随便讲点什么，我写下来，一定很吸引人。"

"讲什么？"

"什么都行。"

"渔民嘛……就那样，有什么好说呢？"

老苏把《更路经》和罗盘重新放归盒子，抱进祖屋锁住。八仙桌的抽屉关住的瞬间，老苏脑子里电光石火，闪过一些片段。一九五〇年之后，老苏刚刚上船不久，那时基本不去南沙，而随着

船在西沙和中沙捕捞作业。二十多年以后，响应国家战略的需要，他踏上了前往南沙的征途。南沙的气候比西沙、中沙更加变幻莫测，需要船长有真正过硬的技术。老苏带着船员，以一本《更路经》和老罗盘，躲过一次次生命中的劫难。当时的老苏和船员，每发现一个小岛礁，就做一件事：捡起岛礁上的石块，垒成一座小小的"兄弟庙"，烧香祈盼顺风顺水，行船平安。祭拜兄弟庙之风，始于明代，其时有渔村一百零八人出海遇难，渔村之人便在海边建庙祭奠，既为招魂，也是祈愿。这一百零八位兄弟的亡魂，在渔民们的纪念之中，逐渐变成了渔民们的保护神。

岛礁小而荒凉，不像在渔村里，可以把庙修得高大气派，甚至在庙门上写下"孤魂作颂烟波静，兄弟联吟镜海清"的对联。几块礁石垒成的小洞，便足以安放渔民们的恐惧与不安。若是登上的是被别国侵占了的岛礁，老苏还会取出早就准备好的木牌插下，上有大红油漆文字：中国领土不可侵犯。来年再登岛，木牌往往不见了，只好把字刻在礁石上。下回再来，刻了字的石头，同样不见了，不知道是被海风、海水磨光还是被别国的人丢了。

那些年里，捕捞不仅仅是捕捞，也是凭着一股中国人的热血，在自己的海域巡游。数十年的海上生涯，他被抓去越南蹲过监狱；也曾登陆某个小岛后，被岛上的外国驻军拿枪顶着肚子；他甚至在海上遭遇过某国士兵的持枪扫射，当时他冷静地指挥船员以装着大米的袋子堆在船舵边挡子弹，让船员躲进船舱，他依靠对罗盘、《更路经》和风向水流的谙熟于心，掌舵闪躲，没有让船员成了新的"兄弟亡魂"。他和穷凶极恶的海盗有过生死搏斗，当然也曾遭

276

遇淡水箱破漏，喝自己的尿解渴救命……这些记忆重叠、堆积、纠缠，在祖屋里的这一瞬，搅成一团糨糊。

老苏走到院子里，宋记者递过去一支烟："讲讲出海的事嘛！"

"出海？"

"是咯，现在跟以前条件不一样，以前出海，很辛苦啊。"

"世上哪有不辛苦的事。对了，你知道不？以前我们出海，遭遇了不测，要怎么办？"

"遭遇不测？指什么？"

"唉，到底是年轻。渔家每一次出海，都走在生死边缘。风浪大了，连人带船，都找不到痕迹了，硬生生，全部吞没了，丝毫不剩啊。"

宋记者脸色严峻，取出录音笔，调到录音状态。老苏继续讲："死在风浪里，倒还省事。有人死了，其他人找到他的尸体，水路那么远，把尸体运回来，那才叫辛苦。船在海上航行多天，尸体就摆在船上，又热又潮，腐烂得很快，你说，要怎么运回来？"

宋记者嘴角泛酸，胃里在翻滚。

"得用盐腌。像咸鱼一样，把海盐覆盖在尸体上面，吸收水汽。从不晕船的船员，也会被臭味熏得胆汁都吐出来……"

宋记者手一抖，录音笔掉落地上，他没去捡，用双手捂住嘴巴，也没能捂住胃里翻涌上来的腥臭，录音笔被秽物覆盖了。宋记者不知道录音笔坏了没有，但他知道，不用录音笔，他也会清楚地记得老苏讲出来的每个字。

海　里

从初登船到真正自己掌舵，老苏用了接近二十年。如果不是一场意外让父亲瘸了右腿，这个时间还得往后延迟。经过最初的不适期，适应船上生活之后，老苏去了别的船当船员。这是渔村的规矩，父子兄弟不能同一艘船出海，以免遭遇不测的时候，全家灭绝。在别人船上的那些年里，每次在岸上，父亲紧紧叮嘱，让他背熟那本《更路经》、学会看罗盘。对他来讲，学这两样东西比在海上晕船呕吐还难受。但又不得不学，这也不是谁想学就能学的，《更路经》版本不一，却都是各个船长的珍贵私藏。父亲手头这本，传了几代了，已难以说清。在渔村的很多传说里，最初的《更路经》还与明朝的郑和船队有关，他们相信，下西洋的郑和，曾因为一场风暴，停靠在渔村，尝到了渔村最鲜美的鱼虾，并留下了一部最初的《更路经》。之后，一代代的渔村先民，用一次次惨痛的代价，完善、增补着这部小册子——这是一部附着无数海上亡灵的册子。

一位船长，不仅需要掌舵，也是一个记录者，随时记下海上发生的一切。航行路线附近的水况、最新发现的鱼群位置、岛礁的位置……甚至云层也是观测的对象。云天的变化，很少记录在《更路经》上，那是出海人一种口口相传的骨血经验。白天，可以通过瞭望水面的颜色来判断海水的深浅，判断附近是否有礁盘——有礁盘的水要浅一些，日光下，是一种翡翠蓝；没有月亮的夜里，那些经历了生死的老船长，通过云层的反光来分辨岛屿、珊瑚礁以及水下的鱼群。对于老船长来讲，每一次出航，也是验证和矫正《更路经》的过程。

父亲出海多年，在一次大风暴中，他完整地把所有船员带回来了，甚至连捕捞到的海产，也没有多少减少，但是，他付出了一条腿的代价。他严阵以待，顶住了无数次海浪的迎头碰撞，但一次的不留意，他的腿瘸了。伤好之后，父亲萌生退意，老苏很不理解，因为父亲虽然有些微瘸，但在风平浪静的时候，影响并不大。父亲很坚决，他说："你不是我，你不知道情况，但我知道。这一次放过了我，我再下海，就回不来了。"父亲立即下船，不再掌舵，家里的船交给了老苏。

老苏用了三年的时间，才摆平了自己、船员和那片海域。他指挥着航线，不仅关系到能不能满载而归，还关系到一船人的性命。在之后的好多年里，他的船大多数是满载而归的，但总免不了有失落的时候，白忙一个月，船舱空荡荡。最大的损失，当然是有人把命丢在了海里。比如说，那一次疏忽，老苏船上最好的水手曾椰子，就把命丢在海里了。看到曾椰子的身体浮出水面，船长老苏才想起父亲无数次的告诫："出海的人，永远不能喝酒，否则你总会在醉后淹死在水里。"一直到多年以后，老苏还为此惭愧和自责。

当了船长的老苏，一直严禁船员带酒上船，但还是会有些船员悄悄塞着一点，当夜色笼盖，舌尖舔两舔，躺在船板上，遥想茫茫大海尽头处渔村里的家人。若没一点酒，很多人会在咸腥的海风中，洒下饱含盐分的泪滴。

那日，天已亮，曾椰子跟老苏招呼过后，就带着氧气瓶潜到水中去了。在下水之前，老苏闻到了一丝米酒的味道，还没来得及说话，一阵水花溅起，曾椰子已在水中了。这一带是海参出没之地，而海参是此趟出海最重要的目标。老苏不停盯着手表，希望曾椰子在氧气用尽之前浮上来。老苏等到的，是曾椰子抽搐、扭动的身体，在海面上翻滚。老苏和其他船员把他捞上船来没多久，曾椰子就断气了，眼耳鼻甚至肌肤，都渗出鲜红的血。这般死法，突兀而让人惊骇。老苏没来得及细究他遇到了什么事情，就得在船员六神无主的哭声中，想好怎么把曾椰子的尸体运回渔村。

　　船员的作业都停歇了，他们只要看一眼曾椰子的惨状，就忍不住剧烈地呕吐。老苏让人把捆在曾椰子身上的氧气瓶脱下，解开他的衣服。又让船员到舱里取来淡水，他一点一点擦拭着曾椰子渐渐变得僵硬的尸体，一边洗，一边扇自己的巴掌——他想起了在曾椰子下水前闻到的那丝酒气，想到了父亲持续多年的告诫。父亲那么多年的苦口婆心，也没能阻止惨剧的发生。洗净身体的曾椰子，比下水前瘦了一圈——老苏已经知道他是怎么死的了。

　　干净衣服换上，曾椰子总算有了点人样。天气炎热，在往渔村赶的过程中，要怎么保存这具尸身，成了最大的问题。船上有装淡水的桶，可太矮，没法把那么高的曾椰子装进去。最后，老苏让船员把一艘挂在渔船上的小船抬上甲板，把曾椰子放了进去。再把海盐取出，覆盖在曾椰子身上。海上作业，时间久，有些鱼没法活着运回到岸上，每艘船都备了大量的海盐，用以腌鱼。曾椰子就像咸鱼一样，被盐覆盖在小船上。老苏让船员用铺在船上睡觉的木板把小船盖住，曾椰子就像一具木乃伊，被封住了。再取来绳子，把木板盖住的小船死死捆住，防止一丝丝的泄漏。本来应该烧在某个海礁上祭拜一百零八兄弟公的线香，插在小船上，被海风吹拂，烧得很快。

船全速返航。

封不住的尸臭开始渗出，起先还很微弱，后来则是汹涌而来。所有人都吐了，连喝水也变成巨大的折磨。五天四夜的漫长航行，船才回到渔村，当眼前的碧蓝中冒出椰子树和木麻黄的一线绿色的时候，老苏松开船舵，轰然倒在船头——他这几天几乎没有闭眼过。

上岸后，尸臭味几乎在他鼻孔里萦绕了一个多月。而后来很多年里，每逢压力大，老苏就做着变成曾椰子的梦……在那个梦里，氧气瓶压在老苏的身上，潜入到十几米深的地方，所有的肌肤、血肉都挤压着骨头，或许，是早上的那点酒，让他失去了往日的警惕，只专注着眼前的海参。他忘了，氧气瓶已经快要用完。当呼吸开始急促，他慌乱了，忘了要缓慢升起以卸掉沉重的水压，而是一转身，匆匆往水面上射去。这一浮太快了，浑身每寸肌肤上的水压顿时消失，造成体内压力比体外大得多，血管爆裂，鲜血渗出……

曾椰子只死了一回，而老苏则在梦中，一次次这么死去，又活过来。

岸　上

一个十字路口就把这个小镇的格局划定了，所有的铺面都沿着十字生长。在统一的风格之下，每家店铺都花尽心思摆放各种器物以吸引游客的目光，有的摆放着一只巨大的船锚，有的则摆放着一堆珊瑚礁，有的甚至把一艘木板深黑的小船斜放在门口……在砗磲生意无比热闹的时候，总有游客摆着各种姿势，在店铺门口立起剪刀手拍下照片，传到朋友圈。而此时，店铺依旧，却由于少了游客的光顾，平添了萧条慌乱之感。老苏大儿子的店铺在东街的中间，他找来一块石头，在上面刻出一个罗盘的模样——照着老苏的罗盘来刻的，取了一个颇为霸气的名字，叫"望海楼"，立即有了一股在海上指挥若定的气势。

儿子的店铺半掩着门，老苏没有在儿子的店面前停留，而是直接到了阿黄家。阿黄因为下船早，也是渔村里较早搬到镇上的人，由于先发优势，他家占据了一个很好的位置，处于镇上唯一的十字路口处。阿黄当年买下的地还不小，他的房子除了铺面之外，还留有很大的一个院子。阿黄的房间在后院，即使闷热，窗子也紧闭着——阿黄已吹不得海边过来的风。他瘫坐在房里的沙发上，还裹着一条薄薄的被单，面前摆放着工夫茶的茶具，已经泡好了颜色金黄的茶水。

"会享受啊你！"老苏说。

"我倒是想到茶店里喝，跟人聊聊天，但哪出得了门。风一吹，鼻涕跟水龙头似的。我这病，那么久了，吊针打了好几回，也不见好……"阿黄的鼻音很重，声音沙哑。

"你这样了，还能喝茶不？"

"我不喝，泡给你喝的。我喝水。"

"我自己来，不然你传染我。"

"也不是你想传染就能传的。"

老苏拿起一小杯，一饮而尽，茶水已经没有那么烫了。阿黄等了多久呢？茶水是不是一遍遍凉透，又一遍遍再添？阿黄又裹紧了身上的被单，身子缩到软沙发里面去："过来的时候，看到镇上那些铺面了？"

"看到了，好多都清空了。"

"谁说不是呢。那些砗磲生意，我总觉得做不长久。千年万年的砗磲贝才能玉化，就这么拿来加工卖了，也是罪过啊……"

"生意人只认钱，哪懂得什么是海。我那儿子，我为这事，才不想搬去跟他住。看着那些砗磲被加工成那样卖掉，心疼啊。"

"……唉，老苏，我找你，是想跟你商量个事。这事我也犹豫了好久，我自己做不来，得你一起才行。我知道你这些年不愿意跟人打交道，不喜欢抛头露面，但这不仅仅是我们自己的事，有时也是不好推掉……"

"镇里找到你的？"

"不仅仅是镇里，还有市里，据说省里领导也很重视。刚才也说到的，镇上这些店铺不让卖砗磲，这不也是好事吗？你也不想看着南海被这么挖吧？可是，不让卖了，镇上这些人，包括你儿子，他们干吗去呢？大家总要吃饭啊，那么多人，总不能说把店铺关了就完事了。有些人得分流回渔船上，也有些人得引导去做别的事。上面想在镇上发展旅游，今年渔季开始之时，想举办一个开渔节。上头问来问去，也找不到人来主持开渔节的祭祀仪式，我倒是很有心参与，但很多东西，我也不懂，我没当过船长，手头也没有一本经书和罗盘，这活儿，我是做不了的了，得你来啊……"

"阿黄，你有热心我知道，但那种场面，我哪里把握得了？还得是庆海爹才行，我哪懂这些……"

"庆海爹不都走了三年了嘛，去挖他尸骨来主持吗？"

老苏也哑口了。庆海爹还在时，每到开渔之前，渔村的人都会提前商量好祭拜的程序。海风灌涌的港口上，聚满渔村老少。锣鼓敲响，祷词念出，人人都点香烧烛，祭拜大海，也祭拜那些丧生在大海中的人。很多年里，庆海爹都是那个事无巨细、把握着一切流程的人，他比老苏大十几岁，是南海上最好的船长。他被当作最好的船长，并非他的船渔获最丰，而是数十年中，他的船员从未有一人把命丢在大海之中。甚至有人传说，那都是因为庆海爹熟悉祭海之俗，能够和那些海上亡灵交流，每当风暴与危险将至，他都能提前获得信息。依靠手中的《更路经》、罗盘和船舵，他把船驶出一条曲折隐秘的线路，避开了风浪，毫发无伤地回返岸上。庆海爹宣布不再继续担任船长的时候，还曾在渔村引起一阵动荡，少了这么一位定海神针式的人物，村人就慌乱了。还好，每年的祭海仪式，庆海爹还出席。庆海爹过世前五年已经行动不便，换他的儿子来主持，村民的向心力便弱了很多。庆海爹一死，仪式等于取消了，各家只在出海之前，各自烧香点烛、轰炸一下鞭炮，算是走了一下过场。

"庆海爹儿子不还在嘛，那套流程，他懂……"老苏说。

阿黄哼哼冷笑："提那败家子？他倒是懂得照着念，但他眼中只有钱，每件事得多少钱，那是丝毫少不得的，哪请得动他？何况，那年他为了钱，硬要把罗盘和经书卖掉的事，你又不是不知道。这样的人，哪还能找？"

"这事，应不下来，我这人，话都不会说。我还是刻刻我的木头吧……"

阿黄把裹在身上的被子一抖，滑落地上，他站起来："老苏，我这身体若还可以，我还想撑着试试，硬着头皮上。实在是没办法了，开渔的时候，我还能不能站直都不好说了。我们这些老的，走的都差不多了，你不应承，还有谁啊？"

"真不行……我再想想……"

老苏告别阿黄后，还没回到渔村，就在街角处被大儿子接到了他家里。当时他脑子一片混乱，差点被一辆摩托车撞倒，大儿子从店铺里冲出来，把他往自己店铺里面拽。店铺的货架已经接近清空，地板上一片混乱。不同的袋子里，有的装着砗磲手链，有些则是打磨光滑的整块砗磲贝，还有一些是完全没有加工过的大贝壳——有些人爱在家里摆这原生态的贝壳，说那是自然的味道。几个小工忙得一团乱，绑好的袋子，分别移到店铺里的不同角落。灰尘沾满了整个店铺，老苏简直无处下脚。往店铺后面走，也是一片慌乱。这些海里的宝贝，曾让这个小镇无比热闹，此时却让整个小镇陷入慌乱。

大儿子很高兴："爸，宋记者跟我说了，说你那天很配合。他的文章写得很好，你看，报纸也登出来了。你还没看到吧？"他从柜台抽出一张报纸，递给老苏。柜台上堆着五六寸厚的一沓报纸，都是同一期的。这是省报的一期特刊，介绍渔民与南海的故事，展开的第三版上，老苏看到了自己的照片，他捧着经书、罗盘的画面，被毫不吝啬地排了三分之一的版面那么大。还有一篇文字，是关于老苏的采访，介绍着他的一些经历。老苏脑子一蒙，平日里，在报纸上出现的都是大领导、大老板，自己一个渔民，被排了这么一张大照片，到茶馆里遇到熟人，还不得被天天挂在嘴边议论。老苏立即把报纸合上了，实在不敢看报纸上的那张老脸，更不敢看记者的文字。

到了楼上坐下，儿子笑呵呵说："爸，那宋记者是很有本事啊。他回去之后，打了个电话来，说他问到省里砗磲研究会的一位副会长，是一位书法家，也是个大老板，他胃口大，说我这里那些品相好的货，他都能拿下。你也看到，店里乱成那样，就是要把货分好，他中午要来看货。"

老苏松了一口气："挺好嘛，麻烦解决了。"

"是很好，是很好。其实，钱也是压在那些品相好的货里，那些差的，不值几个钱，只要这批货一出，就算是缓过来了。爸，你也在店里待着，别着急回去了，晚上咱们父子好好喝几杯……"

"我哪喝酒的？"

"那就待着，吃点马鲛鱼。爸，你就在这吃完饭，我开车送你回去。"

马鲛鱼……老苏吞咽了一下。海里的东西他吃了多少年，马鲛鱼是永远吃不腻的，那种鲜味，能掩盖所有的烦恼，从舌尖溢散全身，瞬间把人包裹在风平浪静的海水里。老苏有时候也会想，出海那么危险，一代代人把命丢在水里，却还要去，其实和这水中之物的味道关系极大。当舌尖触到一块煎得略微焦黄的马鲛鱼，所有海上的历险，都那么值得。

马鲛鱼……平静的海水……人泡在水中，轻轻摇晃……

老苏只能答应下来。

二楼的阳台，可以看到街面，东边不远，就是港口，渔船正在那里停靠。目前是休渔期，但离开渔已经不远，很多人已经在做着各种准备。儿子把二楼阳台改成了一个喝茶的地方，吹过来的风，让老苏有些打哈欠。他翻开报纸，从大标题里可以看出，这期特刊全是和南海有关的。近些日子那个与中国相邻的国家，在南海上折腾不已，在国际上发起了什么南海仲裁案，省内报纸搞了这么一期特刊，也是在宣誓南海的主权。特刊从专家、官员、收藏者到渔民，都进行了采访，讲述了南海的不同侧面。由于自己被刊登在第三版，老苏没太有心情去细看报纸，他叠了叠，塞进口袋，心想，他娘的，还用得着证明吗？不说别的，我们一个小渔村，这些年就有多少人葬身在这片海里？我们从这片海里找吃食，也把那么多人还给了这片海，那么多祖宗的魂儿，都游荡在水里，这片海不是我们的，是谁的？

书法家穿着一身中式衣服，脸很圆，手腕肥嘟嘟，左手戴一条粗大的砗磲手串，颜色通透而乳白；右手则是黄花梨手串，深褐色的斑纹鬼脸，好像还会眨眼。这些珠子都很大，可在他肥硕手腕的

287

映衬下，显得很细小。书法家低着头，在每个袋子前都蹲下来，细细看着里面的货。作为收藏者，他知道物以稀为贵的道理，现在这些店家慌乱出手，正是低价进货的好时候——禁止交易的规定很快生效，但那是对公开买卖的店铺的要求，真正好藏品的交易，都是私下里进行的。他藏品量惊人，但他从不嫌多，当然，他只收真正的好货。他不时从每个袋子里挑拣出一些次品。书法家挑好后，立即叫来他的司机，跟老苏的儿子一起清点货物，列出清单。书法家拍拍手上的尘土："宋记者的采访，我看了，写得好，故事感人。我想见见你爸，不知道方便不方便？"

老苏的儿子笑了起来："刚好我爸就在楼上，平时他在渔村里，今天刚好在。我叫他下来。"书法家微微点头，不一会儿，书法家就看到满脸铜锈色的老苏。老苏的褐色上衣，塞进黑色的裤子里，腰带有一些脱色。老苏的头发很稀疏，额头光亮，从额头左侧到下巴处，则布满星星点点的黑色斑痕，他的手背犹如长满毛刺的老树根。书法家伸出右手，老苏犹豫了一下，把他斑驳的手，握上了书法家肥滑软嫩的手掌，感觉到书法家的手抖了抖，老苏赶紧把手松开、缩回。

书法家笑着说："我看到你的采访了，很佩服，想认识认识你。"

"呵……"

"那报纸，我买了很多份送人了，这期报纸做得好啊。"

"呵……"

"我今天来跟你儿子要货……"他指着那些被他挑选过的袋子，"那些，我都要，这货，值不少钱啊。我跟你们镇上不少店家都是老朋友了，他们都急着出手，都在找我。宋记者极力推荐了你儿子，我确实是佩服老苏你，在我们的海上出生入死，维护了我们的主权……我是专门到你儿子这里来要货啊……"

"呵……"

"感谢……感谢！"老苏的儿子在一旁说。

书法家收起笑脸："老苏，我是直白人，不绕弯子，这次，除了跟你儿子进货，我就是专门来找你的。"

"找我？"

"是。我这人，爱收老东西，连当年古代沉船的海捞瓷都不少，我这次来，就是想找老苏你，能不能把你手头的东西转让给我？"

"我这人，哪有什么东西能让你瞧得上的？"老苏挠挠头，左脸那些斑痕一跳一跳的。

"我想要你手上的《更路经》跟罗盘！"

老苏愣住了，回头看看他儿子。儿子表情紧张，眼睛充满祈求，手捏成拳。老苏尴尬地说："这东西，不算有多贵重，眼下出海，是用不上了，可这是从我爸、我爷爷、我爷爷的爸……一路传下来的，这东西现在到我手上，哪能卖了？"

"老苏，我知道！你看，我这不是跟你儿子做了很大一笔生意嘛。他目前遇到困难，需要出手这些货，我帮他收了那么多，你看……"书法家指着那一个个袋子。

"爸……爸……"儿子喊了两声，把老苏拉到一边，指手画脚，低声说着什么。老苏只是摇头，他儿子头上的汗不断涌出。

"这样吧！我干脆点，老苏，你只要愿意出手，价钱好说，你自己开。另外，我也不挑了，你儿子剩下的这些货，我也给他全拿了。这样，你儿子立即资金回笼，想做点什么，也就宽裕了……"书法家的这句话，把老苏的儿子也惊得愣住了，他唯有看着父亲，不停使眼色，就差跪下去了。

老苏长叹一口气，说："你跟我儿子做生意，我感谢你。要是别的什么，卖了也就卖了，但这两样东西，也不是自我手上才有的……"

"你看，你看，老苏，你也是不好讲话，你留下这东西，以后也不是要传给你儿子吗？"书法家指了指老苏的儿子，"你以后也是要传给他，他也是能做主的，现在出手，能把他的资金全都救回，他也能赶紧做别的事情去，这不是挺好的事嘛。你这……"

"爸……"儿子抹脸，汗水淋漓。

老苏的语气愈加生冷："以后我死了，他要卖，是他的事。实在不行，我死前烧了。"老苏脸色黑沉，知道今晚的煎马鲛鱼是没得吃了，迈步跨出店铺。

"老苏……老苏……"书法家喊着，老苏并不应承，他只能转头对着老苏的儿子，"你爸这么不好说话。我想，你还是去做做他的工作，这些货，等你谈定了，一起算吧。我先去老曾那店里看看，他也给我留了些货……"

海　里

天色还没暗透，海面上出现了海螺大小的漩涡，白天波澜不惊的海面，此时变得怪异。老苏的心中紧张起来。这是大风雨即将来临的征兆——可这是十二月底啊，春节已经不远，这一趟之后，很快就要返航过年了，这个月份，按常理讲，是不应该有台风的。渔船的位置，在永兴岛、西岛、浪花礁之间，老苏心里很快做出决断，准备前往面积最大的永兴岛避风。船员中有反对的，说老苏太过胆小，这个月份哪会有台风？这一片海域，并非只有老苏的一艘船，从海南岛来的不少船只，最近都聚集在这片海域。这片海域，前些时候有一艘外国的大轮船经过，触礁沉没了，满满一船的货物，全洒在海里，附近知情的渔民们很快围聚过来打捞，反而没再去留意鱼虾。白天，各艘船散开打捞货物，夜里，亮着灯，各艘船一起停靠在附近一个小小的岛礁。

一看到水面起了漩涡，老苏喊起来："大家也看看，是不是要起风？"

各家船长都走出船舱，细细观看水面，脸色凝重。

老苏说："我看风是要起，这里太小，风要来了，怕是没处躲，还是得提早去永兴岛。"

老苏让船员起锚，掉转船头，朝永兴岛的方向而去。二十世纪七十年代以前，大多是木帆船，而此时是一九七三年了，大多是机船，发动机带动船桨，哗啦啦打着水花。七八艘渔船，也跟随着老苏的船，一起前往永兴岛。渐渐黑起来的海面上，一串亮灯的船队，像一条在海面上流动的龙。

"老苏！老苏！"声音来自一艘逐渐靠近岛礁的船。

老苏缓慢把船停下，那艘船也慢慢地移靠过来。那是一艘新造的大吨位渔船，船长是位中年人，前些时候，那艘船才从渔港下水。那船长老苏也是认识的，两艘船基本上同时出发，沿着相同的航线，但大船速度快，比老苏要早抵达这片海域。

"老苏，去哪儿啊？"对面船高，中年船长的声音压下来。

老苏指着海面："水面奇怪，怕是要来风浪，去永兴岛躲躲！"

"哈哈哈，老苏，出海多年了，哪听说过十二月有台风的？也太胆小了。"

"满船的人呢，哪能开玩笑？海上找吃的，不靠赌气，不靠胆子肥，得小心啊。"

"老苏，这气我就赌一把！"那艘大吨位船立即加速，把老苏的呼喊抛弃在海面上。

对渔民来讲，永兴岛是茫茫南海中最安全的地方。它的面积足够大，有渔民在岛上盖了临时的房子，也有部队官兵驻扎在这里。从永兴岛上岸之后，船员都分散住到那些临时搭建的房子里，老苏听到了船员们的埋怨。船员在牢骚中睡着之后，老苏还在翻来覆去。他踱步到小岛的岸边，观察着水面的变化，他更把目光放长，希望能从海面上看到有一点渔火出现。那渔火一直没有出现。

风终于起来了，在接近凌晨四点的时候，原本轻拂的风，显示出了猛烈的气势，海浪开始翻滚，不断击打着岸边，抛锚定好的渔船也被浪拍打得噼啪作响。雨的到来要缓慢得多。先是洒下一些小点，大半个小时后，倾盆大雨才追赶过来。老苏不能再在岸边待着了，他回到屋子里，浑身已经全是水了。因岛上缺少水泥和砖石，这些房子都用木头搭建，覆盖着铁皮、油毛毡，在风雨中有随时被刮走的感觉。撑了没多久，这些房子全被掀垮了，渔民们匆忙到岛上的水产公司的加工房躲避。因为返航回海南岛比较遥远，这家国营的水产公司把加工部门设到永兴岛上，方便捕捞之后，就近加工，再运输回海南岛。这些加工房把钢管打进土里，要牢靠得多，可仍然在狂风暴雨中摇摇晃晃。

渔民们聚到一块，也没说话，安静地听着外头的风雨交加。

"唉，还好我们躲岛上来了，还好……"终于有人从哪个角落说了一句。

"那艘大船，回来了吗？"

又都沉默了。

暗黑之中，有人压抑不住，抽泣起来。

几乎所有人都没怎么睡好，天色发白之后，呼噜声才相继四起。

这场罕见的冬季台风，竟然刮了整整三天。其间最大的风浪有十多米，巨浪吞没着一切，连这永兴岛好像也不安全了。在这三天里，每逢风小一些，老苏就要冒雨去岸边查看渔船，他担心锚和绳子也没法拉住他的船。

台风过后，天空如洗，一切恢复平静，岛上一片狼藉。老苏决定休整两天再出海。有些渔民已经跃跃欲试，准备出海收拾还在风浪里惊慌失措的鱼虾。水产公司的渔民出去后，第一天就有了收获，竟然捕获了好几条大鲨鱼。老苏出海，从未动过捕捞鲨鱼的念头，听说那些海中霸王被拉回永兴岛的时候，老苏也跟着躲风的渔民去围观，还吸引来了一些岛上驻扎的士兵。捕获的鲨鱼有六头，有大有小，很显然，这些鲨鱼在被射伤之后，再被粗大的网捆住，拉到永兴岛，已经全都死去了。它们巨大的身躯，还是把老苏给震撼了，浑圆的肚子像打满了气。

老苏穿着拖鞋，走到沙滩边上，伸腿踢踢那些鲨鱼的肚子，鲨鱼弹性很足，把老苏的脚打滑到一边去。人都围拢过来。加工人员脸上笑开了花："先挑一头最大的看看，吃了什么东西，肚子这么圆！"锋利的大刀划过，把鲨鱼肚子剖开。猛烈的腥味有着巨大的推力，把围聚的人给推开了。刀继续划开，划开鲨鱼的胃，有圆滚滚的东西掉出来，也有条形的东西掉出来，浓烈的腥臭味更加强烈了，围观的人又退缩了几步，有人受不了这强烈腥臭味的刺激，就蹲下来呕吐。加工人员皱起脸来，他用长刀推了推那圆滚滚的东西，滚动了几下。

尖叫声响起来："人头！"

是人头，正面朝上，脸上黏着鲨鱼胃里的黏液，可没被胃酸化完的样子，还能看出那是一张人脸。那人眼睛暴凸，瞪着所有围观的人。

尖叫声此起彼伏，老苏也再次往后退。那加工人员也吓得手中的刀掉落了下来。大家这才注意到，刚才掉落的那些条形的东西，是人的手脚。

——这些鲨鱼，是被人喂饱的。

在大家的惊慌失措中，围观的士兵们主动上前，接过刀，把剩下的几条鲨鱼也都剖腹了。无一例外，鲨鱼肚子里，全都是人头与残肢。

士兵清洗完那些残骸后，老苏和船员从还没被腐蚀殆尽的四个残破的人头中，隐约辨认和猜测，应该是那艘大吨位渔船上的渔民。那艘船上可是有着三十多人啊，马上又要过春节了……所有的渔民都号哭出来。

哭声是永兴岛的另一场台风。

岸　上

那一天风小，阿黄想下楼走走，刚上街，就摇摇晃晃，昏倒在地。家人叫来了救护车，先送到了市里，还没办下住院手续，市医院就联系了省医院，直接送到了省城。省医院正好有京城专家前来坐诊，把阿黄浑身检查之后，给他家人做出了"不建议手术"的诊断。阿黄把家中儿女叫来，儿女都唯唯诺诺，阿黄绷着脸："是不是癌？"沉默，等于说出了答案。阿黄说："待在医院有用吗？"又是沉默。阿黄说："回去吧，医院里味道重，我待不惯。"是肺部的问题。得知阿黄是老渔民之后，医生貌似很确定地说，可能是当年海上捕捞，长期在水中憋气，对肺部造成了很大的损伤，应该是老毛病了，不过是到了现在，才集中爆发了。

阿黄有个女儿嫁到广东，夫家很有钱，她从广东飞回之后，强烈要求把阿黄送去广东就诊，说岛内医疗技术不行，得到广东的大医院。她在医院里把所有的兄弟姐妹都数落了一番，说他们纯粹是舍不得钱，又说既然这样，医疗费由她出。她的话惹得一家人在病房里争吵不休。阿黄冷冷地喊了一声："不去广东了，我要回家。不是钱的事，我不想被割成碎肉。硬要叫我去，我就从这病房窗子跳下去。"阿黄轻描淡写中，藏着斩钉截铁。医院开了止痛药之后，阿黄回到镇上来了。阿黄家离镇卫生院不远，阿黄就待在家里，由卫生院的护士上门给他换药水。

老苏来看阿黄的时候，他正斜靠在一个厚厚的枕头上，手臂上扎着吊瓶——自医院回来之后，这药水每天都要输送到他的体内。他曾抗议说不打了不打了，可汹涌而来的剧痛，要把他撕成碎片，他不得不让针头扎进体内。剧痛的袭来，会让阿黄有一种在海水中挣扎的窒息感。很多年里，他在海水中作业，穿梭如游鱼，那种摆动身姿的自由，让他觉得自己应该属于大海而不是陆地。他当然也遇到过在水中快要溺亡的时候，还不止一次，浑身扭动、挣扎，却毫无用处，逐渐陷入更深黑的海底。阿黄曾想，千万种死法里面，溺亡在海中，一定是最惨烈、痛苦的那种。因病而带来的剧痛，若不靠止痛药压制，阿黄就得一次次经历溺入海水的绝望——他得依靠止痛针，一次次从水底返回岸上。

老苏捏了捏阿黄的右手，没有任何反馈的力道，只有穿透掌心的凉意。

"我就该死在水里。"阿黄嘴唇动了动，老苏得静静地听，才能听到那浑浊、带着粗气的话。

阿黄惧怕着海水，又渴望着死在水中。

老苏摇头苦笑。

阿黄忽然想起什么："老苏，那事，你答应下来了吗？"

"什么事？"

"开渔节的祭海啊……这些年……呵呵呵……"

"这事，我答应不下来啊！"

阿黄猛地坐直，就要从床上翻身下来。老苏按住阿黄："你坐下，你坐下，起来干吗呢？"阿黄不理他，伸手去抓挂在床头一个铁架子上的药水瓶。阿黄的手一伸出，浑身就抖动如电击。老苏只好一只手扶住阿黄，一只手取下药水瓶。阿黄摆摆手，往阳台边去。阳台外，日光猛烈，海风也很大。阿黄拉开门，有风灌进，他的抖动就更加剧烈，老苏害怕他会摔倒。阿黄靠着阳台的栏杆，老苏只能扶着他。

小镇的街巷上烟尘滚滚，人人貌似很慵懒，但很多人都因为禁卖砗磲的最后期限即将到来而手忙脚乱。不仅仅是店家，镇上的有关部门也很茫然，禁令来得很突然，与这个产业有关的数千人要分流到其他地方去，并非一件容易的事。大儿子到渔村里找过老苏几回，没怎么说话，就静悄悄地站在他身边，看着他刻那树根。老苏不说话，他也就不说，站到暮色将起的时候，他转身离开。老苏知道大儿子的心意，知道大儿子内心的焦躁和无奈，知道大儿子没能开口提出的那个要求……可他能怎么做呢？真的要把《更路经》和罗盘卖给那个书法家？若不卖，那堆货砸在儿子手中，儿子一朝欠人家一屁股债，今后怕是父子也没得做了。

阿黄的脸色愈加蜡黄，他的气息是不规律的："大家靠海吃海，但现在没人祭海了，大家都信仪器，不信仪式。一门心思只想着钱，渔村没有了……没有了……"老苏不知道该怎么回话，只好不说，他拍拍阿黄的肩膀。刮过来的海风越来越大，怕阿黄身子承受不住，老苏把他强拉回房间里。

老伴的坟墓离渔村不远，却是一块背着海风的地方，老苏心烦意乱时，会到那里坐坐，想一些事情。慢慢算下来，出船那些年，老苏一年中没多少时间见到老伴的。女人不能上船，是渔村多年的习俗了，因为女人上了渔船，导致渔船如何出事的传说，从未绝过。年轻时，出船一两个月，颠簸劳顿倒不是最苦的，最苦的是对女人身体的渴望。白天还好，在水中、烈日下搏斗；夜里，躺在船板上，星光满天，船随风轻晃，体内的欲望都被摇出来了。每次船回渔村，老苏和其他男人一样，在船头看到岸上的女人之后，内心的焦灼和渴盼达到了顶点。但，还得先把所有的渔获卸下船，再洗一顿痛快的淡水澡以后，才开始在女人身上驰骋。女人也憋久了，好奇地问起老苏海上的遭遇，老苏顾不上回答，只是横冲直撞，女人淹没在老苏的狂风暴雨之中。年纪渐大以后，需求少了，老苏会花很多时间，说起海上的遭遇，激起自己女人的阵阵惊叹与尖叫。每次到了最后，女人总会在一阵哭泣中睡去。睡去之前，女人会讲到她在岸上的担惊受怕，讲到她如何照看家里到处野的孩子。老苏知道，在岸上的女人，并不比出船更轻松。

有一回，掌舵期间，老苏的手抖了抖，一股莫名的感觉从水中渗入他的体内。他没跟任何一个船员讲这话，他还需要把他们安全地带回岸上。返回之后，他内心和当年瘸了腿的父亲一样坚决，第一句话就是告诉老伴："以后，不出海了。"老伴说："手抖了？"老苏点点头。多年前父亲就说过"大海养人也埋人"的话，手发抖，就是海上的亡灵给他提了醒。回到岸上，他和老伴之间的话多了起来，他一次次说起数十年在海上的各种细节。在这样的讲述中，他不断重返大海之上。这样的重返，随着老伴的过世而结束了。床头空出，老苏每夜睡觉都少了说话的人。

从船上退下来之后，老苏的渔船在渔港边搁置了许久。儿孙都不再出海，不再经营船上的捕捞，老苏想把船售出去。渔村里，并不好出手，最后，是另外一个县的一位海鲜店老板买去了。并不是买来捕捞，而是变成了移动餐厅。海鲜店开在海边，有一些包厢在岸上，也有一些包厢在一些渔船改成的船上，客人点餐之后，渔船离岸，在水上摇摆着，客人一边大快朵颐一边吹着海风，有种天上人间的错觉。

船卖出去后，老苏有一次思念那艘船，悄悄跑了几个县，找到那家海鲜店，寻找自己的船。海鲜店有三艘可以开出去的包厢，外面都涂上统一的靓丽油彩，挂着一盏盏灯笼，老苏辨认了好久，才找到那艘曾很熟悉的船。看到渔船变成了这模样，老苏内心悲凉，想转身离开，却被那老板拉住了，非要让他上自己那艘船看看。老板给这间包厢取了一个名字——老船长号。老板让人把船开动，带着老苏转了一圈，老苏越来越难受，竟然有些晕船，让赶紧靠岸，低着头就走了。

他没再去看过那艘船。

他后来一直后悔把船卖给了海鲜店老板，他宁愿把它放在岸边，让它在海风中坏掉。

海　里

从船上退下来之后，老苏也上过几次船的，都不是远海，只是那些在近海的小船，早上出去，傍晚便会回来，他就是到船上过过瘾。船家撒下渔网之时，他便在一旁看，要前去帮忙，船家也不愿意，怕他手慢，耽误了。船家倒是会问他意见，同哪片海域鱼虾多一些，他观察了一下方位和波纹，指着一个地方，船家便在那里下网，果然拉网的手觉得沉甸甸的。

船员忙着网鱼之时，老苏有时也会取下一个救生圈，把绳子绑在胸口，跳进水中游泳。船员也不理他。渔村的人都水性好，谁有时兴趣来了，都会到水里游一阵。老苏双腿划动，仰着头，看着日头强烈地射在水面上，光线刺眼。他总是用仰泳，双手双脚缓慢地踩水，便会浮在水面上。这是最放松的时候，手脚酸了，还可以抓住救生圈，连踩水都省了。游累之后，朝船上招呼一下，便有人丢下一个软梯，他顺着梯子爬到船上。上船之后，他打两瓢淡水冲冲身子，把身上的盐分勉强冲掉。

但那一回之后，再也没有船家愿意让老苏上船了。那次，他踩着水，浑身越来越舒坦，就抱住了救生圈。还是觉得很舒坦，他竟然有了昏昏欲睡之感，他想着睁开眼睛，可更大的困倦压合他的眼皮，他双手竟然松开了救生圈，人就朝水里潜去。耳鼻一淹入水中，他就有些惊醒过来了，可他却并没有立即浮出水面。日光照射进海里，离水面四五米处都可以看到，可更深处的碧蓝，一无所知。幽深的水底在一瞬间，强烈地吸引了他。他主动往深处潜去。胸口绑救生圈的绳子阻碍了他，他竟然拉松了绳结，继续往深处去。身上的水压越来越沉，呼吸也越发急促了，老苏很清楚，继续往下，就会永远留在海里了。他明明知道后果会怎样，可海水更深处，还是对他有着强烈的吸引力。他眼前不再是碧蓝的水，而是闪亮的光，是金碧辉煌的海底宫殿。

　　无数已经消失在海上的面孔，就在那宫殿里欢迎他。站在前面的那个年轻人，没看错，是曾椰子。那个当年浑身毛孔冒血，被用海盐腌回渔村的水手。老苏想，曾椰子当时是不是也看到了眼前的景象，才越潜越深呢？曾椰子身边那一群人，应该是那次冬天风暴里葬身鲨鱼肚子的那些，站在前面的，就是那个中年船长。他还是一脸傲气，那年的台风和鲨鱼，并没有把他的傲气吞下去。老苏的父亲，也在。父亲本来是死在岸上的，怎么会也在呢？但那不是父亲，又是谁呢？父亲紧盯着他，不知道是欢喜还是悲戚。他想起父亲过世之前，曾留下遗言，让把他的尸体烧成灰后撒进海里，老苏并没有遵照父亲的话来做。把父亲埋进墓地之后，老苏倒是把父亲的衣裤等烧了，撒进海里。此时父亲为什么是那样的神情呢？他是在怪罪自己吗？

　　更多的面孔，是他见所未见的，甚至有很多位穿着古代衣服的，那是传说中的一百零八兄弟公吗？海底的宫殿有光，光是黄色的，还会变化，变成橙色，接着变红变紫。那些光不能看，一旦直视，便目眩神迷。晕眩让他更想睡了，可他奋力看着眼前这些人。

这么多人拥堵在宫殿的门口，是在欢迎他吗？身上的水压、鼻腔里水的堵塞、体内的缺氧，并没有让他觉得难以忍受，他感到了前所未有的安详。他继续朝宫殿潜去，快速扑向那变化中的光。

可他没法潜了，他的两只手臂被抓住了，他本能地扭动起来。一扭动，辉煌的宫殿消失了，宫殿里的人也消失了，安详也消失了，只有缺氧的痛苦，他浑身扭动，直至昏厥过去。

醒来后，已在船上。

是船上的两个年轻人救了他。船上有人看到老苏脱开胸口的绳子，立即报告了船长，船上水性最好的两个人，立即绑着绳子跳到水中救人。船上的人看着两个年轻人钻进水中，每一秒都那么漫长。当三人浮出水面，船上人赶紧拉收绳子。老苏被压出满口满口的海水，才醒过来。船长一直在船板上跳："老苏，你这是要害死我，你这是要害死我……老苏，你说，你跟着我的船出来，却把绳子解开，是想干吗？你不想活了，还要把我一船人也都拉下水吗？老苏，你……"老苏又能说什么呢？他一言不发，他也不明白刚才怎么就鬼使神差就要往深处去。刚才眼前所见，又是怎么一回事呢？老苏坐起来，海风吹着，他觉得冷了，日头猛烈，但寒冷刺入骨髓一般。船长用力跺脚，高喊："回去。"

那一回之后，老苏再未有机会出海——所有的渔船，都拒绝他的靠近。一个惯于水上生活的人，只能远远看着渔船，再也难以登上。

他只好用一块树根，刻一艘独属于自己的小船。

岸　上

大儿子躺在床上，右腿绑着绷带，呻吟不断。儿媳妇跟大孙子，都在旁边看着。绷带里是跌打损伤的药，散发着刺鼻的气味。绷带上，有一团一团的污迹，那是血凝结后颜色可疑的污块。老苏来到儿子家，看到这景象，问道："怎么回事？"大儿子闷着头，不作声。儿媳妇推了推大儿子的手，他还是摇摇头，不说话。儿媳妇憋不住了："还不是欠人家的钱欠的，再过几天，估计这腿都要给卸下来了。"大儿子的头更低了。接到孙子电话的时候，老苏已经大概问出了什么事。那些积压在手中的砗磲，让儿子最近资金周转出了问题，追债的人多了，就有人在夜里堵着他，来了一顿拳打脚踢的警告。最近镇上这类事情越来越多，尤其是之前陷入困境而去借了民间高利贷的。

大儿子猛抬头，喊："你跟爸乱讲什么讲？出去！"

儿媳声音更大了："我说什么了？我说什么了？这不是事实吗？"

孙子也说："妈，你少说两句。爷爷都清楚。我跟爷爷讲过了。"

她仍旧没有放低声音："反倒是我的不是了？当时人家那老板要把这些货全部收走，要不是爸不肯把那个……出手，事情早解决了。我们何至于把这堆废物压在手上？"

大儿子抬头猛瞪着他老婆，想说什么，却又把头低下了。

老苏坐到儿子床边，摸了摸儿子腿上的绷带，儿子发出些微呻吟，老苏问："医生怎么说？"

"也没什么，皮外伤，擦擦药膏，休息几天就好了。"

老苏点点头："那些货还是没人收？"

"有收的，价格很低。"

"我倒打听到，有些人开始按住，不出手了。他们说，现在砗磲不让捞，以后肯定价钱还会更贵，面上说不让卖，只要是好货，私下里卖给藏家，估计没法查，价格也保证。"

"爸，话是这样说，但我耗不起啊。还有，万一有人举报呢？主要是，我现在手头空了，外面债务追得紧，要是手松，我也就任那些东西丢那儿就是……"

老苏沉思良久，伸手拍拍儿子受伤的腿，站起来，盯着上了高中的孙子："你跟我回家一趟，我把东西给你，你带来给你爸。"

"爸，那是……"大儿子有些哽咽。

"人最重要。要是人都没了，留着那东西也没用。卖给懂行的人，可能保存得比留在我们手中还好。《更路经》比人活得长，我早想清楚这事了。"

老苏昂着头走出去了，他孙子盯着父母的脸，犹豫着要不要跟上去。儿媳妇一直眨眼，床上的伤号点点头，孙子才跑出去。儿媳跑到二楼的阳台外，探头看着她儿子和老苏走远，兴奋地跑回丈夫身边："这下成了。"

他把脸藏回床角。

她埋怨道："要早听我的，也不至于那么麻烦，不至于拖到现在。你一会儿就给那个书法家打电话，东西早点给人家送去。早点把钱抓自己手里才是正事……"

他的脸仍旧藏在阴影里，看不出是什么表情。

她伸手摇晃着他的肩膀："这事……总算……"

"少废话！"

"什么？"

"滚！"声音撕心裂肺，带着哭腔。

一直劝老苏去主持祭海仪式的阿黄，并没有见到祭海仪式。老苏把《更路经》和罗盘交给孙子一周后，阿黄就忽然从家里消失了。家人在早上去看阿黄，发现他床上空空的，还剩一半的盐水瓶放在枕头上，针头滑落到地上，人已经不知去向。全家人四处找寻，并没发现任何踪迹。去派出所报了警，镇上不少人也都出动，还是没找到。派出所人员问阿黄家里人："他行动不便，又是半夜出门，你们竟没人能发现？"家里人哑口无言。

老苏听到消息时，并没有多大的震惊。他悄悄到了海边，对着起伏的潮汐，燃点香烛，对着大海拜了拜。永远有波浪不断涌上，又立即退去，所有的痕迹，在水的面前都是暂时的。阳光泛着金黄色，把海水映照出不同的蓝，靠近沙滩处的水是泛绿的，越往深处，越变得深蓝。沙滩边，长着一排排野菠萝，接着是一排排椰子树，再远一些，是木麻黄林。很多年里，这里都是很热闹的。翻晒、缝补渔网的人，在夕阳下留下剪影，再被夜色覆盖。

天色亮得花眼，老苏眼前却仿佛一片漆黑。就像当年瞬间就感

305

知到曾椰子是怎么死的那样，老苏也理解了阿黄独自离去的心情。自己不是也要扎身潜水，去往那个海上亡灵的宫殿吗？老苏好像清晰地看到，昨晚后半夜，阿黄在思前想后的内心搏斗之后，终于义无反顾拔掉针头。下定决心的他，有着回光返照的镇定，有着最佳水手的充沛精力，他躲开家人的一切眼目，悄悄走出房门，穿过小镇的街巷。他悄悄解下一艘无人注意的小木船，用尽所有的力气，往大海更远处划去。月虽不圆，但月光铺满海面，小船沿着水面上的月光之路划远。最后，阿黄这位当年最优秀的水手，翻了一个身，投入了海水之中。一直念叨着应该死在水中的阿黄，不愿在一场绝症中变得人模鬼样，就钻进大海，寻找那些把身体和魂魄都留在海水中的伙伴去了。

老苏又想起当初阿黄说有好东西给他看，他没去，那是什么呢？是那艘他给自己准备好，要划出去的小船吗？老苏让阿黄的家人在附近的海域搜寻一下。阿黄的家人半信半疑，却也没了法子，到处打听有没有哪家人丢失了小木船，却只得到一阵阵的摇头。不少年轻人驾着船在渔港附近的海域搜寻了两天，也没有任何结果。倒是有人发现了半艘破旧的船板，离海边也不远，集中人力搜寻了半天，水性好的人还带着氧气瓶扎入水底，毫无痕迹。所有的搜寻都徒劳无功。虽然还没放弃希望，但阿黄家的人，已经准备好依照渔村的习俗，像安葬那些葬身大海的人一样安葬阿黄。

祭海仪式在小镇的渔港边举行。

砗磲的禁售令已经生效，镇上的店面清空了。有的改成了卖烟酒的杂货铺，有的改成了小饭馆，也有的准备改装成民宿，更多的店铺则还空着，店家尚没想好要经营什么。开渔季来临，市里准备把开渔节打造成一个旅游节，邀请了不少游客、媒体和上级的领导。小镇上人山人海，老苏从未见过镇上这么热闹过。一想到还要表演，穿着长袍的他，浑身的汗就淋漓而下。附近的渔船全部聚集在渔港这里，排好了队，只等着开渔节之后，千帆竞发，往南海而去。老苏也没见过这么大的出海阵仗。当年开渔也是多艘船一起出航，可哪有眼前这种政府部门组织的这么声势浩大啊！

渔港边搭了一个主席台，彩旗飘荡，围聚的人带动了无数小生意的到来。主席台前拥挤不堪。十点半，仪式开始了。先是领导讲话，大概讲了今后将如何以旅游带动小镇的渔业发展，如何让渔业成为小镇旅游的新特色，还计划推出近海捕捞的旅游项目，由旅游公司出面打造，游客可以随渔船出海，体验真实的海上生活。当然，也讲到了要如何引导小镇转型……后面很多话，老苏没听进去，也听不懂。按照安排，领导讲话之后，就轮到他了，他在后台，坐着也不是，站着也不是，脚都是发抖的，在海上突然遭遇台风，他也没这么紧张过。他朝旁边的工作人员一招手："给我拿点白酒。"工作人员有些纳闷，以为仪式需要用到，赶紧跑步去买。老苏接过白酒之后，拔开瓶盖，狠狠地灌了一口，酒气上涌。从不饮酒的老苏，为了制服心中的惊涛骇浪，咬着牙把怪味吞了下去。

领导讲话完了，主持人喊了一声："开始！"

老苏拍了自己两巴掌，拍出两口酒气，终于安定心神。他缓缓走到主席台前的红布旁。此时，所有的目光都注视着他。所有的紧张已经没有了，老苏手中捧着两张纸。在此时，老苏觉得自己已经不是老苏，而是过世的庆海爹——他走路的样子，都有点像庆海爹了。老苏点点头，有人给他递上一个话筒。老苏高声喊道："祭海仪式开始。"声音在人群中回荡，那么多人，都屏住了呼吸，只有海风摇晃着渔港上的船帆和主席台周围的彩旗。老苏道："各家船长，上前领香。"各家船长走到老苏边上的祭坛边，各自领取了一支线香，按照此前排好的位置，前后站定。

老苏喊道："念《祭海文》。"

船长们低头作揖。老苏念道：

> 海南省某某市某某镇，叩请恩光香河主众宗亲、五姓孤魂、一百零八兄弟。
>
> 山川银露，男女神畅，保佑祖国领土、海洋完整。
>
> 渔民远到三沙生产，求财财到，求利利来，好人相逢，恶人走背。
>
> 东方财源到，西方财源也不停，南方财源广进，北方财源接接来。
>
> 利禄宏开，生产安全，蚌盒变珠宝，渔乡笑呵呵。
>
> 兄弟公保佑渔民精神饱满，满载而归。
>
> 子孙给尔祭海仪式。
>
> 出海生产！叩首，再叩首，三叩首！

老苏带领所有船长，向着大海的方向跪拜。场边有些渔家的人，也跪了下来。这篇祭文，并非传自庆海爹，而是老苏按照庆海爹当年祭海的零星记忆，加上自己想的几句话，找来村子里稍懂文字的人，写了下来，也不管是否通顺，先念了再说。

《祭海文》念毕，老苏喊道："念《除妖文》。"

所有船长仍旧列队恭听。

天最神，地最神，人离难，难离身

南无法、南无佛、南无观世音菩萨

阿弥陀佛、蓬莱仙、象天地、仙真人

三官五雷神、兵统领神、兵竟西方万名古佛明圣经

亨前汉末清，归于无大道；乾元亨利贞，乾元亨利贞

吾捧太上老君火，急急如律令

伏发伏发！

念完之后，仍是向着大海的方向跪拜。

第三个项目，是敬拜《更路经》、罗盘。祖传的《更路经》和罗盘已卖给了书法家——这本是他自己多年来断断续续手抄的备份，罗盘则是一个新的，已经用玻璃罩扣住，摆放在祭坛之上。因为这两件都不是老旧的东西，老苏有些心神不定，害怕有人指出，害怕露馅，也害怕若是哪天出海的渔船出了啥事，会有人怪罪是因为这两件新东西镇不住。他还想到阿黄最介怀的，就是庆海爹的儿子，把庆海爹的经书和罗盘卖了，可自己不也是卖了吗？老苏强压住混乱的心绪，凝神静气，把还萦绕在喉舌之间的白酒的味道，当

作自己的镇静剂。老苏也刹那闪过一个念头：要是用来祭海的，是自家的那两件老东西，该多好啊——即使要卖，祭拜了再卖，也行啊……但……唉……这事，没得假设了。老苏涌上对父亲、祖父以及更久远的先祖的愧疚，手不禁有些发抖，他越是用力镇定，手越是抖动得厉害。旁边的船长，并没有觉得有啥不妥，他们甚至因此觉得是老苏全身心投入。随着老苏的指挥，所有船长在祭坛面前，向《更路经》和罗盘敬拜，祈祷保佑海上顺风顺水、平平安安。之后，燃放鞭炮、燃烧纸钱，各种气味向老苏口鼻涌来，呛得他几乎要流泪。后面所有的喧闹，就跟老苏无关了。他脑子一片空白，所有人潮的涌动，他都闭眼不看。一阵阵喧闹以后，好几位领导在主席台上，用剪刀剪断一条彩带，之前讲话的领导高喊一声："开渔！出发！"

渔船开始鸣笛，离岸出港。

老苏坚持要抱着自己刻好的那艘船出海去，让它随自己去吹一趟海风。

那艘船上漆之后，油光闪亮，渔船上该有的部分，一概不少，抱在手上，沉甸甸的。祭海仪式之后，老苏随着市内、镇上的相关领导一起上了一艘大船。组织者是旅行社的负责人，也邀请了周边的一些老渔民。他们是要给新规划的旅游线路踩线，说是开拓什么海上新线路、拓展未来海洋旅游新方向、给热爱出行的人带来更极致的新鲜体验……都是一些老苏听不大懂的话。停靠岸边的时候，船有点随波轻荡，抱着自己雕刻的木船踩上甲板，老苏竟然有一点晕船。老苏赶紧把小木船摆放在甲板之上，自己伸手扶住船身。

　　船离开岸，往大海深处而去，船上、岸上尽是欢呼的声音。那些老渔民也是欢呼的，尽管出海几十年，但这一次他们是前所未有地放松，可以谈笑风生，可以指指点点，可以不理船怎么开、会不会遭遇风浪，这是他们第一次卸下担子出海。带着咸味的海风迎面而来，老苏晕船的感觉更重了，他忍不住嘲笑自己，还算是一个出海几十年的老渔民吗？他的脸色迅速苍白起来，喘气都有些急促，甚至喉咙泛酸，有呕吐将至的感觉。看到他神情不对，两个年轻人赶紧过来，把他扶进舱内，安排了个位置让他坐好。坐着，也并不能减轻一丁点儿晕船之感，若不是船已经开出老远，或许他会要求上岸。当然，上岸的念头只是在心底一闪而过，他为自己冒出这个念头脸红。他只能强忍着，尽量让自己去看船舱外的波光闪闪的海面和飞溅而起的浪花。恍惚之间，老苏回到了当年第一次随父亲出海的时候，回到了曾椰子的尸体被腌在船上臭味难忍的时候，回到想潜入深海留在那个海底宫殿的时候。亲手雕刻好的木船，就放在脚下，好像那并不是一座雕塑，而是自己当年驰骋海面的那艘渔船。这艘小木船，跟真正的船一样，也有一个船舱，揭开一块板，里头空空的，这是老苏留给自己的位置。他想着，哪天要过世了，会叮嘱儿孙们，把他烧成灰，装进这艘船里，放到海上，让它随着海浪漂荡，沉在哪片海域都好……这个念头他不敢深想，他知道，即使交代了儿孙们，他们也未必会按照自己的想法去做——他当初不也没听父亲的交代，没把他撒进大海里吗？这个家族，总是出一些不听父亲话的逆子。但即使完不成这心愿，老苏也愿意随时摸着

311

这艘小船，像当年从海上归来的夜，抚摸着自己女人的胸脯。

晕船感在开出大半个小时之后才减轻。旅行社的一位导游，前来扶着老苏到船长的驾驶室内。老苏交代道："把我的船看好！"那导游笑了："老苏，没人动你东西。"老苏回头看了几次，才跟着进到驾驶室内。船长立即站起来，是一位四十几岁的中年人，他伸手跟老苏握了握："苏爹，您好！这一次，还得麻烦您帮我们费心看看。到时要是有游客来，当然得让那些客人玩开心了，水下得能钓到鱼才是；还得麻烦您一起帮着我们找一找，哪片海域比较适合海钓，哪一片适合深海潜水。"

老苏说："多年没出海了，陌生了，陌生了。"

"别这么说，海上的路线图，都刻在您脑子里呢。现在仪器很先进，我们就缺少经验，以后还少不得请你们老渔民帮帮忙呢！"他的手一划，"看看，这就是我们现在的驾驶室，跟你们以前的掌舵行船，差别可大了。"老苏看着眼前的一片仪器，各种仪表闪着光，还有面积不小的显示屏，显示着卫星定位导航，显示着离岸边多远，显示着船航行过的路线。老苏赞叹道："这些东西，得学多久才会使啊？"船长笑了："比您学那经书容易多了，您到前面来看看，观察一下这片海，看看怎么样？"

老苏走近玻璃窗，外头的海面清清楚楚，但不会再有海风直扑而来，不会有海风给他浑身涂抹上一层厚厚的海盐。当船头的海水像要迎面扑来的时候，他的晕船也就消失了。他挺直了腰板，直愣愣地看着外头的水纹变化。他知道，当年所有沉睡的记忆已经在此刻复活，天空、水面出现任何一丁点颜色、形状的变化，那貌似如常的海面之下，隐藏着什么样的鱼虾、奇景或危险，他都能立即知道。腰板是怎么挺都挺不直了，但老苏知道，只要站在船身的最前面，毫无疑问，他就还是那个指挥若定的船长——这艘船上，唯一的船长。《更路经》里记载的千百条线路图，在他的眼前交错，缓缓铺展开。海面上纵横交错交通繁忙，绝非一无所有。老苏忽然指着一片海面，中年人赶紧过来，想听听他说什么。老苏没有说，他本来想说的话，硬生生吞了回去，葬于肚腹中的汪洋，那句话他不会给任何人说。那句话，他早已用自己歪歪扭扭的毛笔字，记在手抄的那本《更路经》最后一页："自大潭往正东，直行一更半，我的坟墓。"

图书在版编目（CIP）数据

小镇及其他 / 林森著 . —济南：济南出版社，2019.7
（2024.3 重印）
（文学新势力 / 张清华，邱华栋主编）
ISBN 978-7-5488-3968-2

Ⅰ.①小… Ⅱ.①林… Ⅲ.①短篇小说—小说集—中
国—当代 Ⅳ.① I247.7

中国版本图书馆 CIP 数据核字（2019）第 156939 号

出 版 人	谢金岭
责任编辑	宋 涛 张慧敏 姜天一
封面设计	璞 间

出版发行	济南出版社
地 址	山东省济南市二环南路 1 号
邮 编	250002
印 刷	山东百润本色印刷有限公司
版 次	2019 年 7 月第 1 版
印 次	2024 年 3 月第 3 次印刷
成品尺寸	145 mm × 210 mm 32 开
印 张	10.125
字 数	194 千
定 价	69.80 元

（济南版图书，如有印装错误，请与出版社联系调换。联系电话：0531-86131736）